ドン・キホーテの世界

ルネサンスから現代まで

坂東省次
山崎信三 ◉編著
片倉充造

論創社

◉口絵——二〇〇五年五月、名鉄ホールにて。
写真提供：東宝演劇部

まえがき

日本の江戸初期、かつて覇権をほしいままにしたスペインは、誇る「無敵艦隊」のイングランド海軍による敗戦（一五八八）以後、政治的、経済的に凋落の一途を辿っていたが、それとは相反するように芸術文化の分野では世界に冠たる「黄金世紀」を築いていく。その騎手ともいうべきミゲル・デ・セルバンテス（Miguel de Cervantes 一五四七―一六一六）の『ドン・キホーテ（*El Quijote*）』にちなんで、一六―一七世紀は「ドン・キホーテの世紀」（一五八〇―一六八〇年）とも称される。名作の前篇『機知に富んだ郷士ドン・キホーテ・デ・ラ・マンチャ』*El Ingenioso Hidalgo Don Quijote de la Mancha* はスペイン語の初版発刊（一六〇五年）以来、英訳、仏訳を通してまたたく間に一世を風靡した。

一九九七年、セルバンテス生誕四五〇年を記念して『セルバンテスの世界』（世界思想社、一九九七年）と『ドン・キホーテ讃歌』（行路社、同）を上梓して一八年、また、『ドン・キホーテ』前篇『機知に富んだ郷士ドン・キホーテ・デ・ラ・マンチャ』出版四〇〇周年を記念した『ドン・キホーテ事典』（二〇〇五年）を刊行してから一〇年の歳月が流れた。そんな中でも、わが国でのセルバンテスと『ドン・キホーテ』の研究は着実に深化してきた。二一世紀に入って今なお『ドン・キホーテ』に魅了され続けるわたしたちの問いかけは尽きることがない。

後篇『機知に富んだ騎士ドン・キホーテ・デ・ラ・マンチャ』*Segunda Parte del Ingenioso Caballero Don Quijote de la Mancha*（一六一五年）の公刊は、登場人物たちに［前篇］の読者を配するというメタフィクション的技法に象徴されるとおり、文学的価値をさらに高める。作者セルバンテスは物語（前篇第一章）を始めるに先立ち序文の詩歌で、ドン・キホーテの飼い馬ロシナンテを武勲詩『わがシッドの歌（*Cantar del Mío Cid*）』（作者不詳、一一四〇年頃）の英雄シッド・カンペアドール（レコンキスタ実在の人物）の名馬バビエカの曾孫として登場させる。あるいはサンチョの口から悪者小説の原型『ラサリーリョ・デ・トルメス（*Lazarillo de Tormes*）』（作者不詳、一五五四年）や演劇『ラ・セレスティーナ *La Celestina*』（フェルナンド・デ・ロハス、一四九九年）を発言させるなど、スペインレアリズム文学の継承をも窺わせる。ともに旅するうちに主従キホーテとサンチョは気づかぬままにお互いの色合いに染まっていく様相（マダリアーガが主唱するキホーテのサンチョ化とサンチョのキホーテ化）を見せる。その意味合いは？「未だかつて後篇によきものなし」（後篇第四章）、と言いながらセルバンテスが残したメッセージとは何だったのだろう。それが逆境に生きたセルバンテス晩年の作品であることに思いをおき、今一度私たちはこぞって同書に寄り添う。

第一章「セルバンテスとともに」、第二章「『ドン・キホーテ』［後篇］によせて」、第三章「様々な接近をめぐって」からなる二〇の論稿を収載する本書『ドン・キホーテの世界――ルネサンスから現代まで』をマドリードの墓前に届ければ、そして今年が［後篇］公刊四〇〇年であることを伝えれば、好奇心旺盛なセルバンテスのこと、「日出ずる国」からの訪問にほくそ笑むばかりか、あるいは蘇って祝賀の輪に加わってくれるかも知れない。

郷士アロンソ・キハーノが騎士ドン・キホーテを演じた主舞台「ラ・マンチャ」の郷は、ひっそり荒涼とした佇まいを今も残している。

編者

ドン・キホーテの世界◉**目次**

Ⅱ 『ドン・キホーテ』［後篇］によせて

Ⅲ 様々な接近をめぐって

I
セルバンテスとともに

松本幸四郎

樋口正義

本田誠二

佐竹謙一

髙橋博幸

アンヘル・モンティーリャ

ドン・キホーテの日々――大人のお伽噺を生きて

松本幸四郎

ミュージカル「ラ・マンチャの男」に出逢うまで、私はドン・キホーテのことをよく知らなかった。中世の騎士に憧れる男の物語で、聖書に次いで多くの言語で翻訳されているという程度の知識しかなく、世界的なベストセラーと聞いても、その魅力を理解するには至っていなかった。もっとも中学生の頃、岩波文庫版の「ドン・キホーテ」を通学の行き帰りに読んでいたが、その内容は皆目わからずじまいであった。

二七歳で「ラ・マンチャの男」の初演の舞台に立っていても、私の興味はブロードウェイミュージカルの日本初演にフォーカスしていたし、難解な構造の芝居をどう演じるかに集中していた。

当時のミュージカルはどれも華やかなショー仕立てで、ふわふわとした綿菓子のように、その舞台に観客がうっとりするのが定番だったために、薄暗い牢獄から始まる重苦しい演出が、果たしてどのような印象をあたえるのかも不安だった。初演の劇評は悪くはなかったが、大成功とは言い難い状況で、当時を知る誰もが、一二〇〇回以上もの上演記録を作ることになるとは想像もしなかった。

私自身、半生を超えて歳月を費やした作品を改めて振り返ると、折節に感じることが齢七十を超えて、少しずつ変わっていることに気付く。俳優として、男として、歳を重ねたからなのかも知れない。

ひとりの俳優として作品と向き合い、作者ミゲール・デ・セルバンテスと、彼の創造したドン・キホーテ、アロンソ・キハーナの三人と共に生き、格闘し、感じたことを、思いつくままに綴ろうと思う。これは、ドン・キホーテに出会ったひとりの俳優の独白である。

父を魅了した物語

私が舞台で共に生きた三人について述べる前に、父（松本白鸚）と作品との出会いについて書いておきたい。何故なら父がオフブロードウェイでこの作品を見なかったら、私はこの作品に出逢うこともなかったからなのだ。

一九六七年、歌舞伎指導のために渡米した父白鸚（当時八代目松本幸四郎）は、アンタワシントン・スクエア・シアターで「ラ・マンチャの男」を見た。どういう経緯でこの舞台を選んだのかはわからないが、その日のうちに東宝のプロデューサーに国際電話をかけ、「是非、染五郎（当時の私）に演らせたい」と言ったそうだ。

それほどまでに父を魅了した理由は何だったのか、あえてそれを聞くことはなかったが、本当は、父自身が演じたかったのではなかったかと、今、振り返ってそう思う。

当時は素直に「ぼくのために」と理解していたが、ミュージカルであることを除けば、むしろ父に相応しい役である。その証拠にブロードウェイでは一九〇〇年にあの名優ホセ・ファーラーも演じている。しかし歌とダンスは如何ともし難いので、すでに東宝でミュージカルを経験している「ぼくのために」と考えたのではないだろうか。

また、ちょうどその頃、私は「スカーレット」というミュージカルのオーディションを受け不合格となり、落ち込んでいた。おそらくそんな私の心情を慮って、父は父なりに、励ましの気持ちもあって台詞劇に近いこの深遠な作品を選びチャンスを与えようとしたのかもしれない。

新しい歌舞伎、新しい演劇をめざして松竹から東宝へ移籍した父はおそらく、劇中のキホーテに自分を重ねていたのだろう。キホーテの生き様が父の琴線に触れたことだけは間違いないと思う。

父という人は、既存の枠に収まりきれないオーラと演技力と見識を備えた歌舞伎役者であった。常に思索していて、感覚的に…というのではなく、理詰めで芝居を作る知性を持っていた。そんな父が、理想の演劇と旧態依然とした演劇界の常識の狭間にあって、深く苦悩していたことは容易に想像できる。

ブロードウェイ　マーチンベック劇場

しかし、そんなことも、七〇才を過ぎた今になってようやく思い至るわけで、若かった当時の私には想像もつかなかった。

セルバンテスの痛み

日本初演から一年も経たずに、私はニューヨークのブロードウェイにいた。膨大な英語の台詞、歌、それにダンス…の日々に精も根も尽き果て、前夜ベッドに潜り込むと、翌日の夕方劇場入りする少し前まで、一度も目を醒すことが出来ず、唯々眠り続ける日々が二ヶ月半千秋楽まで続いた。ついに風邪をひき高熱を出したが、休むことなど考えることも出来ない、何しろ私の後ろにはアンダースタディが二〇人も控えていて、自分が休めばそれは即ち「お払い箱」を意味していたからだ。

熱で火照った顔にドーランを塗り、目だけが妙にギラギラした我ながらひどいセルバンテスの顔を鏡に映しながら、私は自分に暗示をかけた。「この体の痛みや苦しみは、かつてスペインの戦争で彼が受けた鉄砲傷が疼くのだ。ズキズキする頭痛は、牢へ放り込まれる前、尋問の時に出された安葡萄酒に悪酔いしたせいだ」と、言わば自己暗示をかけたのである。

何とか終幕まで演じ終え、倒れ込むように楽屋に戻り、「今日は最低の出来だった、コンディションが最悪で舞台で倒れるかと思ったよ」化粧を落としながら、付き人をしてくれていた妻に言うと、「最高だったわ。いままでのなかで一番感動的だった」と、意外な答えが返ってきた。

セルバンテスはレパントの海戦で銃弾を受け、左手は不自由で、終生、その古傷の痛みに苦しめられていたという。海賊に襲われて捕虜になったり、食糧調達係をしていて獄に繋がれたり、ようやく得た徴税吏の仕事でも不祥事に巻き込まれて投獄されている。度重なる獄中生活で『ドン・キホーテ』を構想したと告白していることから、決して快適ではない環境が、作家の創作意欲に影響を与えたことは確かだと思う。

今思うとそれまでの私は、間違いなく気負っていた。少しでも上手く英語の台詞を喋り、少しでも上手く歌ってやろうと。

しかし、セルバンテスの思いは、それでは伝わらなかった。セルバンテスの痛みを我が身の痛みと感じたことで、ようやく私はこの役に近づくことができたのだ。虚実皮膜の間に生きる役者が皮肉なことに己の苦痛という実体験で虚の世界を凝視することが出来たのである。台詞を上手く喋ることより、上手く歌って踊ることより、もっと深淵な魂の部分でセルバンテスに触れることが必要だったのだ。この作品に出逢って一年。ニューヨークのブロードウェイではじめて、それを感じることが出来た。

セルバンテスの声

おそらく、いや間違いなく、私は作家セルバンテスの深層にはたどり着けないだろう。余りにも壮絶な捕虜と脱獄と投獄のくり返しの中で、いかにしてセルバンテスが、滑稽なまでに騎士を気取った下級貴族の物語に着想したのかは疑問のままだ。しかし作家の「心意気」は理解しているつもりだ。それは、目に映るものや聞こえる声に惑わされることなく、「信念をもって誠を貫く曇りのない心」「あるがままの自分に折り合いをつけるのではなく、あるべき姿のために闘う」という、キホーテの台詞がそれを示している。

理不尽な罪で薄暗く汚い牢獄に繋がれ、饐えたような悪臭のなかでうごめく囚人たちと寝起きを共にし、死さえ覚悟する日々にあって、彼に残された自由は空想だった。空想は希望であり、悲惨な自分を解き放つ唯一の手段であったはずだ。僅かばかりのパンと水と、そして「お伽噺」を創ることで、彼は命を繋いでいたに違いない。

ドン・キホーテの勇気ある狂気

キホーテは狂気を演じていたのではないか？　という説がある。
あえて私はそれをもう少し自分の領域に引き入れて、彼は「役者」ではなかったのかと考えた。
彼の狂気は、歌舞伎の『一條大蔵卿』の「つくり阿呆」や、若き日の織田信長のうつけのように、なんらかの考えがあって狂人を装っていたわけではなく、言ってみれば現実逃避の末のように、自分自身キホーテを演じていた様に思えてならない。つまり、キホーテの場合、世阿弥的に言えば「離見の見」。狂人に見せることで我が身を守っているように思えるのだ。

そう考えると、狂気は甲冑の役目を果たしていることに気づく。『勧進帳』の山伏装束「頭巾鈴懸けは武士の甲冑に均しく」ではないが、狂気は、キホーテの心をガードする「お約束」の手段であって、彼が既存の概念から自由になるための、最もフレキシブルで頑強な甲冑の役目を果たしていることがわかる。

場末の安宿を城だと思い込んで投宿し、ドルシネア姫への古めかしい恋文をサンチョに託し、床屋の洗面器をマンブリーノの兜として恭しくいただき、風車を巨人だと思って闘いを挑み…その狂気じみた何もかもは、キホーテが中世の騎士として在るためのキーワード。つまり、「お約束」の狂気ばかりの様に思えてならないのだ。

嘲笑されてもなお、敢然とアウェイの風に立ち向かうキホーテの姿は、情実の中に生きる我々の目に、滑稽ではあっても自分に出来ないことを成し遂げる人間に対する、屈折した憧れとして、まことに勇ましく映ったのではないのだろうか。キホーテの掲げる「崇高なる馬鹿馬鹿しさ」すなわち、彼流の強く逞しい信念こそが、この物語を大人のお伽噺にしている由縁なのだと思う。

このお伽噺の狂気は、とりわけ男性にとって極めて魅力的だ。世俗の声に惑わされ、たちどころに雲散霧消してしまう儚いものを必死で追い求めるキホーテを、古今東西の男たちが愛し続ける理由はまさに此処なのではなかろうか。全くもって彼のその厚かましさには敬意を表したい。

舞台上での私は、獄中のセルバンテスからキホーテに変身する。髭を付け髪の毛を逆立てるそのわずかな仕草の中で、たちどころに私は狂気をはらんだ男になって馬にまたがり「遍歴の騎士」となる。不思議なことなのだが、その瞬間から、私は作家セルバンテスから完全に解き放たれる。そう、私もまたその瞬間からロシナンテにまたがり、従僕サンチョを引き連れ、狂気の只中に入っていくのだ。

役者は常に「憑依」し「憑依」されるものなのである。

キホーテを役者とみなしたのは、私が「憑依」という現象をキホーテのキャラクターメイキングと思ったからかもしれない。

アロンソ・キハーナのペーソス

原作の小説にほとんど登場しない男アロンソ・キハーナは、キホーテに憧れる作家の分身であると私は思っている。原作のキホーテと比べ、ミュージカル「ラ・マンチャの男」のキハーナには得も言われぬ哀愁がある。滑稽だけではない哀しさとでも言うべき情感が彼の存在ににじみ出ているように思う。三人の人物を一人で演じるこの三重構造こそが、ミュージカル「ラ・マンチャの男」の持つ現代性ということになるのではなかろうか。

言い換えればキハーナは、昔々の物語を現代の私たちにわかりやすく伝えるアダプターの役目を果たしている、だからこそ観客は彼に寄り添うことができ、この名もなき郷士キハーナに我が身を投影して心を動かされるのだと思う。この荒唐無稽とも云える古典的作品が現代の我々の心を捉える理由のひとつに、キハーナの存在があることを決して見逃してはならないと思う。そしてこれは言うまでもなく、脚本家デール・ワッサーマン氏の見事なアルティザンとしての作劇術の成果でもあるのだ。

ワッサーマン氏と云えば、私の古稀のステージで彼の未亡人からトニー賞のトロフィーを贈呈された。「このトロフィーはラ・マンチャの男に最も相応しい幸四郎に渡して欲しい」との彼の遺言で、一九六六年年受賞した作品賞のトロフィーを手渡されたのだ。脚本家が創りだした人物を、ただひたすら四〇年演じ続けた日々への褒美、まるで自分がマンブリーノのゴールデンヘルメットを戴冠したキホーテの様に思われ、求めても決して得られない何かが、不意に天から授けられた瞬間だった。

言ってみればキハーナは、私自身なのかも知れない。七〇過ぎの老役者が己を映す鏡として年老いたキハーナの存在を感じてきたからこそ、お伽噺の世界は限りなく現実に近づき、私というひとりの役者の体をフィルターとして、「多くの人の悲しみを悲しみのままに終わらせず、悲しみを勇気に、苦しみを希望に変える力」をこの作品は届け続けて来たのだ。喜劇に内在する悲劇性は、現代社会の我々を映し出す鏡に他ならない。

キホーテのような子ども

私は歌舞伎の家に生まれ、三才から歌舞伎の世界で育てられた。同年の友達もなく、大人の、それも歌舞伎役者が行き来する楽屋でひとり遊びをするようなひねくれた子どもだった。初舞台では大泣きをして母の着物を台なしにし、どう考えても役者向きではなかった私も、歌舞伎の家の子がそうするように、学校を早退し稽古に通い、子役として舞台に立った。学校ではいじめられ、からかわれ「憂い顔の騎士」ならぬ「憂い顔の子ども」になってしまった。

そんなあるとき不意に、「毒を食らわば皿まで」的な気持ちになり、いじめよりもっとひどい大嫌いな芝居と稽古と勉学に自分を放り込んでみようと思った。このアンチテーゼ的な決断は云うまでもなく自分にとって前よりももっと笑い顔のない子供になり、悲惨な毎日となった。そんな日々の中にふと「ああ人が働くというのはこういうことか、仕事をするというのはこういうことなのだ」と子供心にぼんやりと悟ったことを覚えている。

これが私にとっての最初の「覚悟」だったと思う。それからの私は仕事から逃げることなく、どんな状況であってもいつもその敵に真っ向から向き合った。好きとか嫌いとかを超えたところで、「やってやる」と思ったのだ。「役者はなんでもやる必要はないが、なんでも出来なければならない」という気持ちになったのも、確かその頃だった様に思う。

そんな私は、当然ちょっと変った子供であった様に思う。前にも云った様に間違いなく一人ぼっちであった。しかし向かってくる敵には絶対に逃げなかった。槍を携え自分の信じる道を突き進むだけ。傍から見ればまるで狂気の役者キホーテ幸四郎だったかもしれない。

ブロードウェイ招聘の報せが届いた時も、「もし正式に招聘されたら受けますか?」と聞かれ、咄嗟に受話器片手に「はい。受けます」と返事をしていた自分を思うととても正気の沙汰ではなかった。

自分の進むべき道があったら、その道をただ真摯に歩むことしか考えない。そんな子供に育てたのはまぎれもない私の両親である。今にして思うと「役者の芸のために不必要なことは一切させない」そんな教育だった様に思う。笑い話の様だが、キホーテの両親はこんな親ではなかったかと思

カステリャーノ・ラ・マンチャ栄誉賞授賞式

える程である。

赤い大地への回帰

二〇〇〇回公演を果たした二〇〇五年、スペインのラ・マンチャ州から栄誉賞をいただき、私は重い腰を上げてスペインへと旅立った。正直に言うと、スペインの地を踏んでしまったら作品と私との間に「一区切り」がついてしまって、二七歳の時から積み上げて来た何もかもが、すべて過去になってしまうような気がしていた。私はこの作品とこの役について、実は心からの永遠を望んでいたからだ。

怖れていたマドリッドの一日目。妻と長女の紀保（父がキホーテに因んで紀保子と名付けた）と三人でスペイン広場へ向かった。階段を一段々々踏みしめながら昇ると、まず馬上のキホ

マドリッド　スペイン広場にて

ーテが高く掲げた右手の指先が目に入った。やがてキホーテとサンチョの像が現われ、その遥か上に座るセルバンテスに気付く…とその時、一陣の爽やかな風が吹いて「オーラ（よく来た）」とセルバンテスの声が聞こえて来た。「四〇年一〇〇〇回もよくキホーテを演じてくれた。グラシアス（ありがとう）」と、その声を聞いた時、私の目から涙が溢れ大理石のセルバンテスとブロンズのキホーテ、サンチョの像はその涙で滲んだ。

「来てよかったわね…」妻の声が耳に届いた。危惧していたことは杞憂だった。もっともらしい感慨さえも、微塵も感じることはなかった。

赤い大地がどこまでも続くラ・マンチャのカンポ・デ・クリプターナ。焼け付くような真夏の太陽を満身に浴びながら緩やかに続く丘を登っていくと、急に視界が開け、眼下には夥しい数の風車がゆっくりと回っていた。

「マタゴーへルだ…」

私は呟いていた。風車はまさしく巨人に見えた。

そして、人生の区切りでもなく、年月の感慨でもないスペイン旅行を逡巡して、自分の口をついてでたのは「なんだ、今まで見ていた夢は、夢のための夢だ。男六十過ぎてこれから見る夢こそ本当の夢だ。」という言葉だった。

そして陽炎の彼方、風車の影からロシナンテとロバのルシオの轡をとったサンチョが「旦那様！冒険の旅立ちでがんすよ、サア参りましょう」と迎えに来てくれる様な気がした。


この作品にめぐり逢えた自分の人生をつくづく不思議だと思う。それはまさに四〇〇年の時空を超えて日本の歌舞伎役者が「ドン・キホーテ」に出逢ったという奇跡の様な事実であった。私は今までも、そしてこれからもずっと思い続けるだろう、ワッサーマン氏の「ラ・マンチャの男」の序文にある哲学者ミゲル・デ・ウナムノの「不合理なことを試みようとする人間のみが不可能なことを成し遂げ得る」という言葉と共に「果てしないことが定説のお伽噺は、人間にとって何時の時代も常にその答えがないのだ」と。

名作は読めば読むほど味が出る

樋口正義

『ドン・キホーテ』という小説は一読すると、ただ面白おかしいだけの滑稽譚のように思えるが、よく読むと奥の深い複雑な小説であることが分かってくる。騎士道物語を読みすぎて頭がおかしくなった初老の郷士が、騎士になったつもりでやせ馬にまたがって遍歴の旅に出て、世にはびこる不正をただし、正義を打ち立て、強きをくじき弱きを助けるという壮大な理想を抱いて故郷を出奔するも、現実のさまざまな事件に遭遇して、さんざん痛い目にあわされるという前篇のあらすじを見る限りでは、狂った男の失敗談で、ただ面白おかしい滑稽譚と見られても仕方のないことだろう。しかし後篇に入ると話は徐々に深刻になり、最後には一騎打ちで敗れた主人公が約束にしたがって故郷に戻され、そこで臨終を迎えることになるが、死に際して、これまでしてきた騎士道的行為を反省し、やがて従容として神のみもとに赴くという結末を迎えると、これは単なる滑稽譚ではすまなくなり、ここにある種の悲壮感なり、人生観なりが生まれることになる。さまざまな研究者が多様な解釈を披瀝しているが、一例をあげれば、長南実氏は「風車に向かって突進し、ロシナンテもろとも吹き飛ばされるドン・キホーテの姿は、一七世紀バロックの時代には哄笑の、一八世紀理性の時代には微笑の、一九世紀ロマン主義時代には悲愴感の、そして二〇世紀には微苦笑と省察の誘因、というふうに、その作用を変えてきたのである(1)」と述べている。

それではなぜこのように解釈が変わるのであろうか。その理由はもちろん、作者が意図的に、さまざまな解釈を可能とする書き方をしているからだが、そのような書き方をする前提として、作者であるセルバンテスの体験と、彼の思想の概要を知っておく必要がある。そこで本稿では『ドン・キホーテ』を理解するのに必要と思われる当時のヨーロッパ情勢とセルバンテスの体験を概観した後で、彼の記述法について考えてみたいと思う。

まずセルバンテスが生きた当時のヨーロッパ情勢を概観すると、ヨーロッパは大きくキリスト教文化圏とイスラム文化圏という二大文化圏に分かれており、これら二つの文化圏の間には長年にわたる対立・抗争が存在していた。またキリスト教圏に属する諸国間の関係を見ると、ここでも新興プロテスタントの宗教改革派と、バチカンを中心とした旧来のカトリック教会を中心とする反宗教改革派が血なまぐさい宗教戦争を繰り広げていた。さらにスペイン国内に目を転ずると、一五世紀末にカトリック両王によるレコンキスタの完遂と、キリスト教徒によるイベリア半島の統一、および、それに伴って生じたユダヤ教徒とイスラム教徒の国外追放、さらにそこから派生した旧キリスト教徒（旧来からのスペイン人キリスト教徒）による改宗ユダヤ人を中心とする新キリスト教徒に対する執拗な宗教的・思想的弾圧が生じていたのである。それゆえ、セルバンテスが生きた時代は政治・宗教・思想・文化にわたって大きく変化した時代であり、大きく見れば、中世からルネサンスを経て近代に入る大変革の時代だったとも言えるのである。

こうした世界史的な大変革の時代を背景に、セルバンテスの年譜をひもといてみると、彼がこうした歴史的変革の潮流に巻き込まれ、翻弄され、辛酸をなめてきたことが見てとれる。もう少し具体的にみると、一五六八年、セルバンテスが二一歳の時に、北欧から招来された、エラスムスをはじめとする人文主義者たちの新しい思想にふれ、これが彼の思想に大きな影響を及ぼしたと考えられる。その翌年、イタリアに渡り、枢機卿の従者となるが、さらにその後、兵士となってイタリア各地を転戦しながらイタリア・ルネサンスの新しい息吹にふれ、その思想と文化に大いに触発される。そして一五七一年、キリスト教国側の連合軍とオスマン帝国海軍との間で、地中海の覇権をめぐって繰り広げられた「レパントの海戦」に参戦して左腕を負傷し、以後「レパントの片手ん坊」と呼ばれるようになる。その後、一五七五年にスペイン帰国の途上、イスラムの海賊に襲われて拿捕され、そのままアルジェに連行されて、そこで五年間にわたる捕虜生活を余儀なくされる。そして五年後の一五八〇年、スペインの聖三位一体修道会の身代金の支払いによって解放され、ようやくスペインに帰国するが、さまざまな理由から作家になる夢を捨て、一五八七年ごろから、スペインの無敵艦隊の食糧徴発人としてアンダルシアに赴任する。しかし翌年、「アルマダ海戦」でスペインの無敵艦隊がイギリス軍に撃破され、この職も失う。その後、海軍の食糧徴発人や、税金滞納者から税金を取り立てる徴税吏等の職についてアンダルシア各地を歩き回るが、その間に何度か入獄の憂き目を見、その入獄中に『ドン・キホーテ』の構想を得たと言われている。そして一六〇五年、セルバンテスが五八歳の時に『ドン・キホーテ』前篇が上梓されて好評を博す。それから一〇年を経た一六一五年に後篇が出版され、これで『ドン・キホーテ』の前・後篇が完結するが、その翌年の一六一六年に死去している。

このようにセルバンテスの生涯を概観してみると、スペインだけではなく、ヨーロッパでのさまざまな世界史的な出来事に巻き込まれ、その渦中で翻弄されてきたことが分かるが、ここで特筆すべきは以下の三点である。まず第一は、セルバンテスがオスマン帝国海軍と戦った「レパントの海戦」に参戦して負傷し、さらにアルジェで五年間にわたる捕虜生活を余儀なくされたことである。第二は、スペインの無敵艦隊が、「アルマダ海戦」でイギリス国教会を奉ずるイギリス海軍に敗れたがゆえに、スペインは従来にも増して反宗教改革への姿勢を強化し、これを弾圧するようになったこと。第三は、スペイン国内における宗教改革派と反宗教界改革派との思想闘争に敗れ、エラスムスの影響を受けて宗教改革派に共感を抱いていたと思われるセルバンテスは、心情的に抑圧される側に立たされたことである。これらはいずれもセルバンテスが、好むと好まざるとにかかわらず、当時の世界史的な大事件に深く関与していたことを示している。

ここで余談として付け加えるならば、昨今のイスラム諸国と西欧諸国間でおきているさまざま軋轢、たとえばフランス新聞社によるマホメットの諷刺画に対するイスラム過激派の武力攻撃、また同過激派集団による日本人拉致と身代金要求などの事例を見れば、『ドン・キホーテ』が書かれた四〇〇年前と基本的構図はほとんど変わっておらず、いまだ両者間には宗教的・思想的・文化的に相いれないものがあり、互いに意思疎通がなされていないように思われる。前述したように、セルバンテスは「レパントの海戦」でオスマン帝国海軍と戦い、捕虜として北アフリカで五年間の捕虜生活を体験しており、その体験を『ドン・キホーテ』をはじめ、何篇かのコメディアと『模範小説集』中のいくつかの短編小説の中で描いているが、とくに『寛大な恋人』(2)では始めから終わりまでイスラム圏での捕虜生活が詳細に描かれており、そこで繰り広げられるキリスト教徒とイスラム教徒の関係が、表面上はともかく、同じ人間同士として、公平な目で描かれていることは注目に値する。これらの作品を再度読み直してみれば、現在厳しさを増している両文明間の対立を和らげる何らかのヒントが見つかるのではないかとひそかに考えている次第である。

余談はさておき、セルバンテスの生涯に戻ってみると、彼は余人では経験できないような、国内外のさまざまな政治的・宗教的・人種的・文化的抗争の中で生涯を送ってきたことが分かるが、一言で要約するならば、セルバンテスの生涯は、『ドン・キホーテ』の成功を除けば、ほとんどが失敗と挫折の連続であったと言えるだろう。こうした五〇年以上にもわたる波乱万丈の体験のすべてを、セルバンテスは『ドン・キホーテ』という作品に描きこんでいるわけだが、その作品を書いた時代は、前述のように、スペイン国内では反宗教改革の嵐が吹き荒れ、異端審問所をはじめとする検閲機関が目を光らせていた時期だったので、セルバンテスは真に言いたいことをそのまま直接的に表現することはできなかった。そこで彼が採用したのは韜晦的記述法、すなわちパロディー、諷刺、諧謔、逆説を多用した記述法だったのだ。『ドン・キホーテ』が騎士道物語のパロディーだということはセルバンテス自身も前篇の序文や後篇の最終章で明言しているところであり、読者も一読すればすぐに分かることであるから、この点についてはだれにも異存はないであろう。また諷刺と諧謔についても、一度作品を読めば説明の要はないと思われるが、ここでは紙幅の関係もあるので、分かりやすく解説している牛島信明氏の研究と解説(3)にお任せすることにして、本稿では逆説的記述法に焦点を当てて少しく述べることにする。

そもそも逆説とは、広辞苑によれば、「1．衆人の予期に反して一般に真理と認められるものに反する説。『貧しきものは幸いなり』の類。また、真理に反対しているようであるが、よく吟味すれば真理である説。『急がば回れ』『負けるが勝ち』の類。2．外見上、同時に真でありかつ偽である命題」ということになるが、『ドン・キホーテ』を一読すれば、西欧文学の知識を多少なりとも持つものならだれしも、この記述法はエラスムスの『痴愚神礼讃』の影響を受けたものだと気付くであろう。エラスムスの影響は、セルバンテスが二〇代の初めに教えを受けた人文学者のロペス・デ・オーヨス(4)を通じて得たものだと多くの研究者が指摘しているが、その影響がどの分野に、どのように表れているかについては諸説があり、またその影響の濃淡の度合いについてもそれぞれの研究者によって異なっている。なぜなら当時のスペインでは反宗教改革の嵐が吹き荒れており、エラスム

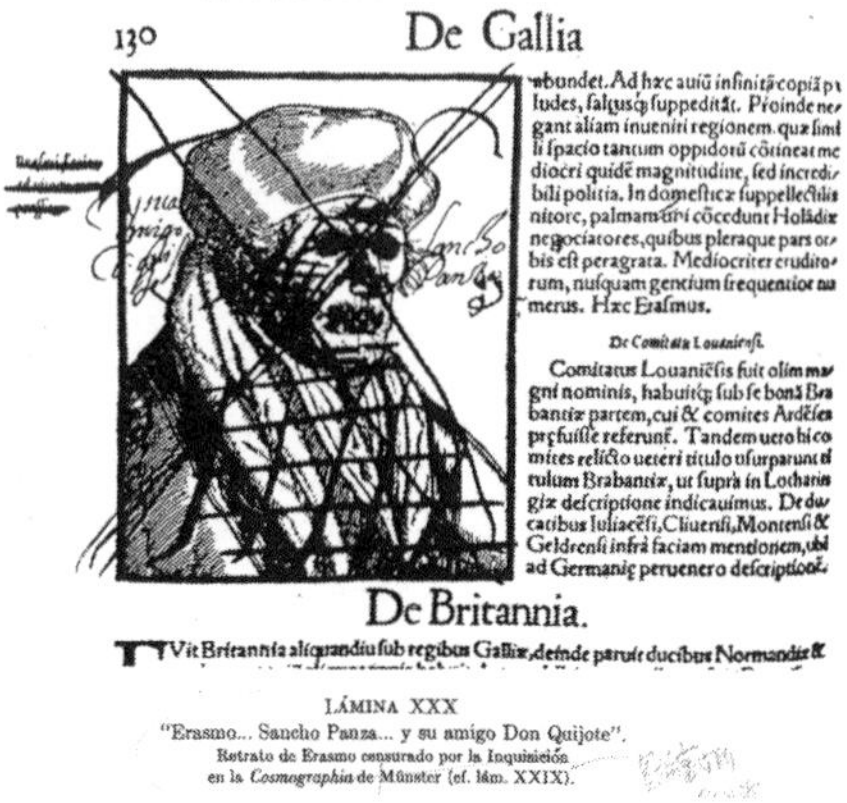

異端審問所によって閲覧禁止に指定されたエラスムスの肖像画。“エラスムス … サンチョ・パンサ … そして彼の友人ドン・キホーテ”というスペイン語による書き込みがある。マルセル・バタイヨン『エラスムスとスペイン』より転載

スの著作物は禁書目録に載せられていたので、セルバンテスといえども、とてもエラスムスの名前など口に出せる状況ではなかったからである。この時代のスペインにおけるエラスムスに対する評価の変遷については安藤真次郎氏の「スペインにおけるエラスミスモ」[5]という論文に簡潔にまとめられているので参照されたい。また、セルバンテスが受けたエラスムスの影響に関して、詳細な調査と研究をしたアメリコ・カストロは大著『セルバンテスへ向けて』所収の「セルバンテス時代におけるエラスムス」[6]の項で、次のように述べている。

「正直、筆者にはセルバンテスがエラスムス思想に関して、どの程度まで直接的知識があったのか、あるいはロペス・デ・オーヨスの影響はどこまで及んだのか、といった点は分からない」としつつも、その直後に「より綿密に調べれば、セルバンテスの中でエラスムスに直接的・間接的に（間接的なそれは、あまり重要ではない）言及した部分やテクストの数は、もっと多く見つかるだろうと確信している」とも述べている。

またフランスのスペイン史研究家であるマルセル・バタイヨンは、その浩瀚な著書『エラスムスとスペイン』(7)の中で概略以下のようなことを述べている。

「セルバンテスはエラスムスの著書を読んだか、あるいはロペス・デ・オーヨスの教えによってか、または彼より前の世代の賢明な人たちとの会話の中で、エラスムスの教えの要点を吸収したと推測される。カルロス五世のスペインにはエラスミスモが浸透しており、セルバンテスの文学傾向はエラスムス的人文主義によって形成されたものだが、彼の諷刺とユーモアは完全に新しいものである。もしスペインがエラスミスモを経験していなかったならば、『ドン・キホーテ』は我々に与えられていなかったであろう」

さらにメキシコの作家であり文芸評論家でもあるカルロス・フエンテスは、その著『セルバンテスまたは読みの批判』(8)の中で次のような的を射た的確な批評をしている。

「セルバンテスとエラスムスの、わたしの見るところでは明らかな関係は、レパントの片手ん坊がロッテルダムの賢人についてまったく言及していないという事実にではなく、『ドン・キホーテ』の神経中枢にエラスムス的な三大テーマ――真実の二重性、外見の幻影、狂気の称賛――があるという事実そのものの中に求められなければならない」

それではセルバンテスが影響を受けたとされるエラスムスの『痴愚神礼讃』とはどのような作品なのか、シュテファン・ツワイクが書いた分かりやすい文章があるので、それを以下に引用してみよう。

「この作品でもちいられているまねのできない無類の手法に、天才的な擬装術がある、すなわち、この世の権勢家たちの痛いところをつくために、エラスムス自身は発言しないでかわりに、阿呆夫人というのを壇上におくり自画自賛させる。そこにおもしろいとりちがえがおこり、ほんとうはだれが喋っているのかてんでわからなくなる。エラスムスがまがおで喋っているのか？　仮面すがたの、どんな無遠慮、不敵なことでも天下ごめんの阿呆夫人が喋っているのか？　このまぎらわしさを死角に利用して、エラスムスは罵詈雑言をはき放題におよんだ。彼自身の意見はつかめないのである。（中略）検閲がきびしく宗教裁判が盛んに行われた時代に時事批評を世間に密輸入するため諷刺と象徴の助けを借りるのは、むかしから暗黒時代の自由思想家たちの唯一の間道であった。しかしエラスムスが、この当代随一の大胆かつ芸術的な諷刺的逸品でこころみたほど巧みに、阿呆の神聖な言論自由の権利を利用した者は、古来まれである。まじめと冗談、学識とおわらい、真実と誇張がぐるぐるこんがらがって多彩な糸だまをなしているが、それをとらえて本気で糸まきにまきつけようとすると、なん度やっても思いきりほどけて逃げて行く。(9)」

これはシュテファン・ツワイクがエラスムスの『痴愚神礼讃』について記した文章であるが、この文章中のエラスムスをセルバンテスに、阿呆夫人をドン・キホーテに替えれば、ほぼそのまま『ドン・キホーテ』論になると思うがいかがだろうか。

以上見てきたように、セルバンテスはエラスムスの『痴愚神礼讃』の逆説的記述法を受け継ぎ、この作品を換骨奪胎して『ドン・キホーテ』という作品を仕上げたとも言えるが、果たしてドン・キホーテは否定されたのか、それとも肯定されたのであろうか。後篇七四章の臨終と回心の場面をよく読めば騎士道的行動を否定しつつも、その内に秘められている騎士道精神そのものは永遠に不滅であると称揚していることが、ドン・キホーテの死後、サンソン・カラスコによって書かれた墓碑銘でも明らかであり、ここに『ドン・キホーテ』の逆説的構造の一端がはっきりと表れている。『ドン・キホーテ』前篇を読み、表面的に解釈すれば、騎士道物語を読みすぎて頭がおかしくなった老人が、世に出てさまざまな困難と戦い、痛い目にあうという単なる滑稽譚とも読めるが、後篇でドン・キホーテが一騎打ちで敗北して故郷に戻り、死を迎えた臨終の床でこれまでしてきた自身の騎士道的行動を否定し、神のみもとに赴く場面までくると、これはただ単なる滑稽話では済まされず、主人公の、あるいはわれわれ読者一般の挫折と悔恨と救済の書とも読めるのである。

この小説の解釈はこれだけにとどまらず、さらにその射程は深く広く広がって行く。たとえば、当時のスペイン社会にのさばっていた世俗の権力を批判しているだけでなく、スペイン国内では絶対的で、批判の許されなかったカトリック教会をも批判しているとも受け取れるのである。こうした解釈は単なる憶測ではなく、『ドン・キホーテ』という作品にこのような批判的な意図が隠されていることを、鋭敏な目で見抜いていた具眼の士が当時から存在していたことは、エラスムスの著作に付された彼の肖像画に「エラスムス……サンチョ・パンサ、その友ドン・キホーテ」というスペイン語の書き込みを見れば明らかであろう（前掲挿画参照）。『ドン・キホーテ』の解釈はこれにとどまらず、さらに別の解釈も可能である。この作品は、ドン・キホーテという主人公に託して、セルバンテス自身の生涯を描いただけのものではなく、ひいてはすべての生きとし生ける人間の生き方を描いているとも解釈できるし、さらに、これまで広く世界中に進出し、いたるところで戦争を仕掛けた結果、敗退し、凋落しつつあったスペインという国の運命そのものを描いているとも解釈できる。このように表面的には騎士道物語を読みすぎて頭がおかしくなった一介の老人の奇想天外な滑稽譚という仮面の裏には、これまで見て来たようなさまざまな解釈が隠されており、さらに別の解釈さえ存在しているかもしれないのだ。それゆえ、今後の研究によっては別の鉱脈が発見されるかもしれず、このような多様な解釈の可能性こそが『ドン・キホーテ』の面白さの源泉であり、またそれが、何世紀にもわたって読みつがれてきた古典的名作と言われるゆえんであろう。まさに「名作は読めば読むほど味が出る」という言葉が示すとおりである。

《注》

（1）長南実「ドン・キホーテはどう読まれてきたか」五二―七五頁、『岩波講座　文学九、表現と批評上』岩波書店、一九七六年。

（2）拙訳『セルバンテス　模範小説集』行路社、二〇一二年。

（3）牛島信明『反＝ドン・キホーテ論』の第六章「ドン・キホーテにおけるアイロニー／ユーモアの機能」参照。弘文堂、一九八九年。

（4）ロペス・デ・オーヨスの人物像については、カナヴァジオ『セルバンテス』五六頁〜、法政大学出版局、二〇〇〇年、およびアメリコ・カストロ『セルバンテスへ向けて』二五八頁〜、水声社、二〇〇八年を参照。

（5）Shinjiro Ando, "El erasmismo español: una tradición humanista española", pp.57-69, *Cuadernos CANELA*, Vol. IX, 1997.

（6）アメリコ・カストロ『セルバンテスへ向けて』本田誠二訳、二六八―九頁、水声社、二〇〇八年。

（7）Marcel Bataillon, "Erasmo y España", pp.801-805, Fondo de Cultura Económica,1966.

（8）カルロス・フエンテス『セルバンテスまたは読みの批判』牛島信明訳、七九頁、書肆風の薔薇、一九八二年。

（9）シュテファン・ツワイク「エラスムスの勝利と悲劇」滝沢寿一訳、三六―三七頁、『世界の人間像』一四、角川書店、一九六四年。

《背教者》セルバンテス

本田誠二

はじめに

セルバンテスのアルジェでの五年間の捕虜生活は、生涯を通してかけがえのない貴重な体験であった。主著『ドン・キホーテ』のみならず、他の作品にもその痕跡をくっきりと残している。たとえば劇作『アルジェ生活』や『アルジェの牢獄』『偉大なトルコ皇妃』『気風のいいイスパニヤ人』、模範小説集の中の『寛大な恋人』『イギリスのスペイン女』などである。また捕虜生活の中にあってもロペ・デ・ルエダの牧人劇などの上演を行っていったことも知られている（『アルジェの牢獄』第三幕）。辛い獄中にあって、ロマンあふれる美しい芝居を仲間らと演ずることで、打ちひしがれた心を奮い立たせようとしたのかもしれない。映画や舞台で有名なハリウッド版『ラ・マンチャの男』では、『ドン・キホーテ』が獄中で構想されたという作者自身の序文の言葉に合わせて、獄につながれたセルバンテスが、仲間たちにドン・キホーテとなった自らの人生を演じていくが、そうした脚色も演劇好きなセルバンテスならではの創作として、それなりに頷けるところがある。ところで『ドン・キホーテ』前篇（一六〇五）および後篇（一六一五）には、それぞれ違ったかたちで作者のアルジェでの経験が描かれている。前者では《捕虜》が自らの身の上話をする部分（三九―四一章）が、また後者ではモリスコ・リコーテの娘リコータが語る恋人ガスパール・グレゴリオのアルジェからの救出についての語り（六三―六五章）がそれに当たる。本稿は十年の隔たりをもって書かれた両者の部分を比較検討し、捕虜生活を描いた同時期の戯曲二点を参照することで、捕虜生活がどのようにセルバンテス作品に影響を与えたのかを考察しようとするものである。

第一章　前篇《捕虜》の話(1)

前篇第三九章から始まる《捕虜》ルイ・ペレス・デ・ビエドマの身の上話によると、彼は三人兄弟の長男であり、他の兄弟二人と別れて兵士となってイタリアに赴いた。間もなく己の勇気と努力によって歩兵大尉にまで昇進したが、さらに連隊長に昇ろうとしていた矢先に、かの「栄光に満ちた戦い」レパントの海戦に参加し、あろうことか戦闘の繰り広げられた日の夜に、敵のガレー船にひとり取り残され、アルジェ王である背教者（renegado キリスト教から回教への改宗者）ウチャリーの捕虜となる不運に見舞われる。いったんコンスタンチノープルに連行され、アルジェに連れてこられた《捕虜》はウチャリーの死後、かつてウチャリーの捕虜であって後にアルジェ王に収まった、残酷無比なヴェネチア生まれの背教者ハッサン・アガ（バハ、パシャ）の捕虜となるにいたる。しかしサアベドラ某という兵士だけは、自由を得るために記憶に残る大胆なこと（度重なる逃亡）を企てたにもかかわらず、残虐な主人の虐待を免れていた。そして《捕虜》は囚われの場であった《浴場》（baño）で、そこを見下ろす窓から、キリスト教徒に竿を使って金貨と書付を渡そうとしているモーロ女性ソライダに見初められ、彼と結婚して自ら信じるキリスト教徒の故郷スペインへ渡りたいという願いを打ち明けられる。そのときアラビヤ語の書付をスペイン語に翻訳してくれたのが、《捕虜》の親友で、ムルシア出身の背教者（renegado）であった。《捕虜》はこの人物に対し、彼が再び本国に帰ってキリスト教徒に改宗する際に必要な《善行》の証明書を掛け値なく与えていて、その人格に全幅の信頼を寄せていた（その証しとしては「機会があればいつでも逃亡せんとしていた」という姿勢で十分であった）。つまり《捕虜》とこの背教者とは、逃亡を実際に企図したか、しようとしたかの違いはあっても、偽りなき真のキリスト教徒としての資質において、共通していたがゆえに〈友人〉として故国スペインへ何としても帰還したいという同じ願望を共有していたのである。この友人がアラビヤ語から訳した書付の内容によれば、外面はイスラム教徒のソライダが内面はキリスト教徒であり、《捕虜》と結婚してスペインに連れて行ってほしいというものであった。こうして

《捕虜》は自らの運命とソライダとのそれを、「神の御手と《背教者》に委ねた」（四〇章）のである。《背教者》はソライダの父アヒ・モラートの莫大な金を使って船を調達し、《捕虜》と仲間のキリスト教徒、ソライダたちの身請けに奔走し、アルジェ脱出に成功する。図らずも自殺を図った父親を入江の陸地に置き去りにせざるをえなくなったソライダは、《捕虜》と《背教者》とともにスペインのベレス・マラガに辿り着き、さらに背教者は正式にカトリック教会に復帰するべく、グラナダの異端審問所に向かうところであった（四一章）。

彼らはこうした経緯で旅をしてラ・マンチャのマリトルネスのいる例の旅籠に、一宿一飯を求めにやってきたところを、ドン・キホーテ主従と司祭、床屋、ドン・フェルナンド、カルデニオ、ドロテア、ルシンダなどと偶然居合わせたのである（三七章）。そこでドロテア、ルシンダはともにベールを取ったソライダ（自らをマリーアと称した）の美しさに感嘆し、ドン・フェルナンドは《捕虜》に身の上話をするよう懇請した。彼の話した内容が上に述べたようなものであった。そしてさらにこの旅籠に法官が娘ドニャ・クララを伴って、一夜の宿を求めてやってくる。彼はファン・ペレス・デ・ビエドマという名の、《捕虜》の弟で、これから判事として赴任するべくインディアス（メキシコ）に赴く途上にあった。ここで兄弟の奇跡的な邂逅が実現するわけだが、その前に司祭が、実は《捕虜》と知己であったことが明かされる。司祭によればコンスタンチノープルで捕虜になっていた時分に、大尉であった《捕虜》と出会って仲間となっていたのである（四二章）。そのとき司祭は《捕虜》たるルイ・ペレス・デ・ビエドマが「夥しい数の者が自由を回復することとなったレパントの海戦という、この上なくめでたい戦争において、逆に自由を失った（つまり捕虜となった）」ことを知るのである（同）。

こうしたエピソードが披露されるのはすべて旅籠という名の劇場であり、そこではカルデニオとルシンダ、ドン・フェルナンドとドロテアの和解がなされ、ともに愛する者同士が結婚というかたちで結ばれ、さらに長いこと音信不通であった兄弟同士の再会が果たされている。あまつさえドン・キホーテはそうした者たちを前にして有名な《文武両道》についての演説を披露している。ガレー船同士の衝突以上に大きな危険はなく、それは「戦争のあらゆる局面で最も大きな勇気と度胸を要する」と述べ、武の文に対する優越について雄弁を揮って、聴く者たちを仰天させていた（三八章）。

こうしたエピソードの連なり・流れから見えてくるのは、セルバンテスが《捕虜》の人となりについて、自らの口や第三者（司祭）の口を借りて、客観的に描いているように見えて、実はセルバンテス自身の戦争体験（レパントの海戦）とアルジェでの捕虜生活を描こうとしているということである。カナヴァジオの推測が正しければ、捕虜生活が終了してから五年ぐらいしか経過しておらず、記憶も鮮明であったはずである。ただし決して歴史的事実と合致したものばかりではなく、かなりの部分が小説的なフィクションで脚色されている。たとえば、セルバンテスが《捕虜》のようにコンスタンチノープルに連行されることはなかったし[2]、アルジェでアヒ・モラートの娘と恋に落ちて駆け落ちしたという事実もない[3]。ただしセルバンテスがサアベドラ某について触れたような、大胆な脱走の試みを行って、なお厳罰を免れたことはセルバンテスの英雄伝説としてよく知られている（因みにサアベドラはセルバンテスの第二父姓である）。セルバンテスが《教会か海か王家》という、一端の人物たる郷士身分の人間が選択すべき三つの進路のなかで、王家（王に仕える兵士となる）の道を選んだことははっきりしており、弟ロドリーゴもまた同じ兵士としてイタリアに赴いて、レパントの海戦に参加し、アルジェの捕虜となる運命を共有している（カナヴァジオ『セルバンテス』訳書、69,101）。したがってインディアスに赴く弟たる法官との出会いも、劇的な面白さを作りだすための虚構である。セルバンテスは一五九〇年五月二一日、インディアスに赴いて何らかの空いた官職を得たいと王（具体的にはインディアス枢機会議長）に請願したものの、すげなく却下されたことも周知の事実である（同書、二一六頁）。もし請願がかなえられたとすれば、『ドン・キホーテ』は生まれなかったかもしれない。ことほどさように、『ドン・キホーテ』という作品は、いかにも偶然の産物として生まれたものなのである。その真偽のほどは定かならぬものの、『ドン・キホーテ』がセビーリャの牢獄で生まれたとすれば、[4]数か月に及んだとされる獄中生活で、彼は〈負債による囚人〉として「一文無しで、共同寝室と毎日の食事を改善する資金がない人々のための貧しい食事を与えられていて、不公正な判事のせいで投獄されたセルバンテスは、ふたたびハッサン・バハの監獄で体験した苦痛を感じなければならなかった」（同書、二四四頁）のである。結局、《捕虜》の話というのは、アルジェでの捕虜生活（一五八〇〜一五八五年）から二〇年後（一五九八年頃）に再び遭遇した苦難の時に構想された、郷士と従者の遍歴譚とは別に書かれ、「長期にわたってねりあげられた」（カナヴァジオ）末に、そこに組み込まれた挿入小説であった。ということになれば、なぜセルバンテスが幾度もインディアスへの渡航を強く望んだのかという疑念も理解しうる。マテオ・アレマンが賄賂を使い、旧キリスト教徒の郷士身分を手に入れて渡航したように、自らも新天地でのびのびと生活することを期待したからである。そこには物質的貧困と同時に、老齢（すでに五三歳）や己の血統的なハンディからくる社会的コンプレックスから逃れようとする気持ちもあったに違いない。極端な言い方をすれば『ドン・キホーテ』前篇は、作者セルバンテスの「レパントの英雄」として武に身を捧げた自らのあり方へのオマージュであり、自己に捧げる悲哀漂う挽歌であった。そのとき彼がとった方法は、狂気的かつ理性的に武に身を捧げるドン・キホーテという戯画化された人物と、《捕虜》というもう一つの自己を描くことであった。ともにセルバンテスの人生を彷彿とさせるものの、フィクショナルな存在であった。これはまさにアメリコ・カストロの言う〈二重性〉をもった目的のことを指している。[5] つまり前篇が出版される以前にはほとんど知られることもなければ、問題にされることもなかった、困窮の身の上で、人から無視されてきた新キリスト教徒の徴税吏たるセルバンテスという作者の存在を、ドン・キホーテと同時に、不滅化するという目的のことである。

第二章　後篇《モリスコ・リコーテ》の話

後篇五四章に、ドイツ人巡礼のなかのひとりとして登場するモリスコのリコーテは、島を去って公爵家の主人のもとに戻ろうとしていたサンチョとの久しぶりの再会のなかで、自らの身の上話を披露して言う。モリスコ追放の命を下した王の決断は英断だった、それは自分たちモリスコがスペイン社会で獅子身中の虫であったからである。しかし中には自分たちのように数こそ少ないが「実に信仰心の篤い、正真正銘のキリスト教徒もいた」のであり、そうした身にしてみると、生まれ故郷のスペインは懐かしく「どこにいても恋しさに泣いていた」と。彼はスペインに埋めて隠しておいた大金を掘り出し、アルジェに連れて行かれた妻フランシスカと娘リコータ（アナ・フェリス）を、「人が自由な意識をもって暮らしている」ドイツに連れて戻ろうという心づもりでスペインにやってきた。国を出る際にリコータは、ドン・グレゴリオという名の金持ちの旧キリスト教徒から言い寄られていたが、モーロ女は旧キリスト教徒と好いた惚れたの関係になることなど決してないし、本人も色恋沙汰よりも立派なキリスト教徒になることのほうが大事なので、心配していないという。サンチョとリコーテの出会いからかなり経った時点（六三章）で、ドン・キホーテは馬上槍試合のためにバルセローナに向かい、街を散策して書物の印刷所に立ち寄った後、アントニオ・モレーノと二人の友人に連れられて、港に停泊している四隻のガレー船の見学に赴く。そこで突如、アルジェの海賊船が出現し、逃げようとするが船足の速いガレー船に捕まり、その船長は捕虜となる。この船長こそがモリスコ・リコーテの娘リコータ（キリスト教名アナ・フェリス）であった。船長アナ・フェリス以下、三六名ものトルコ人は全員絞首刑に処されるところだったが、船長が本当は女で、トルコ人でもモーロ人でも、背教者でもなく、キリスト教徒であることを明かしたため、彼女はガレー船の提督の温情を得て、自らの身の上話を披露する。それによると父親リコーテの話を裏付けるように、叔父夫婦に連れられてベルベリア（アルジェ）に渡った彼女は、王によってスペインに隠し財産をもっていることよりも、その美しさに目を付けられることを警戒したが、そんな彼女を追掛けるようにして、恋人ドン・グレゴリオがモーロ人のなかに紛れてやってくる。彼女は美しい若者である恋人をモーロ女のように女装させて、王の面前に連れてきて、その身の安全を計ろうとした（トルコの王は女よりも男を愛したから）。王はアナ・フェリスに信頼の置ける隠れキリスト教徒の背教者の捕虜をひとりつけ、スペインに戻るように手はずを整えて出航させたが、そのとき不幸にもガレー船と遭遇して、捕虜となったのである。一方、ドン・グレゴリオは女装したままアルジェのモーロ人の貴婦人のもとに預けられていた。アナ・フェリスがこうした身の上話をしたことで、バルセローナ副王は彼女を自由にして解放したが、そのときに副王と一緒に話を聞いていた巡礼姿の老人（父親リコーテ）が、それを娘と認めて長い別離の後の涙の再会をはたす。提督もアナ・フェリスを許し、一同はアルジェのドン・グレゴリオ救出についての相談をする。そのときかの背教者がひと肌脱いで船を調達し、アルジェに引き返して奪還を果たすという段取りになる（六三章）。そしてドン・キホーテのもとに朗報がもたらされるが、それは女装のままのドン・グレゴリオが背教者を伴ってドン・アントニオの家に戻ってきたからである。そこには愛するアナ・フェリスがいて、二人は念願の再会を果たす。背教者はカトリック教会と和解し、ふたたびキリスト教徒となり「悔悟と苦行によって汚濁した身心を清く健やかなものとした」（六五章）。

このエピソードと前篇の《捕虜》の話には、さまざまな共通点がある。たとえば、愛する男女はともに一方がキリスト教徒であり、他方がモーロ人ないしはモリスコ（モリスカ）である。前篇ではキリスト教徒は《捕虜》で、純粋なモーロ女はソライダ（マリーア）であり、後篇ではキリスト教徒はドン・グレゴリオで、カトリックに改宗したモーロ女（モリスカ）はリコータ（アナ・フェリス）である。そしてアルジェに暮らすソライダもリコータも、ともに真正なキリスト教徒として描かれており、女性側が男性よりも大胆な行動をとって恋人との再会を果たし、結婚に至っている。つまりソライダは部屋から竿に大金と恋文を結びつけて《捕虜》の心をとらえ、押しとどめようとする父親を捨てて結婚のために彼とスペインに赴いた。一方、リコータといえば、男装して海賊船の船長となってスペイン行を敢行したり、愛するドン・グレゴリオを女装させて匿ったり、また捕虜とされてからは、旗艦のキリスト教徒二名を射殺した二人のトルコの罪を被って、潔く処刑されることを申し出たりもしている。愛の主導権はどちらも女性が握っていた。

もうひとつの共通点としては、愛する二カップルを結びつける《背教者》の存在である。前篇において、ムルシア出身の背教者はソライダのアラビヤ語の書付をスペイン語に翻訳して、《捕虜》に伝えて取り持ちの役割を果たし、彼をスペインに連れ戻すために大型船を調達し、アラビヤ語を使ってその信頼を勝ち得てスペインへの脱出を可能にした。一方、後篇においてアナ・フェリスがスペイン行きの海賊船に伴った背教者は、ドン・グレゴリオ救出のために小型船を調達し、彼を無事アルジェから救い出した。つまり前篇の《背教者》と同様、一身を賭して二人の間を取り持ったのである。そして二人の背教者はともにスペインにおいて教会と和解して、再びキリスト教徒に復帰している。両者とも止むを得ざる事情によって、キリスト教を捨て仮初めのイスラム教徒となっていたが、決してキリスト教を否定したわけではなく、むしろ異教の地アルジェでキリスト教への信頼と思いを強めていったのである。

セルバンテスの後期の戯曲『アルジェの牢獄』（一六一五）にも、竿に金銭と書付を吊り下げキリスト教徒の捕虜（ドン・ロペ）と結婚してスペインに逃亡することを望む、隠れキリスト教徒のモーロ女性（サーラ）に手を差し伸べる、キリスト教徒を自認する友好的な背教者（ハッセン）が登場している。しかし彼はもう一人の（スペイン人に敵対する）背教者ユスフといざこざを起こし、彼を刺殺したためにカディに処刑されてしまう。ハッセンが、背教は血族・祖国を売ることだと非難するのに対し、ユスフはハッセンのことを隠れキリスト教徒だと罵り、背教者同士が口論のすえに殺人にまで至り、ハッセンもまた信仰ゆえの殉教を遂げるのである（『セルバンテスの芸術』拙著、九四～九八頁）。

また初期の戯曲の『アルジェ生活』[6]においても、キリスト教徒の男女（アウレリオと妻シルビア）が捕虜とされ、モーロ人の主人夫妻（背教者ユスフとサーラ）からの誘惑を退けて自らの愛を貫くというモチーフが描かれている。これは『ドン・キホーテ』後篇のリコータ（ドン・フェリス）がドン・グレゴリオに対するアルジェ王の誘惑を躱すべく、女装させて女たちのなかに匿うところに反映している。そして逃亡に失敗した捕虜サヤベドラは、自由を得るためには便宜上仮初の背教者となって身の安全を図り、スペインに帰国してから再びキリスト教徒に復帰すればいいと主張するペドロに同調せず、背教の罪の大きさを主張している（同、九〇頁）。サヤベドラ（サアベドラ）という名の捕虜が登場する点からしても、『ドン・キホーテ』前篇の《捕虜》の話との整合性が見て取れる。

むすび

われわれはＪ・カナヴァジオが指摘するように、セルバンテスがイスラム教の支配する国に捕虜として生きた五年間について、重要なことは何ひとつ知らないのである。つまりその試練のなかで体験した暮らしぶり、異教徒同士が結んだ交流、異質なイスラム文化に注いだ視線など、何ひとつ資料として残っているものはない。あるのは作品のなかにエピソードとして語られたものだけである。『ドン・キホーテ』前篇の《捕虜》の話や、後篇のモリスコ・リコーテの話、劇作の『アルジェ生活』や『アルジェの牢獄』などである。これらの作品から結論として言えるのは、セルバンテスの捕虜生活を描いた作品のなかに登場する《背教者》という存在は、セルバンテス自身の良心を表すものだったということである。後篇が出版された一六一五年という年は、モリスコの追放（一六〇九―一六一四）と重なり、それに対する作者の思想がつよく反映していた。自らの信仰を捨てざるをえなかった人間の苦しみ、内面的葛藤をどのように描くかということが、セルバンテスの最大のテーマとなったことは想像に難くない。それはセルバンテス自身もまた《背教者》だったからではないか。

《注》

（1）カナヴァジオないしはM・デ・リケールによるとこれは『ドン・キホーテ』に挿入小説として手を加えて入れられる以前の一五九〇年頃に書かれていた。J・カナヴァジオ『セルバンテス』円子千代訳、一三九頁；*Martín de Riquer, Aproximación al Quijote*, 126.

（2）セルバンテスは一五八〇年九月一九日、トルコへの船出の用意をしていた主人ハッサンのガレー船のベンチに繋がれていたが、間一髪で身請けされて解放された。さもなければコンスターチノープルに行ったまま永遠に帰国できず、『ドン・キホーテ』は日の目をみなかったかもしれない。カナヴァジョ『セルバンテス』訳書、一二八頁。

（3）アヒ・モラートいう人物は実在するアルジェの重要人物だが、その娘はモロッコのスルタンでフェズ王ムレイ・マルーコと、後にはセルバンテスの主人となるハッサン・バハと再婚している。同上、一一八頁、拙著『セルバンテスの芸術』三七一―二頁。

（4）初めアンダルシアで無敵艦隊の食料調達という兵站の仕事をしていた役人セルバンテスは、後に徴税吏となったが負債を負い、国庫に納めるべき公金を横領した廉で訴えられ入牢した。

（5）アメリコ・カストロ『セルバンテスへ向けて』訳書、四六二頁。

（6）セルバンテスが一五八〇年にスペイン帰還を果たしてからセビーリャに赴いた一五八七年までのほぼ七年間に、二、三〇篇の戯曲を書いたと『未上演のコメディア八編と幕間劇八編』（一六一五）の序文で述べているので、その時期の一作と思われる。

劇作家セルバンテスとしての本音

佐竹謙一

スペイン黄金世紀、ミゲル・デ・セルバンテス（一五四七―一六一六）は『ドン・キホーテ』（前篇一六〇五年／後篇一六一五年）という畢生《ひっせい》の大作を著し、出版当時から国内外において読者の心を少なからず惹きつけたことは周知のとおりであるが、ほかにも『模範小説集』（一六一三年）や『ペルシーレスとシヒスムンダの苦難』（遺作一六一七年）などの小説、わが国ではあまり知られていない詩や戯曲をも残している。

詩についていえば、文飾主義《クルテラニスモ》という難解な詩によって同世代の詩人たちの注目を浴びたルイス・デ・ゴンゴラ（一五六一―一六二七）の斬新な詩風に比べると、全体的に精彩を欠くものの、三三〇〇行近くの長篇詩『パルナソ山への旅』（一六一四年）は、セルバンテス自身の文学観および当時の文壇の様子が垣間《かいま》見られることから、文学的価値の非常に高い作品である。一方、演劇界では早い時期から創作を手がけてはいたが、当時人気を博しつつあった劇作家ロペ・デ・ベーガ（一五六二—一六三五）の「新しい演劇《コメディア・ヌエバ》」に太刀《たち》打ちできず、不本意ながら途中で筆を折らざるをえなかった。このロペの芝居というのは、一言でいうと、ギリシア・ローマの古典演劇に則《のっと》った伝統的な形式から離れ、大衆の趣向に合わせた劇形式であった。これについての詳細は、ロペの演劇論ともいえる『当世コメディア新作法』（一六〇九年）に記されているのと、拙著でも解説したのでここでは触れないことにする。(1)

本稿では、『ドン・キホーテ』の背後に隠れてその影は薄いものの、セルバンテスが若い頃から所期の目的として抱いていたような劇作家になるという夢が実現しないまま、作品だけが後世に残された経緯について考えてみたいと思う。現存する戯曲は、『ヌマンシア包囲』と『アルジェの捕虜生活』、そして一六一五年にマドリードで出版された『新作コメディア八篇と幕間劇八篇』だけである。

セルバンテスがアックアヴィーヴァ枢機卿に仕え、イタリアへ渡ったのは一五六九年のことである。その後はスペイン・ヴェネツィア・ローマ教皇庁の連合艦隊に兵士として入隊し、一五七一年一〇月ギリシアのレパント沖で当時強大を誇ったトルコ艦隊との海戦において火縄銃の銃弾をくらい、生涯左腕が利かなくなるほどの傷を負った。翌年秋にはドン・ファン・デ・アウストリア率いる海軍に身をおき、七三年にはチュニス、七四年にはラ・ゴレータの襲撃に加わったあと、七五年九月スペインへ戻る途中、トルコの海賊船の襲撃にあい、ソル号に乗っていた仲間のスペイン人乗組員とともにアルジェに連行され、身請けされる八〇年秋までの五年間を奴隷として牢獄生活を送った。このときの体験は、戯曲『アルジェの牢獄』や『アルジェの捕虜生活』、小説『ドン・キホーテ』(前篇、三九―四一章)に記されており、セルバンテスは気落ちするどころか、死の覚悟を持って何度か逃亡を試みている。

セルバンテスがスペインへ戻るのは三三歳のときで、その頃は仕事も俸禄もなかった。処女作『ラ・ガラテーア』は一五八五年の刊行だが、八三年二月には出版許可を得ている。彼が劇作品に着手する確かな制作年代はわかっていないが、おそらく一五八一年から八七年にかけてのことであろう。マドリードではクルス劇場(一五七九年)やプリンシペ劇場(一五八二/八三年)が造られ、大衆演劇が盛況を呈するようになった頃である。だが、流行とは裏腹に、『新作コメディア八篇と幕間劇八篇』の「読者へのプロローグ」によれば、マドリードで自作の『アルジェの捕虜生活』『ラ・ヌマンシア』『海戦』の三作を上演し、これまで五幕構成であったものを三幕にし――『海戦』は紛失したが、他の二作は五幕構成である――、自分が初めて舞台に抽象的概念を人物化したと述べ、まずまずの成功をおさめたことや、その後の都合で劇作を断念せざるをえなかったこともつけ加えている、「その頃、二〇篇ないしは三〇篇のコメディアを書き〔上記の二作のみ残存〕、どの作品も胡瓜を見舞われたり、他のものを投げつけられたりすることなく上演できた。(……)しかし当時、ほかにやるべきことがあったので、芝居の世界から身を引いた」とある。(2)

一五八五年三月五日には、座長ガスパール・デ・ポレスに『当惑した女』と『コンスタンティノープルの捕虜生活とセリムの死』を売却するという契約を交わし、四〇ドゥカードを受けとったようであるが、その後の七年間の演劇活動については謎である。九二年九月五日にセビーリャで座長兼役者ロドリーゴ・デ・オソリオと自作六篇を書くという契約を交わしてはいるものの、実際に書いた形跡はないので、この計画は実現しなかったようだ。一五八五年から一六〇三年にかけては、家族を支えるためにアンダルシアで無敵艦隊の食料調達、のちに小麦やオリーブ油の徴発や税金の取り立てなど役人として働かなければならなかったからである。一六〇一年、フェリペ三世の時代に宮廷がバリャドリードに移されると、彼も一六〇四年には当地へ移り住み、一六〇六年ふたたび宮廷がマドリードに帰還されると、それにあわせてマドリードへ引っ越した。

一五八三年から八五年にかけて上演されたとされる『偉大なるトルコ王妃』『海戦』『イェルサレム』『愛の森』『勇敢なるアルシンダ』などの演目については、セルバンテスが『パルナソ山への旅』の「付記」で言及しているが[3]、現在では紛失したのか存在しない。唯一、『ヌマンシア包囲』と『アルジェの捕虜生活』が、一七八四年に編集されたサンチャ版、およびマドリード国立図書館やアメリカ・ヒスパニック協会に保存されている手稿のおかげで残っている。一方、『新作コメディア八篇と幕間劇八篇』のコメディアには、『アルジェの捕虜生活』『幸福ならざる者』『嫉妬の家』『愛の迷宮』『颯爽《さっそう》たるスペイン人』『アルジェの牢獄』『愉快な喜劇』『ペドロ・デ・ウルデマーラス』の八篇があり、セルバンテスも「読者へのプロローグ」で述べているように、これらは一度も上演されたことがなく、一六一五年に刊行の運びとなった。ただ、失われたといわれる作品とタイトルが類似していることから、出版された八篇のうち何作かは題名の多少の変更や内容の手直しによる改作ではないかと主張する研究者もいるが、証拠となるものはなくあくまでも推測の域を出ない。いずれにせよ、戯曲の数は当時の人気劇作家ロペ・デ・ベーガ、ティルソ・デ・モリーナ（一五八一？―一六四八）、ペドロ・カルデロン・デ・ラ・バルカ（一六〇〇―八一）などの作品数に比べると、はるかに少ない。

　では、劇作品そのものの評価はどうだったのかといえば、実は長い間これが不評であった。ただし四幕物の戯曲『ヌマンシア包囲』や一連の幕間劇《エントレメス》（『離婚係の裁判官』『嫉妬深い老人』『サラマンカの洞窟』『不思議な見せ物』など）については、それなりに高く評価されてきた。特に短いながらも幕間劇にはセルバンテス特有の軽妙なユーモア、皮肉、滑稽さが入り交じり、さまざまなタイプの登場人物をとおして当時の社会事情が写実的筆致で描かれており、物語の巧みな構成なども含めると、とても興味深い作品に仕上がっている。しかし、コメディアともなると話は別である。これについては同時代の人たちによって植えつけられた偏見や、それが後世の人たちによって受け継がれてきたことによって、長い間さほど評価されることはなかった。というのも、作品が正しく読まれてこなかったか、誤って解釈されてきたからである。しかしその後、徐々に評価の兆しが見え始めた。

　伝統演劇に拘ろうとしたセルバンテスがどうしても時代の寵児ロペの右に出ることができなかった理由としては、セルバンテス研究の泰斗マラストがいうように、「セルバンテスはコメディアの理論に注目はしたものの、これは気まぐれな理論でもあった。いわば、ロペのように観客を喜ばせるような作品を書けなかったのである。特に時代を追うごとに、アリストテレスやプラウトゥスが切り捨てられ、話題の規則とやらに合致する作品は忘れ去られ、どんどん新しい出し物が提供されるようになっていったからである」[4]。時代の流れとともに変化する作劇法については、『幸福ならず者』（一五九七—一六一〇?）でも次のように述べている、「時の推移とともに芸術も完成の運びとなる。真新しさを添えるのはさほど難しいことではない。かつての私〔コメディア〕は上作であったし、セネカ、テレンティウス、プラウトゥスそれに君の知っているギリシアの著作家たちが残してくれた厳格な諸規則にこそ反しているものの、見てのとおり現今でも愚作とはいえない。私がこうした規則を取捨したのも、芸術にそぐわない当今の芝居がそうすることを要求するからだ」（拙訳[5]）。ここにはセルバンテスなりのもどかしさと、「新しい演劇」に対し時勢を鑑みて妥協するという態度が現れている。このように時代の波に乗れなかった理由としてまず考えられるのは、素直に大衆演劇に徹して自分も一旗揚げようという気持ちよりも、自身の唱える劇芸術を大義名分として掲げ、意地でもそれに執着し続けたからではなかろうか。

では、セルバンテスの立場や言い分はどうであったかというと、彼はロペのような演劇論こそ残してはいないものの、演劇に対する熱い思いは『ドン・キホーテ』（前篇・後篇）、『パルナソ山への旅』の「付記」、『新作コメディア八篇と幕間劇八篇』の「プロローグ」、『幸福ならず者』『ペドロ・デ・ウルデマーラス』、長篇小説『ペルシーレスとシヒスムンダの苦難』などの登場人物あるいは地の文をとおして表明している。もっとも、これらの作品からの引用は、それを裏づける第三者の証言や記録がないため、断片的な見方にすぎないかもしれないが、セルバンテスが執拗に言及する熱のこもった言葉は、彼の芝居人生を語る上でかけがえのない情報と考えてよかろう[6]。

『ドン・キホーテ』前篇四八章では、聖堂参事会員が司祭相手に当時の芝居のひどさを披瀝する、「このごろ流行の芝居は、創作劇であれ歴史劇であれ、全部が全部とまでは言わないまでも、その大半が頭もなければ足もない怪物のような、支離滅裂なものである。にもかかわらず、低俗な大衆はそれを観て拍手喝采し、いいところなんぞ薬にしたくもないのに、それを優れた作品だと見なしている。そして、作品を書く作者も、それを演ずる役者連も口をそろえて、大衆がこの種の芝居を好むからには、それを尊重すべきで、別のやり方をすべきではないと主張する。つまり、しっかりした構想をもち、劇作の法則にのっとって一貫した筋を追うような作品は、ほんの一握りの有識者に理解されるだけであって、一般大衆がその技巧や長所を認めることはないから、少数の選良の好評よりも、多くの俗衆の支持によって生計を立てていくことのほうが重要だと言う[7]」。この部分がいつ頃書かれたか定かではないが——おそらくロペとの確執が始まる一六〇四年もしくはその一、二年前あたりか？——、ここには思いのままにならない劇作家としてのセルバンテスの正直な気持ちが表れているのではなかろうか。なぜなら、彼自身は自作の出来に自信を持っていたからである（「読者へのプロローグ」、『ドン・キホーテ』前篇四八章参照）。また、コメディア八篇の評価は一様ではないとしても、そこにはセルバンテスの独創的な意匠が凝らされており、ロペの劇形式を受け入れようとしたり、逆にそれに反発したりしようとする個人的演劇観が表れているからである。[8]

ならば、セルバンテスの理想である劇芸術とはどういうものだったか。それは芝居の規則を遵守し、博学の士から無知な俗衆まで楽しませ感動させる出し物をさす。『ドン・キホーテ』前篇四八章によれば、「人生の鏡、風俗の手本、そして真理の形象であるべき」なのである。ところが当世の芝居ときたら「まるで不条理の鏡、愚かしさの手本、好色の形象」であり、おまけに規則についていえば時や場所の一致が無視され、役柄の配置もでたらめで身分不相応な台詞があてがわれているという。真実性は蔑ろにされ、宗教劇では眉唾物の奇跡が見られ、通俗劇についても無知な観客を驚かせるために奇跡が用いられているとして、劇芸術の欠如を嘆いている。このことは後篇二六章でも、ペドロ親方に「間違いと不都合だらけの芝居《コメディア》が無数に上演されているじゃありませんか？しかも、それでいて興行は大成功を収め、見物衆は拍手喝采をするばかりか、感きわまって随喜の涙さえ流してるんですからね」と言わしめている。いわばセルバンテスにとって、「規範に則して技巧をこらした見事な構成をもつ芝居を見た観客は、劇中の冗談によって心をなごませ、真理によって教えられ、出来事に感嘆し、気のきいた理論に啓発され、ぺてんに対して注意深くなり、倫理的模範によって賢明になり、悪習に対する怒りを強め、美徳に対する愛をつのらせて芝居小屋を出てくる」ような、楽しみながら目から鱗が落ちるような舞台でなければならなかったのである。

これとは逆に、当時流行の芝居を書いて名声を得ていたのがロペであり、この国民的作家に対しては、「わが王国の生んだまことにめでたい天才〔ロペのこと〕の書いた数多くのというよりは無数の劇をごらんになればはっきりするでしょう。彼は実に華麗で機知に富んだ作品を、いかにも優雅な詩句、的確な言い回し、深刻な格言などを駆使して、要するに、卓越した修辞と高尚な文体によって書き上げ、その名を天下に轟かせている詩人ですが、それでもやはり座元や役者たちに迎合しようという気持ちが強いものですから、彼の作品のすべてが劇芸術の要求する完璧の域に達しているというわけではないのです」と、賛辞と批判と羨望が入り交じったような言い方をしている。

しかしながら、長年ロペに対して気を吐いていたセルバンテスも、『新作コメディア八篇と幕間劇八篇』を出版する頃には、かつての勢いはその影をひそめ大衆演劇に対する寛大な態度が目につくようになる。小説ではまずまずの成功をおさめたセルバンテスも、こと芝居の世界では、観客を満足させる作劇方法を優先させたロペの「新しい演劇」の前になす術《すべ》もなく、半ば兜を脱ぐことになる、「〈自然の怪物〉すなわち偉大なるロペ・デ・ベーガがあらわれ、演劇界に君臨した。彼は役者をことごとく自己の管轄下におき、理想的かつ充分筋の通った作品を数多く書き残し、その数は優に一万プリエーゴ〔四折紙〕を越えた。ロペはその全作品が上演されるのを自分の目で確かめたか、少なくとも人からそう聞かされた。これは誰がみてもすばらしい出来事の一つである。たとえ何人かの劇作家が、事実かなりの数に達するのだが、作劇によってロペと同じような栄誉に包まれたいと思っても、彼ら全員を合わせたところでロペ一人がなしえた量の半分にも満たないからだ(9)」。続いて、『新作コメディア八篇と幕間劇八篇』を印刷物として刊行しなければならなかった理由も述べている、「何年かまえのこと、かつて自分が人気を博した時代が今でもまだ続いているものと信じ、昔暇つぶしに手がけていたことをもう一度やってみようと考え、コメディアを何篇か書いてみた。だが、柳の下にいつもどじょうはいない。言い換えれば、座長たちは私の手もとに作品があることを知りながら、誰ひとり私の作品を買いとりたいという者はあらわれなかった。そこで私は書いたものを櫃《ひつ》の片隅に追いやり、沈黙のなかに箝口令《かんこうれい》を布いた。そうこうするうちに出版業を営む人が私にこう言った。勅許《ちょっきょ》を得たある一座の座長から、私の韻文〔劇のこと〕こそ値打ちはないものの、散文ならばかなり期待できる、と聞かされていなければ買ったはずだ、と。実のところ、それを聞かされて胸が痛んだ。（……）私は改めて自作のコメディアおよびいっしょに櫃にしまい込んであった何篇かの幕間劇をとり出してみて、いずれの作品も、あの暗愚な座長から離れたあと、粗放ではあるが物わかりのよい別の座長に拾われないほど愚作ではないと思った。だが、もううんざりし、例のあの出版業者にすべて売り渡してしまったので、ご覧のとおりこうして本としてお目見えすることになった。そこそこの稿料が支払われると、私はおとなしく金を受けとった。それに役者たちからくだらぬ言いがかりをつけられることもなかった」[10]。

では、いつ頃作劇をやめたのだろうか。一般的にはアンダルシアに移り住み役人の仕事を始めるようになってからだと考えられているが[11]、時期を明確にできる資料は何も残されていない。つまり、コメディア八篇についてはいろいろと憶測は飛び交うものの、制作年代については謎のままである[12]。しかし、推測する上では他の研究者たちの見解と並んでカナヴァジオの説がかなり参考になる[13]。とにもかくにも、ここではもはや以前のような批判はみられず、すでに演劇界を席巻したロペの存在の前にある種の敗北を認め、ロペに敬意さえ表している。一〇年前の前篇四八章でみられた意気込みも、もはやあきらめの境地と化してしまっている。大衆相手の舞台で相手にされなくなった老セルバンテスとしては、自分の書いた戯曲を印刷することで、少数の理解ある読者に訴えようとしたのであり、本にすれば第三者の手によって改作される心配がなくなると読んだからである。ロペのように脚本を書きまくり、あとはどこかの劇団に売り渡し、彼らの意にまかせるという方法には我慢できず、ロペ・デ・ルエダの古い劇様式に立ち返るという気持ちで、出版に踏み切ったものと思われる。(14)『パルナソ山への旅』の「付記」でも、セルバンテス本人が駆け出しの詩人パンクラシオに対し、自分は現在六篇のコメディアと六篇の幕間劇を持っているが、座長たちは自分を拠り所としないし、自分も彼らを探し求めようとはしない、なぜなら彼らには好みの劇作家たちがいるからだ。だから自分としては戯曲集として早く出版したい。それというのも、上演されたときに素早い筋立てをうっかり見落とすことなく、理解できなかった部分をゆっくりと鑑賞できるからだと言う。(15)

その一方で『ドン・キホーテ』後篇「読者への序文」には、ロペをかなり意識した表現が見受けられる、「わたしはかの聖職者〔ロペ・デ・ベーガ〕の才知を高く評価し、彼の作品と、日頃の孜々たる精進に敬意を表しているのだから」と述べているが、これが本心かどうかわからない。要するにロペに対する私的感情がずいぶん長い間続いたということである。また、『パルナソ山への旅』でも、こうした一種の片恨みが見え隠れする。ここでは前篇四八章を再燃するかのように、でたらめで大衆の人気を集めたロペの芝居を暗に批判したり（一章一二四―六行）、名高い詩人ロペ・デ・

ベーガを称えるのに、雨となって雲間から降ってきた詩人と当てこすったり（二章三八八―九〇行）、ロペが格調高い劇作品を書くと認めながらも、齢《よわい》を重ねてもまだ辟易するのである（七章三二三―八行）。

ところが、上記の「読者への序文」にもあるように、こうした感情も同年、『ドン・キホーテ』の贋作《がんさく》が出版されてからというものは、すでに演劇の分野ではどうあがいても太刀打ちできない相手であるロペを問題視するどころではなくなり、むしろ自分を老いぼれでひがみ屋だといって攻撃してくる贋作者アベリャネーダを名乗る者に恨みの矛先を向けざるをえなくなるのである。セルバンテスはこのとき後篇の五九章を執筆中だったらしく、それ以降は最後の章にいたるまで、ことあるごとに悪態の矛先をこの正体不明の作者に向けることになる。

少年時代から芝居の世界に憧れ、終生それを転職にすることを夢見てきたとなれば、確かにロペの存在はただごとではなく髀肉《ひにく》の嘆《たん》をかこつのも無理はない。自分の大時代《おおじだい》な劇作品とロペの人気作品とのちがいを嫌ほど見せつけられた者にとっては、何ともやきりれない思いであったろう。こうした未練がましい思いが、皮肉や当てこすりといったかたちでセルバンテスの文学作品の随所に散見することになったものと思われる。

《注》

（1）『当世コメディア新作法』（拙訳）（『バロック演劇名作集』〔岩根圀和・佐竹謙一訳〕所収、国書刊行会、一九九四年）参照。なお、拙著『スペイン文学案内』（岩波文庫、二〇一三年、二五二―五頁）では「新しい演劇」の要点をまとめておいた。

（2）Miguel de Cervantes, *Obras completas*, eds. F. Sevilla Arroyo y A. Rey Hazas, Barcelona: Planeta, 1987, "Prólogo al lector", p. 10.「読者へのプロローグ」は以下拙訳とする。

（3）『ラ・ガラテア／パルナソ山への旅』（本田誠二訳）、行路社、一九九九年、四三二頁。

（4）*El cerco de Numancia*, ed. R. Marrast, Madrid: Cátedra, 1984, "Introducción", p. 22.

（5）*El rufián dichoso / Pedro de Urdemalas*, eds. J. Talens y N. Spadaccini, Madrid: Cátedra, 1986, p. 178.

（6）*Los baños de Argel*, ed. J. Canavaggio, Madrid: Taurus, 1983, "Estudio preliminar", p. 12-13.

（7）『新訳ドン・キホーテ』前篇・後篇（牛島信明訳）、岩波書店、一九九九年。

（8）*Obras completes*, "Introducción", pp. XX-XXII.

（9）"Prólogo al lector", pp. 10.

（10）Ibid., pp. 11-12.

（11）フェリペ三世の王妃の死により一六一一年一〇月三日から一六一三年の夏まで劇場が閉鎖されることになったことから、カナヴァジオは、セルバンテスの演劇界との別離をこの時期とみている：『セルバンテス』（円子千代訳）、法政大学出版局、二〇〇〇年、三八〇頁。

（12）Bruce W. Wardropper, "Comedias", *Suma cervantina*, eds. J. B. Avalle-Arce y E. C. Riley, London: Tamesis, 1973, pp. 149-53.

（13）J. Canavaggio, *Cervantès dramaturge. Un théâtre à naître*, Paris: Presses Universitaire de France, 1977, 18-25. ここではコメディアと同時に幕間劇の年代にも触れている。

（14）Carroll B. Johnson, "Lope de Rueda, Lope de Vega y Cervantes". *Lope de Vega y los orígenes del teatro español*. ed. Manuel Criado del Val. Madrid: Edi-6, 1981, 99-100.

（15）『ラ・ガラテア／パルナソ山への旅』四三二―三頁。

セルバンテスと演劇と『ドン・キホーテ』
——『ドン・キホーテ』の演劇性をめぐって

髙橋博幸

はじめに

「『ドン・キホーテ』は小説であって、演劇作品ではない」と言うと、今さら何をわかりきったことをとお叱りをうけるに違いない。なぜなら、確かに主人公主従の長広舌をはじめ登場人物間の言葉のやりとりは至る所にあるが、戯曲の形式（役者によって舞台で演じられることを意図した、台詞とト書きからなるもの）を纏っていないのだから。それなら、「演劇的作品だ」と主張したら、どうだろう。我らが主人公に遠く及ばぬ浅学菲才にして脳みそだけはもっと干からびた輩、噴飯ものと、世間の嘲笑を買うだろうか。それはないだろう。近代小説の先駆的作品としての『ドン・キホーテ』の特徴は、何よりも世界を見る多様性にある。ドン・キホーテには巨人に映るものがサンチョには風車に見えるというように、一つの現実が見方によって様々な様相を呈するのである。とすればセルバンテスのこの小説が演劇的に見えても不思議ではない。事実、アソリン（Azorín）をはじめ、多くの文学者、研究者が『ドン・キホーテ』の演劇的性格を指摘し、演劇と深く関わりあった、演劇的な作品であると述べている。両者にどういう関わりがあるのか、この騎士道小説のどこが演劇的なのか、それを見る遍歴の旅にいざ出発しよう。

一 セルバンテス、『ドン・キホーテ』そして演劇の関係

後篇第一一章でアングロ・エル・マロ一座の役者たちが舞台衣装のまま乗った荷馬車と遭遇した時、悪魔に扮した座長と交わしたやりとりの中でドン・キホーテは「拙者は幼少のころから仮面劇を好んで、若い頃には旅役者の生活をうらやんだもんじゃ」と言っている。このドン・キホーテには『新作コメディア八篇と幕間劇八篇』の「読者への序文」の中で子供のころに観て楽しんでいたロペ・デ・ルエダの芝居風景を述懐するセルバンテスがオーバーラップしている。

セルバンテスは、スペイン大衆演劇の草分けロペ・デ・ルエダの芝居興行を見たり、イエズス会学校で上演される劇を体験したり、物心がつくころから演劇に強い関心を抱いていたのである。そ

の芝居好きが昂じて、なろうことなら芝居の世界で名を挙げ身を立てようと決心する。そうなのだ、当初のセルバンテスは小説家よりも劇詩人（当時の劇は普通韻文で書かれたので、劇作家と称せず、劇詩人と呼ぶ）を志したのだ。滑り出しは順調そのものだった。

マドリードの芝居小屋で私の作品『アルジェの生活』、『ヌマンシア』、『海戦』が上演された（中略）その頃、二〇、三〇篇のコメディアを書き、どの作品も胡瓜を見舞われたり、他のものを投げつけられることもなく上演することができた。口笛も、罵声も浴びせられることはなく、「止めろ」の声に中断することもなかった。
（『新作コメディア八篇と幕間劇八篇』「読者への序文」、九―一〇頁、拙訳）

こう誇らしげに語るセルバンテスの言葉どおり、彼の作品は芝居小屋の観客の期待にある程度応えられたようで、その証拠に当時の有名座長ガスパル・デ・ポレスと二篇の戯曲『錯綜した喜劇』と『コンスタンチノプラの生活』執筆の契約（一五八五年）を、そして別の座長ロドリーゴ・オソリオとも六本の作品を執筆する契約（一五九二年）を結んでいる。

劇詩人としてのセルバンテスは順調なスタートを切ることができた。その先は前途洋々、順風満帆……と思いきや、そうはいかなかった。たちまちにして先行きの自信を無くす事態に直面する。ドン・キホーテの前に立ちふさがる巨人のごとく、スペインバロック演劇の泰斗、セルバンテス自ら「自然の怪物」の称号を奉ったロペ・デ・ベガが彼の行く手に立ち現れたのだ。ロペおよびその同調者《シンパ》の標榜する「新しい演劇《コメディア・ヌエバ》」が芝居小屋を席捲するのを目の当たりにしたセルバンテスは

その後《自然の怪物》すなわち偉大なるロペ・デ・ベガがあらわれ、演劇界に君臨した。彼は役者をことごとく自己の管轄下におき、理想的かつ充分筋の通った作品を数多く書き残し、その数は優に一万プリエーゴ〔四折紙〕を越えた。ロペはその全作品が上演されるのを自分の目で確かめたか、少なくとも人からそう聞かされた。これは誰がみてもすばらしい出来事の一つである。(『新作コメディア八篇と幕間劇八篇』の「読者への序文」、佐竹謙一著『スペイン黄金世紀の大衆演劇』六七頁より引用)

と述べ、世間が一様にロペ・デ・ベガの演劇に与える絶大な支持を素直に受け入れるほかなかった。セルバンテスが書く一昔前の古色蒼然とした「旧」コメディアは観客からそっぽを向かれて客席は埋まらず、戯曲もさっぱり売れず、芝居で生計をたてるという彼の思惑も頓挫してしまう。ロペの華々しい活躍を眼前にしてセルバンテスは自嘲気味に「売れないへぼ劇詩人」の極印を自らに打ちつける。

何年かまえのこと、かつて自分が人気を博した時代が今でもまだ続いているものと信じ、昔暇

つぶしに手掛けていたことをもう一度やってみようと考え、コメディアを何篇か書いてみた。だが、柳の下にいつも泥鰌はいない。言い換えれば、座長たちは私の手許に作品があることを知りながら、誰ひとり私の作品を買い取りたいという者はあらわれなかった。そこで私は書いたものを櫃の片隅に追いやり、沈黙のなかに箝口令を布いた。（佐竹、前出、六七―六八頁より引用）

「自然の怪物」には太刀打ち困難と悟ったセルバンテスは決断を下す。芝居を書く筆を擱き、その第一線から身を退くことにしたのである。

「当時、他にやるべきことがあったので、芝居の世界から身を引いた」（『新作コメディア八篇と幕間劇八篇』「読者への序文」一〇頁、拙訳）と引退宣言するセルバンテスの胸の内は、もどかしさ、悔しさに加えロペへの妬み心で張り裂けんばかりであったろう。だから、宣言の潔さとは裏腹の行動に出る。そのまますごすごと尻尾を巻いて引き下がることはせず、自作が受け入れられなかった鬱憤を晴らすかのごとく『ドン・キホーテ』やその他の作品のなかで「新しい演劇《コメディア・ヌエバ》」の出鱈目ぶりを揶揄し、その領袖を散々にこき下ろす手段に訴えた。

そもそも劇というものは、トゥリウスの説によると、人生の鏡、風俗の模範、真実の映像でなければならんと申すのに、この頃上演されている出し物ときたら、でたらめの鏡、愚劣の模範、好色の映像ですからな。考えてもごらんなさい、第一幕の第一場で、産着につつまれた赤ん坊が現われるかと思うと、第二場ではもうひげの生えた大人になって登場するなんて、わしらが論じている問題で、これくらい人をくったことがありますかね？（『ドン・キホーテ』前篇四八章、会田由訳）

そこいらじゃ、ほとんどあたりまえのように、不都合だらけ、でたらめだらけの何千という狂言が上演されて、それでいて、けっこう成功をおさめて、見物衆が喝采のうちに耳をかたむけるばかりか、さらに随喜の涙さえ流しているじゃありませんかい？（『ドン・キホーテ』後篇二六章、会田訳）

このように、セルバンテスは後の小説や詩や戯曲の中で事ある毎に機会を捕らえては、芝居の世界から身を引いた当時のことを回想し、ある時はそのころの戯曲の執筆活動やその作品が上演されたときの様子を、またある時は演劇論一般について執拗に述べたてている。

また、第一線を退いたといっても、彼の演劇に対する執着心は一向に衰えることがない。『新作コメディア八篇と幕間劇八篇』（一六一五年）の出版がそれを裏付けている。

パンクラシオ　「ところで貴方は今いくつか芝居をおもちですか？」

ミゲル　「コメディアを六つと、幕間狂言を六つもっていますよ。」
パンクラシオ　「それならどうして上演されないんです？」
ミゲル　「興行主が求めて来ないし、こちらも探そうっていう気がないんですよ。」
パンクラシオ　「きっと貴方が芝居をもっていることを知らないんですよ。」
ミゲル　「いや、知っています。でも彼らにはお気に入りの詩人たちがいて、彼らとつるんでうまくやっているんです。だから彼ら以上のものを、あえて見つけだそうなどとは思ってはいませんよ。でも小生は作品を早く印刷に付したいとは思っています。そうすれば上演されたとき、見落としてよく理解できなかったような素早い筋立てを、じっくり味わうことができますからね。芝居というのは歌と同じで、旬や時機というものがあるんですよ。」（『パルナソ山への旅』「パルナソ山　付記」四三二―三頁、本田訳）

「自分の作品を買って舞台に掛けてくれる一座が現れない、ならば印刷屋（本屋）に売って本にして残そう、そうすればいつか日の目を見るかもしれない」というセルバンテスの考えは、もうそれ以上客を呼べなくなった戯曲を印刷に回すという当時の習慣からすると異例中の異例である。そこには、自分の作品に対する誇りと演劇への思い入れが読み取れる。

さらに、セルバンテスの散文作品と演劇作品の類似性もセルバンテスの演劇志向を雄弁に物語る。たとえば、「捕虜の物語」（『ドン・キホーテ』第三九―四一章）と戯曲『アルジェの生活』、小説「リンコネーテとコルタディーリョ」（『模範小説集』）と『男やもめの女衒』（幕間狂言）、そして小説「ジプシー娘」と戯曲『ペドロ・デ・ウルデマラス』それぞれに共通したプロットがあることは周知の事実である。

以上のことが意味することは、セルバンテスにとって演劇は一時的に糊口を凌ぐためのものではなく、終生にわたっての絶えざる関心事であり、彼の作家人生にとって重要な位置を占めているということだ。セルバンテスから演劇を切り離すことはできないのである。

二 『ドン・キホーテ』の演劇性

セルバンテスと演劇の関係がわかったから、今度は『ドン・キホーテ』の演劇的側面、その演劇性を見ることにしよう。セルバンテスの演劇への傾倒が並々ならぬものなので、それが彼の散文作品にも大きく影響を及ぼしていることは容易に推測できる。

演劇性とは何か。演劇は、大まかに言えば、演者が舞台上で台詞や動作によって何かを表現し、それを観客が見ることから成り立っている。すなわち、「AがBを演じ、それをCが観る」という状況さえあれば、そこに演劇性を認めることができる（エリック・ベントリー Eric Bentley）。この状況は何も演劇の専売特許ではなく、舞台の外、つまり日常生活でも起こりうる。そもそも、私たちはこの世である役割を引き受け、それを日々の暮らしのなかで演じている。それならば、小説に演劇性を纏わせることも可能だ。ある者が他の者の前である役割を演じている日常生活の場面をナレーターが眼前に展開するがごとく語ってやればよい。また、演劇性のある語りに加え、実際に劇を上演している場面（演劇性一〇〇％）をナレーターが語ることも小説では可能である。そしてそこに現実とフィクションの世界の境界が曖昧になった精神的に難のある人物を配置してみると……どうだろう、『ドン・キホーテ』が出来上がる。

そう、『ドン・キホーテ』にはこの二種類の演劇性をもったエピソードが、程度の差こそあれ随所にちりばめられている。その主なものをピックアップすると次の五つに分類できる(1)。

一　劇の上演が行われるエピソード（ドン・キホーテとサンチョが観客として眼前に繰り広げられるスペクタクルを観ているという状況設定）

・カマチョの婚礼を祝うための舞踊およびバシリオが演じる偽装自殺（後篇二〇―二一章）

・ペドロ親方の人形芝居（後篇二五―二六章）

二　ドン・キホーテとサンチョをからかい笑いものにして楽しむために仕組まれた、お祭り的なエピソード（用意された台本に則ってその登場人物に変装した人々、音響効果、大掛かりな舞台装置など、芝居仕立てなのは明明白白である。観客と役者の明確な区別は微妙で、主従はその出来事が偽りの、実際には存在しない、仕組まれたものとは知らず、現実のことだと思い込まされる。またはトシーロスのエピソードのように虚実綯交ぜの場合もある。）

・住職と床屋それにミコミコーナ姫となったドロテアがドン・キホーテを連れ戻すために打っ

た芝居（前篇二九、四六―四七章）
・森の騎士あるいは鏡の騎士とのエピソード（後篇一二―一五章）
・銀月の騎士とのエピソード（後篇六四章）
・公爵の館での一連の出来事（後篇三四―五七章）
―モンテシーノスの悪魔の使者、賢人リルガンデーオ、賢人アルキーフェ、魔法使いアルカラウス（三四章）、
―魔法使いメルリンとドゥルシネーアを乗せた勝利の車（三五章）
―白髯のトリファルディンと悲嘆の老女（三六、三八―三九章）
―クラビレーニョ（四一章）
―ドン・キホーテに恋する腰元アルティシドーラ（四四、四六―四七、四九章）
―老女ドーニャ・ロドリゲスとの出来事およびトシーロスとの決闘（四八、五二、五六章）
・バラタリアの太守となったサンチョを巡る一連のエピソード（後篇、四四―四五，四七、四九、五一、五三章）
・ドン・アントニオ・モレーノの魔法の首のエピソード（後篇六二章）
三　理想郷アルカディアをテーマにしたエピソード（このエピソードでは、最初主人公はアルカディアを耳で聞き、次に自身の目で見て触れ、最後はそれを自ら実践しようとする、というように「聞く」「見る」「行動する」という一連の流れがある）

・山羊飼いアンセルモが語るアルカディアのエピソード（前篇五一章）
・疑似アルカディアを再現し、牧歌の世界を疑似体験する若者たちとのエピソード（後篇五八章）
・銀月の騎士に敗れたドン・キホーテが羊飼いになりアルカディアに暮らそうと決心するエピソード（後篇六七章）

四　「新しい演劇《コメディア・ヌエバ》」が得意とする、男女の愛のもつれをテーマとする錯綜劇風のエピソードや幕間狂言の要素をもったエピソード（演劇の小説化ともいえるエピソード）
・カルデニオとルシンダ、フェルナンドとドロテアの二組のカップルの恋の顛末（前篇二四―二五、二七―二九、三六章など）
・酒の皮袋相手の大立ち廻り（前篇三五章）
・マンブリーノの兜と荷鞍の疑問（前篇四四―四五章）
・太守サンチョの裁判（後篇四五章）

なお、この範疇に『ドン・キホーテ』の中にそのまま挿入されている短編物語『無分別な物好き』（前篇三三―三五章）を入れることができる。この短編の演劇性はそのナレーター自らが次のように認めている。

「アンセルモは、ひどく熱心に、自分の名誉の死の悲劇が演ぜられているのを、耳に聞き眼でむさぼるように見守っていた。この悲劇の登場人物が、不思議なじつに効果的な情熱で演じて

いたので、いつか彼の眼には、作り事が、真実そのままに姿をかえてうつった」（前篇三四章）

五　演劇論、演劇観、演劇状況に関するエピソード

・住職と役僧の繰り広げる演劇論（前篇四八章）
・ドン・キホーテとサンソン・カラスコが交わす物語談義（後篇三章）
・アングロ・エル・マロ一座とのやりとり（後篇一一章）
・ドン・キホーテとペドロ親方が交わす演劇観（後篇二六章）

前篇と後篇を比べると、後篇に演劇性の強いエピソードが集中している。前篇を読んで主人公主従のことを知っている登場人物たちが一時演出家や役者になって、一芝居も二芝居も打っているからだ。また、前篇と後篇では演劇性を生み出す仕掛けに違いがある。前篇に多いのは、世界が見様によって異なる見え方をすることに立脚したものである。今目にしているものは暫定的なもの、不確実なものであり、そのために真実がわからなくて人々は混乱してしまう。他方、変装など故意に仕組まれたものによって真実と見せかけがごっちゃになり、そのため真実がどこにあるのかわからないという仕掛けが後篇には多い。

演劇性豊かなエピソード満載の『ドン・キホーテ』であるが、その演劇性を語るうえでとりわけ不可欠な手法が二つある。一つは、意識しているしていないはともかく、アロンソ・キハーノがドン・キホーテを「演じる」という趣向だ。『ドン・キホーテ』というテクストの舞台で田舎郷士が遍

歴の騎士の役を演じるのだから、それ自体演劇的なのである。もう一つは、ナレーターが出来事を語ることよりも、直接話法の会話を多く取り入れていることだ。主従のやりとりの会話を中心にした対話体小説というとオーバーかもしれないが、それに近い体裁になっているのである。語りの部分を「ト書き」、会話のそれを「台詞」にすると、まごうかたなく戯曲になる。

さらに、『ドン・キホーテ』が演劇性にあふれていることは、スペイン内外を問わず、多くの劇作家、演出家がその舞台化に挑戦している事実からも理解できる。

現存する中で最初にセルバンテスの傑作にインスピレーションを刺激された作品は、フランシスコ・デ・アビラの幕間狂言『ドン・キホーテ・デ・ラ・マンチャの天晴なる勲』（一六一七年）である。宿屋での騎士叙任にまつわる珍騒動（前篇三章）をグロテスクな滑稽劇に仕立て直したものだ。次いで、ギリェン・デ・カストロが『ドン・キホーテ・デ・ラ・マンチャ』（一六一八年）、『無分別な物好き』（一六二一年）と二度にわたって舞台化を試みた。前者ではカルデニオ、ルシンダ、フェルナンド、ドロテアの四角関係（前篇二三―三六章）を、後者では題名が示すとおり、妻カミーラの貞節を試すアンセルモとその親友ロターリオを巡る短編物語（前篇三三―三五章）を選んで舞台に掛けている。なにせ相手は膨大な物語である。通し狂言ならずともまるまる芝居にすることは不可能に近い。エピソードの取捨選択が必要になる。どこをどう切り取るかが翻案者、演出家の腕の見せ所となる。[2]二〇世紀のスペインで主な劇作家・演出家がこの不朽の名作をどのように切り取って舞台化しているかを見ると次の九つの試みを挙げることができる。

一　ハシント・グラウとアドゥリア・グアル『カマチョの婚礼』(一九〇二年)――カマチョの婚礼のエピソード(後篇二〇―二一章)を原作にほぼ忠実に舞台化している(特にバシリオが登場する二一章の部分)。ただし、音楽と舞踊の要素をオリジナル以上に盛りだくさんに用い、前半はミュージカルの雰囲気が強い。

二　アルバレス・キンテロ兄弟『漕刑囚の解放―ドン・キホーテ・デ・ラ・マンチャ前篇二二章の翻案劇』(一九〇五年)――『ドン・キホーテ』出版三〇〇周年の記念行事の一環として上演用に書き下ろされた。兄弟はオリジナルの語りの部分をト書きに回し、筋がうまく運ぶように多少の短い台詞を書き加えただけで、エピソードの会話部分をセルバンテスに敬意を払って一字一句そのまま台詞に移して一九頁ほどの戯曲に仕立て直している。

三　ベントゥラ・フェルナンデス・ロペス『ドン・キホーテとその従者』(一九〇五年)――公爵の館のエピソード(後篇三一―三三章)の中からいくつかの場面を組み合わせた、サンチョ・パンサを主人公にした笑劇。

四　アレハンドロ・カソーナ『バラタリア島のサンチョ・パンサ』(一九三四年)――共和国政府の啓蒙プログラムの一環として作者カソーナは巡回劇団〝民衆劇場〟を主宰した。その演し物のためにアントニオ・マチャドの提案で書き下ろしたもの。サンチョのバラタリアでの奮闘ぶり(後篇四五―五三章の四六頁分)を三〇分足らずの上演時間に収めるため、オリジナルの構成を分量、順序ともに変えて二一頁の幕間狂言に仕立てている。

五　ホセ・マリア・カストロビエホ『ドン・キホーテ、一九四七』（一九四七年）――セルバンテス生誕四〇〇年を記念しての劇作品。内戦と第二次世界大戦後の一九四七年のスペインにドン・キホーテを遍歴させ、宿屋でのナポレオンやマルティン・ルターらとの会話などを通し、ドン・キホーテ的倫理と理想の意味そしてその永続性を当時の社会に問うドラマとなっている。

六　アントニオ・ブエロ・バリェッホ『神話』（一九六七年）――『ドン・キホーテ』のオペラを上演しているオペラ歌手たちが繰り広げる、劇中劇の体裁をとった実験オペラ演劇である。モンテシーノスの洞穴やクラビレーニョのエピソードを思わせる夢の場面では空飛ぶ円盤と宇宙人などが登場する。オペラであるが、楽譜は未完成。

七　ディエゴ・セラノとホセ・マリア・グティエレス・エステファニ『ドン・キホーテ・デ・ラ・マンチャ』（一九七一年）――オリジナル全篇の翻案劇。異なるシーンを同時進行できるように舞台を三つに分けたり、スクリーンを用いて映像・アニメを駆使したり、現実と空想（虚構）を同時に舞台上に見せようとしている。ただし、一度も上演されていない。

八　アルフォンソ・サストレ『サンチョ・パンサの終わりのない旅』（一九八四年）――主人ドン・キホーテが息を引き取ったあと、自殺を企てたサンチョが精神病院で語るドン・キホーテの物語。サンチョがアロンソ・キハーノをドン・キホーテに仕立て、遍歴の旅に駆り立てたという設定になっている。これまでとは異なる観点からのアプローチで、単に小説を舞台化したものではない。

九　マウリシオ・スカパッロ『ドン・キホーテ――演劇的言説の断片』（一九九二年）――副題が示

すとおり前篇後篇それぞれから一一ずつ選んだ合計二二のエピソードをオムニバス風に構成したもの。後篇一一章に登場するアングロ・エル・マロ一座の面々が各エピソードを演じるという趣向によって、何もない空間をカーニバル的な「世界劇場」に仕立て上げている。セビリャ万博で上演された。

最後の三つの舞台のように全篇をグローバルな観点から扱おうとしているものもあるが、一七世紀の翻案劇をはじめ大半は『ドン・キホーテ』の中のエピソードを部分的に舞台化したものである。小説とは異なり、舞台には厳然とした時間の制限がつきまとうからという理由もあるが、『ドン・キホーテ』が多くの珠玉の演劇的エピソードから構成されていることの裏返しでもある。仮に時間の制約を取っ払って、全篇を戯曲に作り替えるとしたら……でもそれはあまり意味がないだろう。そのつもりなら端からセルバンテスが物語形式ではなく、戯曲形式の中にドン・キホーテを遍歴させたに違いないから。

おわりに

演劇を巡るロペ・デ・ベガとの確執の結果、セルバンテスは芝居を離れ、「ほかにやるべきこと」つまり「かなり期待できる」と世間から評価されていた散文の道に進み、そして『ドン・キホーテ』

を執筆した。また『ドン・キホーテ後篇』にしても、同じことが言える。セルバンテスの真作よりも贋作のほうが先に世に出てしまった。しかも、作者とされるアベリャネーダなる正体不明の人物がロペ・デ・ベガ周辺の人間であると囁かれて、セルバンテスは嫌悪感、敵愾心を糧に真作の完成に向けひたすらペンを走らせたに相違ない。当時の演劇と騎士道小説の不朽の名作とはこのように深い因縁で結ばれている。

セルバンテスが演劇性を小説の中に導入した理由は何か。現実と見せかけが混淆し融合しあう世界をより造形的に描写するためだけだろうか。対話にウエイトを置いた新たな散文を創り出すためだけだろうか。小説の中に演劇的要素を取り入れることで、自作の戯曲を舞台に掛けられなかった無念を晴らそうとしたのではなかろうか。もはや、ロペ・デ・ベガの演劇がなければ憂い顔の騎士とサンチョの珍道中は生まれなかったと言っても、的外れな世迷い言とすげなく一蹴されることはないだろう。世の『ドン・キホーテ』ファンはセルバンテスの不倶戴天の敵「自然の怪物」氏に感謝しなければなるまい。

《注》

（1）この分類はTorres Nebreraの分類に依拠している。

（2）二〇世紀の舞台化の作品リストは、Rubiera Fernándezの論文を参考にして筆者がまとめたものである。

《参考文献》

佐竹謙一『スペイン黄金世紀の大衆演劇』三省堂、二〇〇一年。

セルバンテス『ドン・キホーテ』（前篇・後篇）、会田由訳、ちくま文庫、筑摩書房、一九九七年。

――『模範小説集』牛島信明訳、国書刊行会、一九九三年。

――『ラ・ガラテア／パルナソ山への旅』本田誠二訳、行路社、一九九九年。

Cervantes, Saavedra, Miguel de: *La Entretenida*, en *Obras completas* II, ed. Manuel Arroyo Stephens, Madrid, Turner, 1993.

―― *Teatro* (Prólogo y comedias), ed. F.Sevilla y A.Rey, Barcelona, Planeta, 1987.

Rubiera Fernández, Javier: "Novela, drama y vida: la teatralidad del *Quijote*" *Edad de Oro*, XXV(2006), pp.519-544.

Torres Nebrera, Gregorio: "*Don Quijote* en el teatro español del siglo XX", *Cuadernos de Teatro Clásico*, 7, 1992, pp.93-140.

ミゲル・デ・セルバンテスに起きた転倒、対話、事件などいくつかのもっともらしい言及と回想

アンヘル・モンティーリャ
山崎信三　訳

マドリード、一六一五年二月一七日

かつて兵士、アルジェで捕虜、レパントの海戦で負傷、不運な徴税史、芽の出ない詩人、ついには栄光の小説家が一六一五年二月一七日に目を覚ましたのは明け方であった。無性に水分を欲する持病が爽快な睡眠をとらせてはくれず、空が白み始めるや否やまるで飛び跳ねるようにベッドを離れ、バルコニーのそばの古い椅子（老いた彼のごとく）に座るのだった。家族が起きてきて日常を始めるまでは、そこから早朝の通りの人の動きを眺めた。

やがてすっかり明るくなれば、何かしら自分のものあるいは他人の作品に目を通した。ちょうどその頃は『新作コメディア八篇と幕間劇八篇』の差し迫った出版の手続きや、マンチャの郷士の冒険・後篇の詳細の詰めに追われていた。序文と献辞のみを残していたが、後援者であるレーモス伯爵に捧げる献辞においては、余計な決まりきったへつらいを避けることに手間取っていた。

お告げの祈りの鐘の刻限、通りに徐々にふくらむ人のざわめきが部屋にまで聞こえてきた。矛槍兵やすべてを伴った名だたる家系の随行員たちである。より詳細を知ろうと出かけることにした我らが作家の好奇心にとっては、老齢も持病もなんら障害ではなかった。子供たち、小娘たち、暇人たちも騒ぎの訳をあれこれ憶測しながら歩を速めている。

——跣足修道会に向かっているらしい。

——きっと結婚式につきものの騒ぎだよ。あるいは洗礼式かな。

——それにしては皇子の姿がないね。

——新キリスト教徒たちかも。

——あっ、陛下だ。

——その後ろには寵臣。

——そしてバラハス伯爵夫人。

ある角でドン・ミゲルは一行とすれ違った。無造作に群衆を押しやる衛兵の背後を、確かにフェリペ三世殿下とその寵臣レルマ公爵が通り、続いてフランシスコ会の修道士が、その容貌から遠い

東洋からの者たちと思える外国人グループと一緒に通り過ぎた。セルバンテスの傍にいた男があえて悪意的に言うには、

――連中はカタイ人、つまり中国人だ。

それに対してやせ細った書記官風情の主は反した。

――断じて彼らはそうではなく、数ヶ月前にインドからセビーリャに着いた遠い日本からの使節団です。

――あなたがそうおっしゃるならそうでしょう。お見受けしたところ、学も教養もおありのようだ。

すべてが済んで、ドン・ミゲルはせっかく外に出たのだからアロンソ・マルティン未亡人の印刷所を訪ねることにした。午前中の残り、そして疲労と少々の空腹感が質素な家路につかせるまでの午後をインクと鉛の匂いの中で過ごした。

マドリード、一六一五年四月二三日

マドリードの古い市街地でもうほとんど視界も悪い夕刻、ドン・ミゲルはフランコス通りへの家路をたどっていた。そしてある角を曲がったとき、同じ方向に向かう人たちと出くわした。不幸にも鉢合わせしたその出会いにおいて、一番高齢のドン・ミゲルが転倒した。すぐにその身なりから

フェリペ三世

フランシスコ会の修道士と分かる人物が、彼が起き上がるのを手伝ってくれる。偶然にもそれは数ヶ月前マドリード市中で見た、国王や寵臣そして東洋からの外国人たちに連れ立っていたその人だった。

――何てことでしょう、すみません。そんな積もりはなかったのですが、あなたを転ばせてしまいました。

ドン・ミゲルは衣服を整えながら、その弁明にうなずいた。

――何でもありませんよ、修道士さん。ちょっとしたことが年寄りには大げさになっただけです。

――お怪我をなさっていなければよいのですが。どこかあなたの世話をして、痛みを和らげてくれる所にお伴しましょうか?

――それには及びません。ありがとうございます。

その時たまたまトーチを手にした夜警が通り、その明りにセルバンテスは修道士と一緒にいた人物の顔を見た。

支倉常長

――私たちの自己紹介をさせていただきます。私はセビーリャ出身でフランシスコ修道会のルイス・デ・ソテロという者です。そしてこちらご同行の方はフェリペ・フランシスコという名ですが、それは最近のことで、もと支倉常長さま、遠方の地日本が祖国の方です。その国から我らが国王陛下およびローマ法王への使者として来られました。私はかの地で謙虚に主イエス・キリストの教えを説いているのですが、この度同行してきました。

大使とセルバンテスは礼儀正しく会釈を交わした。

――お見知りおきください。私はミゲル・デ・セルバンテス・サアベドラという者です。かつてはトルコと戦った兵士、ベルベリアでの捕虜、王領の超税吏などをしてきた、喜劇やその他気晴らし物の作家です。

――おそらく貴殿は『機知に富んだ郷士ドン・キホーテ・デ・ラ・マンチャ』の作者ではありませんか?

――その通りです。

――何という幸運。かくも著名な作家、諸国の人が目にした面白くも読み応えのある、警句あふれる作品の生みの親と遭遇するに至るとは！

――この年寄りの耳には聞きづらい賛辞とお世辞をおっしゃいます。

セルバンテスはあまりの祝辞に困ってしまい、別れを告げて先へ進もうと考えた。

――ドン・キホーテとその従者の風聞は日本にまで届いています。

フランシスコ会修道士は続けた。

――実は私の荷の中にはもっと敬虔な書物と一緒に、あなたの逆境と警句の書も決して欠けることはないのです。とても好奇心が強く教養のある向こうの人たちも、私が機会あるごとにする同書の翻訳紹介を楽しんでくれます。

――私の文言がそんなに遠くにまで届くとは想像もしてみませんでした。

――ミゲルさん、もっとあなたにお伝えします。私は日本に戻ったら、神々しい天皇の臣民があなたの小説を読めるようにという目的だけのために、私たちの言語を教える学校を開きます。

セルバンテスは初めて、話を続ける修道士の言うことにいくらか関心を示した。

――我らが騎士と従者のさらなる才気と冒険を楽しめる幸せはないものでしょうか。なぜなら、あのアベリャネーダとかいう人の書いた話では同じように喜べないのです。

――あるかも知れませんが、それに関してさらなる情報を提供することはできません。熊を狩る前にその皮を売るのは分別のあることではありませんからね。

――できるだけ早くお願いします。というのは、私たちはローマに向けて発ち、帰路はそのままインドを経て日本へとなってしまうからです。

遭遇の三人は、ようやくこの言葉といくつかの賛辞、弁解を交わして別れを告げた。

セビーリャ、一六一六年四月七日

インドに船出するほんの数日前、修道士ルイスと大使フェリペはグアダルキビル川の岸辺を歩いていた。港での準備はすべて整っている。船積みの荷、契約乗組員、レートの支払い、許可書の署名…。大使にとってはあまり成果がなかったことへの悲嘆が絶えなかった。国王と法王は仙台の大名伊達政宗の手紙とその内容を受理はしたが、ほとんどいかなる約束も動きも示してはくれなかった。何ヶ月か前に要請したことを再度主張するために、セビーリャからローマとマドリードに送った手紙もあまり役に立たなかった。

そしてさらにかんばしくないことに、随行員のうちの何人かがコリア・デル・リオに残る決心をした。アンダルシアの若い娘たちの古い踊りや甘言に乗せられ慰められてのことである。

暦に呼応するように、四月のその日の午後は柑橘類の花の香りが、港の匂いやカスティーリャ王国の最も大衆的かつ賑わう通りを埋めつくす野次馬や犬の匂いをかき消すに十分であった。

傍らの本屋に入ったとき、ソテロは他の書籍の側に、作者自身が彼らに話していた『機知に富んだ騎士ドン・キホーテ・デ・ラ・マンチャ』［後篇］を見つけた。マドリードでは体力の回復で精いっぱいのわずかな日数しか滞在しておらず、それを見つけることはなかった。支倉は微笑み、修道士と一緒にその小さな店に入る。騎士の有名が書棚からそれを消してしまうことを恐れ、素早くその本を買い求めまた通りに出た。

ヒラルダの塔の影のベンチでそれを開く。そしてレーモス伯爵への献辞に目をとめたソテロは、支倉に聞こえるように大きな声で読んだ。そこには次のようにあった。

「なかでも、このことにもっとも強い熱意を示したのが中国の偉大な皇帝でございまして、ひと月ほど前になりましょうか、中国語で書いたわたくし宛の手紙を使者に持たせて、どうか『ドン・キホーテ』を送ってもらいたいと要望、というよりはむしろ懇願してまいりました。なんでも皇帝はかの地にカスティーリャ語を教える学院を創設したい。そして教科書としてドン・キホーテの物語を使用したいとのことでした」。

（牛島訳参照）

本を閉じて少し笑みを浮かべながら連れに言う。

――フェリペさん、私にはとても心配でもありとても喜ばしくもありますが、私たち使節にとってもっとも大切な成果が永久にこの本に書かれてしまっています。

それに対して日本人支倉が、

——「渡りに舟」ですね　——と応じたかどうかは定かでない。

《参考文献》

Alfredo Alvar Ezquerra : Cervantes, Genio y libertad *Temas de hoy*. 2004.

Antonio Cabezas : *El siglo ibérico en Japón*, Universidad de Valladolid, 1995.

Jean Canavaggio : Vida y literatura:Cervantes en *el Quijote*, Centro Virtual Cervantes, 1998.

Miguel de Cervantes : *Don Quijote de la Mancha*, Círculo de Lectores Galaxia, 2004.

Marcos Fernández Gómez : *Estudio introductorio, La embajada japonesa de 1614 a la ciudad de Sevilla*, Comisaría de la ciudad de Sevilla para 1992, Ayuntamiento de Sevilla, 1991.

Emilio Orozco Díaz : *Cervantes y la novela del Barroco*. Biblioteca de Bolsillo de Universidad de Granada, 1992.

Andrés Trapiello : *La vida de Miguel de Cervantes*, Destino Booket, 2005.

山崎信三『西訳日本ことわざ集』山口書店、一九八五年。

II

『ドン・キホーテ』［後篇］によせて

野呂　正

鈴木正士

片倉充造

三浦知佐子

松田侑子

山田眞史

『ドン・キホーテ』［後篇］におけるドゥルシネーア

野呂　正

『機知に富んだ騎士ドン・キホーテ・デ・ラ・マンチャ　後篇』は十年前の一六〇五年に世に現れ、大ベストセラーになった『機知に富んだ郷士ドン・キホーテ・デ・ラ・マンチャ』の続篇である。しかしそれは前篇の単なる同工異曲の繰り返しではない。題名が「郷士」から「騎士」に変わっていることからも窺えるように、それは前作の拡大であり、深化である。ドン・キホーテもサンチョ・パンサも大きく成長し、ドン・キホーテの思い姫も相変わらず比類なきドゥルシネーア・デル・トボーソというわけにはいかない。

『ドン・キホーテ　後篇』におけるドゥルシネーアにかかわる物語はドン・キホーテのある懸念から始まる。それはサンチョ・パンサがもたらしたある情報に起因する。サンソン・カラスコという若者が学士となってサラマンカから村に帰ってきたのだが、彼によれば、ドン・キホーテの伝記が

『機知に富んだ郷士ドン・キホーテ・デ・ラ・マンチャ』という題の本になって世間に出まわっているというのである。前回の遍歴の旅から故郷の村にもどってまだほんの一か月だというのに、そんなことが現実に可能だろうか、どこかの魔法使いが書いたのかもしれない、といぶかしく思い、彼はその学士カラスコに直接会って詳しい事情を聴いてみることにし、サンチョに彼を呼びに行かせる。学士を待つ間、彼は自分がその本の中でどのように書かれているのか、自分の武勲が大いに賞賛されているのか、あるいは自分の所業がいたずらに貶められているのか、思い悩むが、それはやがて自分の思い姫に及んでゆく。「とりわけ彼が恐れていたのは、自分の思い姫ドゥルシネーア・デル・トボーソに対する恋慕が、もしやふしだらな形で描かれ、その結果彼女の純潔さを汚《けが》し、彼女の名声を傷つけることになっているのではないか、ということであった。つまり彼としては、王妃や王女や、そのほかあらゆる身分の乙女たちの求愛をしりぞけ、自然の性衝動をもよく抑えて、一途《いちず》に彼女のために守り通した忠誠と節度がはっきり描写されていることを、ひたすら願っていたのである。(1)」

この懸念はやがてやって来たサンソン・カラスコによって払拭される。学士によれば、世間で今評判になっているドン・キホーテの伝記は騎士の凛々しさ、勇気、忍耐力、堅忍不抜の精神はもとよりのこと、「あなた様とわれらの姫君ドニャ・ドゥルシネーア・デル・トボーソのあいだの、いかにも清らかにして禁欲的なプラトニック・ラヴを、きわめて的確に、まるで目に見えるように活写している(2)」というのである。ドン・キホーテはこの言葉を聞いて胸をなでおろす。

このサンソン・カラスコは『後篇』において初めて導入される人物である。学士になっただけあって頭のほうの冴えはなかなかのものだが、性格的には底意地が悪く、人を愚弄したり、洒落のめしたりすることに喜びと知的優越を感ずるといったタイプの人間である。実際、彼は物語の進行の中でドン・キホーテの世界を突き崩す役を担うことになる。彼はドン・キホーテの狂気を取り除くために一計を案ずる。いったんドン・キホーテを遍歴の旅に出させたうえで、彼自身が遍歴の騎士に扮してその後を追い、戦いを挑んで打ち負かそうというのである。戦う前に、負けた者は勝者の意のままになるという取り決めをしておき、敗れたドン・キホーテに対し、故郷に帰り、二年間は蟄居しているようにと命令する、家に引きこもっている間に彼の頭から狂気が消えて行くであろう、というのである。実際、学士は「森の騎士」、「鏡の騎士」、「銀月の騎士」となってドン・キホーテの前に現れ、最終的に、少なくとも肉体的には、彼を打ち負かすことになる。

人を疑うことを知らぬドン・キホーテは、このようなことを見抜けるはずもなく、この若い学士がすっかり気に入り、彼の言うことを全面的に信用してしまう。新たな遍歴の旅に出る決意を彼に打ち明け、その行き先についてアドバイスを求める。学士はアラゴン王国の首都サラゴサに行ってみてはどうかと答える。そこで近々催されることになっている馬上槍試合に出場して、世界中の騎士を凌駕する栄誉を勝ち取ってはどうかというのである。このお世辞たらたらの言葉を真に受けて、ドン・キホーテはすっかりその気になる。また彼の思い姫ドゥルシネーアに対する確信も今や揺るぎないものになり、彼は彼女にささげる詩の代作を学士に頼む。学士は、自分は詩人ではないのでなかなか難しいことだが是非作らせていただく、と答える。

　このようにして、ドン・キホーテは従士サンチョ・パンサを従えて、新たな旅に出る。彼等はまずドゥルシネーア姫が住むエル・トボーソに向かう。ドン・キホーテとしては、新たな冒険に入る前にそこに赴き、ドゥルシネーア姫に会って、冒険の許しと祝福をもらうためである。しかしサンチョは主人の考えに疑念を抱く。「だけどお前様があの方と言葉を交わしたり、顔を見つめあったりするのは、少なくとも、祝福を受けるにふさわしい場所では無理じゃねえかな。もっとも裏庭の土塀《どべい》ごしでなら話は別ですがね。おいらがあの方をはじめて見たのも土塀ごしでしたから。ほら、お前様がシエラ・モレーナの山奥に入り込んでやりなさったおかしな狂気沙汰を知らせる手紙を持って遣《つか》いにいったときのことですよ。(3)」サンチョとしては、主人が考えていることが現実になり得るとは思えないのである。この疑念の根底にはふたつの意識がある。ひとつは彼がドゥルシネーアは本当は誰であるか知っていることであり、もうひとつは前回のエル・トボーソ行きは実現しなかったということであるが、これについては少し『前篇』を振り返ってみなければならない。

『前篇』において、漕刑囚解放のあと、ドン・キホーテは街道筋の警備にあたる「聖同胞会」の捜索から逃れるためにシエラ・モレーナの山中に身を隠す。そこで彼は自らの鑑とする遍歴の騎士アマディス・デ・ガウラが彼の思い姫にうとまれたため、ある岩山にこもって行った苦行にならって、自らも苦行を行うことを思いたつ（サンチョの言う「おかしな狂気沙汰」である）。同時に自分の悲痛な思いをつづった手紙をドゥルシネーアのもとに届けるために、サンチョをエル・トボーソに使いに出す。その際、ドン・キホーテはサンチョに問われて、思い姫ドゥルシネーアは実は何年か前に見初め、密かに恋い慕っていたアルドンサ・ロレンソというエル・トボーソの農民の娘であることを明かしたのである。またエル・トボーソに向かったサンチョは実際にはそこに行くことは結局できなかったのである。途中で、ドン・キホーテを探し出して、家に連れ戻すためにやって来た司祭と床屋に出くわしたからである。彼等の命令に従って、彼は二人をドン・キホーテが苦行を行っている場所に案内せざるを得なくなったのである。ドン・キホーテの方はてっきりサンチョがエル・トボーソから戻ってきたものと思い、ドゥルシネーアとの会見の様子をいろいろ尋ねる。本当のことを言って主人の叱声を受けるのを恐れ、彼はでっち上げをやらざるを得ない。「お前が向こうに着いたとき、あの美の女王は何をしておいでだったかな？」、「家の裏庭で二ファネーガほどの小麦を篩《ふるい》にかけていなさったですよ。(4)」、等々と答えるのである。

『後篇』の新たな旅立ちに戻ろう。サンチョの疑念に対してドン・キホーテは即座に反駁する。ドゥルシネーア姫を拝した場所が「お前には裏庭の土塀に見えたというのか？そんなはずはない。どこか豪壮な宮殿の柱廊か、渡り廊、あるいは玄関ホールかどこかであったに相違なかろう。(5)」彼の頭は騎士道物語の空想の世界でいっぱいなのである。これに対してサンチョは、半分はそれを認めるものの、彼にとっては、現実はやはり現実でしかないのである。「大きにそうかもしれねえ。だけど、やっぱりおいらにゃ土塀と見えましたよ。おいらの記憶が狂っていないとすりゃね。(6)」このような騎士道物語という架空の世界と現実の対立をはらみながらドン・キホーテ主従はエル・トボーソに向かう。

二日後、二人は無事エル・トボーソに到達する。ドン・キホーテはドゥルシネーアに会える期待に胸をはずませるが、サンチョの方は、シエラ・モレーナで自分がついた嘘がばれるのではないかという不安にかられる。町に入ってすぐそれは現実となり、彼は窮地に立たされる。一刻も早くドゥルシネーアに会うことを願うドン・キホーテが、彼に直ちにその館に案内せよと命ずるのである。シエラ・モレーナにおいては主人の空想に合わせてうまく言い繕ったものの、実際には彼はエル・トボーソに行ったわけでもなく、ドゥルシネーアに会ったわけでもないのである。主人が思い描く「館」であるにせよ、自分がでっち上げた「農家」であるにせよ、ドゥルシネーアの住んでいるところなど知らないのである。嘘がばれるのを恐れる彼は、とにかく何とかして主人を町から遠ざけようとする。主人が直接「館」を探して町の中をうろうろするのはみっともない、いったん町を出て近くの森に隠れてもらい、従士である自分が町に引き返し、「館」を探して町中を隈なく歩き回ることを提案する。主人はその提案を受け入れ、近くの森に身をひそめる。嘘が露見する危機はしばしの間避けられる。

しかし問題が解決されたわけではない。自分が提案した通り、ドン・キホーテを森に残して、ひとり町に向かったものの、サンチョは思案にくれる。途中で驢馬からおり、そばにあった木の根もとに腰をおろし、窮地からの脱出策についていろいろ考えをめぐらす。そしてひとつの結論に達する。主人の、例えば、風車を巨人に、羊の群れを軍勢にという具合に、多くの物を見間違える性癖を利用しようというのである。「おいらがここいらで出くわす最初の百姓女をドゥルシネーア様だと思いこませるのも、そうむずかしいことじゃあるめえ。御主人がそいつを信じなかったら、おいら誓ってやるさ。[7]」なにがなんでもそうしてやるというのである。

　このような決心をして、しばらく待っていると、まさにおあつらえ向きに、エル・トボーソの町の方から驢馬に乗った三人の百姓女がこちらに向かってやってくる。これを目にしたサンチョは、これ幸いとばかり、大急ぎで森に取って返し、ドン・キホーテにドゥルシネーア・デル・トボーソ様が二人の侍女を連れて会いに来るので、すぐに森の外に出て、出迎えるようにと告げる。ドン・キホーテはその知らせにびっくり仰天するが、サンチョに言われるまま、あわてて森の外に出て、エル・トボーソへの道を見はるかす。しかしそこには三人の百姓女のほかにはなにも見えない。そして『ドン・キホーテ』の前篇、後篇を通して最も滑稽であると同時に最も悲痛な場面が続く。その一端を示せば次の如くである。

　自分には驢馬に乗った三人の百姓女にしか見えないと言うドン・キホーテに対して、サンチョは必死になって、三人はドゥルシネーア姫と二人の侍女であると言い張る。さらに、自ら彼女たちの前にひざまずき、従士として主人ドン・キホーテを紹介する。ドン・キホーテもサンチョにならってひざまずき、丸顔で鼻ぺちゃの不器量な女にドゥルシネーア姫に対する拝謁の口上を述べる。女たちは二人の行動を自分たちをからかう猿芝居とみなし、迷惑だから道をあけてくれという。ドン・キホーテは立ち去ろうとする、ドゥルシネーア姫であるとされた百姓女に最後の訴えをする。

おん身を恋慕する、この悲嘆にくれた心の唯一の救いなるわが君よ！いつも拙者を迫害する邪《よこしま》な魔法使いめが、ただいま拙者の両の目に雲とかすみをかけおりましたので、他の人びとの目にはそうでなくとも、ただ拙者ひとりの目には、おん身の比類なく美しい容姿が貧しい百姓娘のそれと映ってはおりますものの、拙者の姿をもまた、おん身の目におぞましく映せしめんとして何か妖怪変化に変えているのでなかったら、どうか、おん身の変りはてたる美しさに対してひれ伏す拙者の恭順さのなかに、わが魂がおん身を崇拝するしおらしさをお認めになって、おん身のやさしき情愛に満ちた眼差しを拙者の上に注ぎたまえ。(8)

ドン・キホーテは、サンチョの思惑どおり、美しいドゥルシネーアが魔法にかけられ、貧しい百姓娘に変容したと思いこむのである。

この魔法にかけられたドゥルシネーアは、しかしながら、サンチョの一時しのぎの嘘ということでは終わらない。ドン・キホーテの心に深く刻み込まれてしまうからである。モンテシーノスの洞穴の冒険においてそれは明瞭になる。彼は、ラ・マンチャ地方に実在し、様々な伝説を秘めたこの洞穴の内部を探ってみようと思い立つ。彼はサンチョと、途中、この地方に詳しい人物として紹介された若い学者を伴って洞穴へと向かう。現地に到着すると、彼は二人に綱でつり下げてもらって洞穴の奥を探検するのだが、途中、ある岩棚で一休みしている際に深い眠りに落ちてしまう。地上の二人は彼があまりに長時間洞穴の中にとどまっているのが心配になり、彼からの合図を待たずに、そのままの状態で彼を地上に引き上げる。しばらくして目覚めた彼は洞穴の中で見た夢（彼自身は現実であると主張するのだが）を二人に語り聞かせる。

洞穴の闇の中でふと目覚めたドン・キホーテは自分が心地よい、美しい草原の真ん中にいるのを知る。遠くに壮麗な城が見える。やがてその中から一人の人物が現れ、彼の方にやってきて、自分はフランスのロマンセで歌われたモンテシーノスであり、親友のドゥランダルテとその思い姫ベレルマとともに、魔法使いメルリンによってこの洞穴に閉じ込められているのだが、その魔法を解いてくれる人物としてドン・キホーテ・デ・ラ・マンチャ殿を待っていた、というのである。ドン・キホーテはモンテシーノスによってこの魔法にかけられた世界を案内され、多くの摩訶不思議なことを見ることになるが、その一つをサンチョに話して聞かせる。

さしあたりもうひとつだけ話すとな、あの心地のよい草原に、不意に三人の百姓娘が現われて、まるで山羊のように跳ねまわったのじゃ。娘たちの姿を見たとたん、わしはそのうちの一人が比類なきドゥルシネーア・デル・トボーソで、あとの二人は、エル・トボーソの町はずれでわれわれが言葉を交わした、ドゥルシネーアといっしょにいた百姓娘であることに気づいたのよ。(9)

ドン・キホーテがその三人の百姓娘について、モンテシーノスに尋ねると、彼女たちがその草原に現れるようになったのはごく最近で、名前は知らないが、いずれにしても魔法にかけられたどこかのやんごとない御婦人方であろう、と答えたというのである。この話を聞いたサンチョはおかしさで頭が変になりそうになる。自分自身がドゥルシネーアを魔法にかけた張本人であり、事の真相をよく知っているからである。彼は主人が本当に正気を失い、正真正銘の狂人になってしまったものと思い込む。しかしドン・キホーテにとっては、それは深い悲しみで、ドゥルシネーアにかけられた魔法を解くということが悲願となる。

サンチョの嘘によって魔法にかけられたドゥルシネーアは、次にある公爵夫妻の愚弄と嘲笑の的になる。ドン・キホーテはある森を抜け出たところに広がる草原で、大勢の家来を引き連れて鷹狩をする美しい公爵夫人を見かけ、心引かれる。騎士道に則った儀礼のやり取りのあと、彼は公爵夫妻に対面する。すでに世に出回っているドン・キホーテの伝記を読んでいた公爵夫妻は、現実に目の前に現れた世にも風変わりな騎士と従士に驚くとともに、大いに興味をそそられ、彼らを自分たちの城に招待し、丁重にもてなす。しかし鷹揚で愛想のよい彼等の対応の裏にはあるよからぬ目論見が隠されている。ドン・キホーテを城をあげて騎士道物語に出てくる本物の遍歴の騎士としてもてなそうというのである。つまりドン・キホーテの頭の中にある騎士道物語の世界を現実化し、それを事実と思い込むドン・キホーテとサンチョ・パンサを愚弄し、嘲笑して楽しもうというのである。

公爵夫妻のドン・キホーテ主従に対する愚弄の標的は様々だが、主たるもののひとつは、ドン・

キホーテの思い姫ドゥルシネーアである。この愚弄は公爵夫人の主導によってなされる。夫人はサンチョがお気に入りで、彼をひとり自室に呼んでいろいろおしゃべりするのを楽しみにしている。そんな折、サンチョは問われるままに、最近ドン・キホーテに起こった驚くべきこと、エル・トボーソでの出来事やモンテシーノスの洞穴冒険について詳しく話す。公爵夫人は、サンチョの嘘によってドゥルシネーアが魔法にかかったこと、またドン・キホーテがモンテシーノスの洞穴に彼女が閉じ込められていると本気で信じていることを知り、これこそドン・キホーテ愚弄の格好の種になると思うのである。実際、夫人は直ちに公爵のところへ行って、サンチョとのやり取りの模様を話して聞かせ、夫妻はドン・キホーテ愚弄の策を練り、その手はずをととのえるのである。

公爵夫妻の策というのはドン・キホーテに騎士道物語に出てくる魔法使いたちの仮装行列を見せ、それを本当のことだと思いこむ彼を笑いの種にしようというものである。ある日、森で大々的な狩りが催される。ドン・キホーテ主従も招待され、それに参加する。やがて日が暮れ、狩りも終わり、あたりが闇に包まれると、突如森の四方八方から火の手が上がり、大音響が湧き上がる。突然のことに驚き、呆然と立ち尽くす一行の前に、騎士道物語に出てくる有名な魔法使いたちが、仰々しく飾り立てられた牛車に乗って次々に現れる。そして最後に、ひときわ大きな牛車に乗った魔法使いが美しい乙女を伴って現れ、ドン・キホーテの前で止まり、荘重な言葉で言う。自分は魔法使いメルリンで、比類なきドゥルシネーアが魔法によってむくつけき田舎娘に変えられた不幸をあわれに思い、その魔法を解く方法を汝に教えるためにやって来た、ドゥルシネーアが本来の姿を取り戻すためには「汝の従者サンチョ・パンサがそのたくましき尻をむき出して、そこに三千三百の鞭をみずから加え、耐えがたき痛みに苦しむを要するなり」[10]というのである。

「冗談じゃねえ」[11]とサンチョは絶叫する。自分の尻が魔法と何の関係があるのか、主人のドン・キホーテはいざ知らず、自分が生み出したものでもないドゥルシネーアのために、なぜ自分が鞭を受けなければならないのか、とサンチョは猛然と抗議し、鞭打ちを断固拒否する。しかし主人から不従順と叱声され、メルリンが連れて来たドゥルシネーアから薄情ものと非難され、公爵からは約束した島の領主の話は取り消すと脅され、サンチョは結局、日にちや期限は決めず、自分がその気になったときだけ実行するという条件で、その鞭打ちを引き受ける。その決意を聞いて、ドン・キホーテは、喜びと感謝の気持ちでいっぱいになり、サンチョの首にすがりつき額や頬に口づけの雨を降らせ、公爵夫妻はドン・キホーテを愚弄する計画が首尾よく達成されたことにすっかり満足する。

公爵の城においてドン・キホーテはこのほか様々な歓待、つまり愚弄を受けるが、やがてそのような安楽で無為な生活から抜け出そうと考える。彼は公爵夫妻にいとまを告げ、遍歴の騎士本来の厳しい旅に戻る。しかしもはや威勢のよい、潑剌とした姿は見られない。魔法にかけられたドゥルシネーアが絶えず心にかかり、彼は悲しみと暗鬱の中に沈みこんでしまう。確かにバルセローナの海岸における「銀月の騎士」との決闘においては英雄的な気概を示す。地面にたたきつけられ、お命頂戴と槍先を突き付けられたとき、「ドゥルシネーア・デル・トボーソはこの世で随一の美姫《びき》にして、拙者こそ、地上でもっとも武運つたなき騎士でござる。しかし拙者の弱さゆえに、この真実を曲げることはあいならぬ」(12)と言って、自らの命を投げ出す。しかしこれは例外で、あとは騎士としての体面も誇りも捨て、藁にもすがる思いで、サンチョに効果も怪しげな鞭打ちの実行を懇願する姿が続く。それはあわれで、醜悪でさえある。しかし一方において、それは生というものの抗いがたい衰退（ドン・キホーテは何よりも一個の生なのである）に対する不可避な戸惑いであり、あがきであり、苦悩であると見るならば、人間性の真実として崇高な光も帯びてくる。

《注》

（1）牛島信明訳『ドン・キホーテ　後篇』岩波書店、一九九九年、二一五頁。
（2）前掲書、二二六頁。
（3）前掲書、六〇頁。
（4）牛島信明　訳『ドン・キホーテ　前篇』岩波書店、一九九九年、三二九頁。
（5）牛島　前掲書、六〇頁。
（6）前掲書、六〇頁。
（7）前掲書、七四頁。
（8）前掲書、七八頁。
（9）前掲書、一九六頁。
（10）前掲書、二九六頁。

(11) 前掲書、二九六頁。
(12) 前掲書、五四三頁。

『ドン・キホーテ』［後篇］における四つの大事件

鈴木正士

はじめに

一七世紀初頭スペインの中央部ラ・マンチャ地方に住む初老の男アロンソ・キハーノは、当時大流行していた読み物ジャンルの騎士道物語を読みふけった。とうとう自分のまわりの現実世界と騎士道物語の物語世界との区別がつかなくなり、彼は自分のことを騎士道物語の中の騎士であると思いこむと、名前をドン・キホーテ・デ・ラ・マンチャとあらため旅に出る。このため、キホーテという人物は騎士道物語世界という虚構世界でしか生きられなかった。風車や羊の群れなどのいる非騎士道世界という現実世界をつねに自分の意志で騎士道物語世界だと思いこむこと（つまり変換すること）によって騎士道物語世界を創造しつづけなければ、彼は存在できなかった。

もちろんキホーテは永遠にキホーテでありつづけることはできなかった。彼は途中から弱まりを見せはじめ、『ドン・キホーテ後篇』の最後で死んでしまう。

はじめてキホーテに衰弱の様子が見られるのは『ドン・キホーテ前篇』二九章においてである。前篇二九章で彼になにが起こったのだろうか。

ここではキホーテを村へ連れもどそうと、村の司祭と床屋が、騎士道物語の典型的な登場人物たちである乙女と従者の扮装をしてキホーテの前に現れた。キホーテがまわりの現実世界と騎士道物語世界の区別がつかないことを知っていた彼らは、キホーテを物語の騎士のようにあつかえば、素直に村までついてくると考えた。つまり、彼らはキホーテに対して騎士道物語世界を押しつけたのだった。キホーテの存在条件は、非騎士道世界を騎士道物語世界に変換して自らの意志で物語世界を創造することだった。そのため、騎士道物語世界に閉じこめられたキホーテは騎士道物語世界を創造できなくなり、このときキホーテの衰弱がはじまるのである。

キホーテの力は後篇でさらに弱まっていく。そして彼は自分が騎士道物語世界で生きていた存在であることを認識する。そればかりではない。最終的に彼は『ドン・キホーテ』という物語の主人公であることを自覚するのである。それらのことに徐々に気づいていくのではない。大きな四つの事件が彼にふりかかる。それらが彼から力を奪い、彼に自分は物語の中の存在だということを気づかせ、彼を死にいたらしめるのである。

それらの事件とはなんだろうか。『ドン・キホーテ後篇』をたどりながら、キホーテの消滅までを見ていきたい。

一　サンチョが創造する複雑な様態の騎士道物語世界（後篇一〇章）

四つの事件の一つ目は、後篇一〇章でサンチョがキホーテに複雑な様態の騎士道物語世界を押しつけるということである。どのような経緯からサンチョはキホーテをそんな目にあわせるのだろうか。

キホーテは後篇七章でサンチョとともに彼の三度目の旅に出かける。彼らは旅の最初に、キホーテが思い姫に変換し思い姫だと決めつけているドゥルシネア（実際はエル・トボソ村に住む農婦アルドンサ・ロレンソ）から旅の許しと祝福の言葉をもらうために彼女の家に向かう。一つ目の事件が起きるのは、エル・トボソ村に到着した後篇一〇章でのことである。サンチョがキホーテに、彼らの前に偶然やって来た田舎の農婦をドゥルシネアだという嘘をつくのだ。この嘘はキホーテにとって大きな衝撃であり、彼にいやしがたい傷をあたえる。

実はサンチョがキホーテに嘘をつくのはこれが最初ではなかった。一度目の嘘をついたのは前篇三〇章と三一章でのことだった。それは、会ってもいないドゥルシネアに会ってきたと言った嘘である。（二度目の嘘は一度目の嘘を隠蔽するために余儀なくついた嘘だった）。なぜサンチョはキホーテに前篇三〇章と三一章で嘘をついたのだろうか。この点をまず見ていきたい。

旅の途中の山中でキホーテは、思い姫の裏切りに苦悩する騎士道物語の典型的な騎士をまねて、ドゥルシネアを思って狂乱状態を演じようとした。そして、あなたのことを思って懊悩《おうのう》しているという内容の手紙を彼女にとどけるようにとサンチョに依頼する。しかし、サンチョはエル・トボソ村への途上、手紙を落としてしまう。ドゥルシネアに手紙を渡せず途中で引き返してきたサンチョはキホーテにほんとうのことが言えない。ドゥルシネア様はどんなご様子だったかと問われたサンチョは、せっぱつまって、会ってもいないドゥルシネアの言動を語る。こうしてサンチョは結果的に、キホーテにドゥルシネアに会ってきたと、嘘をついてしまったのである。

サンチョのこの嘘にだまされたキホーテは、そのため、後篇一〇章でエル・トボソ村に到着したとき、サンチョに、おまえはドゥルシネア様の家に来たことがあるのだから、そこへ連れて行けと彼に命じる。もちろんサンチョはドゥルシネアの家など知るはずがない。一度目の嘘が露顕することを恐れたサンチョは、偶然その場にやって来た田舎の農婦をさして、あの方がご主人様の思い姫ドゥルシネア様ですとキホーテに言ってしまう。

サンチョの二度目の嘘は一度目の嘘をかくすためにとっさについた嘘だった。一度目の嘘も二度目の嘘もその場をうまくごまかすためについたという観点から考えたらまったく違いはなかった。ところが、キホーテにとっては二つの嘘には天と地ほどの大きな違いがあった。一度目の嘘はキホーテに力をあたえ、二度目の嘘は彼から力をうばうのである。おなじドゥルシネアにかんするサンチョの嘘なのに、キホーテに相反する影響をもたらす。二つの嘘にはいったいどのような違いがあるのだろうか。

一度目の嘘で、サンチョはキホーテに、彼が会ったドゥルシネアは田舎の農婦だったと報告した。ドゥルシネアの正体がエル・トボソ村の田舎の農婦アルドンサ・ロレンソだと、手紙をとどけに行く直前にキホーテから知らされたサンチョは、田舎の農婦の農作業の様子をキホーテに伝えたのだった。つまりここでサンチョはキホーテに、非騎士道世界という現実世界を押しつけたのだ。そのためキホーテは、サンチョが会ってきたと言う田舎の農婦としてのドゥルシネアを、サンチョの見まちがいだと言ってしりぞけ、美しい思い姫ドゥルシネアに変換することができた。キホーテは騎士道物語世界を自分の手で創造することができたのだ。キホーテにさらに力がみなぎったのは当然のことだった。

一方、後篇一〇章の二度目の嘘では、サンチョは農婦をドゥルシネアだと断言する。彼はここでキホーテに騎士道物語世界を押しつけたのだ。そのためキホーテは自分の手で騎士道物語世界が創造できなくなる。こうして二度目の嘘はキホーテから力を奪ってしまう。力を奪うだけではない。キホーテに致命的な打撃を与える。というのは、ここでサンチョが押しつけた騎士道物語世界は、前篇二九章で司祭と床屋から押しつけられた騎士道物語世界のような単純なものではなかったからだ。それは複雑な様態をしていた。複雑なのは次の点である。

サンチョがキホーテにドゥルシネアだとしめす農婦はキホーテの目には農婦としか見えない。実際に田舎の農婦だから当然のことだ。そのためキホーテは、サンチョが彼にしめした田舎の農婦ドゥルシネアを思い姫ドゥルシネアに変換したい。非騎士道世界の農婦を騎士道物語世界の思い姫に変換することで、騎士道物語世界を創造したいのだ。だがそれは許されない。自分の目には田舎の農婦にしか見えない女を、サンチョが美しい思い姫ドゥルシネアだと言ったからだ。キホーテには非騎士道世界に属するものに見える（当然誰にもそう見えるのだが）農婦を、サンチョは騎士道物語世界のドゥルシネアだと断言したのだ。この矛盾の中でキホーテの気持ちは苦しいほどによじれる。キホーテは自分の目が信じられなくなるのだ。こうしてキホーテは、騎士道物語世界を創造することに対して根本的に自信を喪失するのである。

二　『贋作ドン・キホーテ後篇』の存在を知るキホーテ（後篇五九章）

後篇一〇章のあとキホーテは力を失っていく。たしかに後篇一七章のライオンの冒険や二二章のモンテシーノスの冒険でキホーテは力を取りもどしたかに見える。しかし、ライオンの冒険ではライオンをライオンとしか見ず、モンテシーノスの冒険ではそこに展開する騎士道物語世界をそのまま受け入れるだけだ。彼は現実世界を騎士道物語世界に変換しないのである。後篇二九章の水車小屋の冒険では、水車小屋を城砦に変換して突撃する。ここでキホーテは最後の力をふりしぼって騎士道物語世界を創造しているのではないだろうか。というのは、水車小屋を破壊し、それを水車小屋と認めたとき、キホーテはこうつぶやくからだ。「拙者にはもうどうすることもできない」（引用文は筆者訳、以下同様）。この言葉はキホーテが騎士道物語世界を創造することをついにあきらめたということを意味していると考えられる。そのキホーテが後篇五九章で力強い態度を取りもどす。だが実は、それはキホーテに大きな打撃をあたえる第三の事件をみちびく第二の事件だった。

第二の事件とは、アベリャネーダ著『贋作ドン・キホーテ後篇』が出版されていたという事実をキホーテが知るということだ。『贋作ドン・キホーテ後篇』はセルバンテス著『ドン・キホーテ後篇』が出版される一年前の一六一四年に出版された小説で、実在する作品である。作者アベリャネーダの正体は現在でも明らかになってはいない。

後篇五九章でキホーテとサンチョが宿泊した旅籠の彼らの隣室から『贋作ドン・キホーテ後篇』について話している旅人たちの話声が聞こえてくる。キホーテは即座に隣の部屋に押しかけると、彼らに自分たちこそ本物のキホーテとサンチョだと自己紹介する。そして、『贋作ドン・キホーテ後篇』で偽キホーテとサンチョが、自分たちが向かおうとしていたスペイン中北部の都市サラゴサへ行ったと書かれていることを知ると、キホーテは次のように言って、行き先をサラゴサからバルセロナに変えてしまう。

「拙者はサラゴサに足を踏み入れませせぬ。そして世界に向かって、新参の作者の嘘偽りをあかしてやりまする。その男の言うドン・キホーテは拙者ではないことに誰もが気づくでありましょう」

前篇二九章で弱まりを見せはじめたキホーテは、後篇一〇章での事件で大きな衝撃を受け自信を喪失した。にもかかわらず、このようにキホーテは『贋作ドン・キホーテ後篇』に対して強い態度に出る。それには理由があった。彼はある確信を抱いていた。それが彼を『贋作ドン・キホーテ後篇』に対して強い攻撃に出させたのだ。確信とは次のものだ。

自分は本物の騎士であるのに対して、偽物キホーテは『贋作ドン・キホーテ後篇』という虚構の中の人物にすぎない。自分は本物の騎士である。一方、偽物は虚構中の存在だ。自分と『贋作ドン・キホーテ後篇』中の偽キホーテとは、現実と虚構というまったく別次元に属している。偽キホーテなど取るにたらない存在だ、と彼は見なしていたのだ。

しかし、実はここにキホーテを消滅にみちびく大きな落とし穴があった。なぜなら、キホーテも騎士道物語世界という虚構世界の住人であるため、虚構を否定することは自分自身を否定することを意味するからだ。つまり、キホーテは『贋作ドン・キホーテ後篇』という虚構を否定することで、無意識のうちに自分を否定していたのだ。このことが自殺行為であったということが明らかになるのは、変更した行き先であるバルセロナにおいてである。

三　騎士道世界のキホーテ（後篇六三章）

キホーテは行き先をサラゴサからバルセロナに変更した。サラゴサは、偽キホーテが『贋作ドン・キホーテ後篇』中でおもむいた場所だった。サラゴサは偽キホーテの住む騎士道物語世界だから虚構世界なのだ。キホーテも虚構世界の住人だから、サラゴサはキホーテにとって安住の地だったのだ。もし彼がサラゴサに行っていたら、彼はサラゴサで、前篇二九章で弱まった力や後篇一〇章で失った自信を回復したかもしれない。

しかし、キホーテはサラゴサには行かなかった。バルセロナにやって来た。これがキホーテを破滅にみちびく第三の事件である。

バルセロナは、虚構世界であるサラゴサを否定して行った町なのだから、非虚構世界、つまり現実世界ということになる。キホーテが向かったバルセロナは騎士道物語世界ではなく、騎士道世界だったのである。

キホーテのまわりを騎士道世界がとりかこむのは、彼がバルセロナに入る前からはじまっていた。バルセロナへの途上、キホーテはスペイン一七世紀に実在した盗賊ロケ・ギナールに出会う。ロケは騎士だった。ロケという盗賊はのちに捕えられたあと、赦免のかわりとして当時スペイン領だったナポリで、対トルコ軍の艦隊の艦長に任命されている。

騎士のつとめとは、元来、カトリック教を奉ずるスペインをイスラム教徒の攻撃から守護することである。騎士にとって最大の敵はイスラム教徒なのだ。イスラム教徒であるトルコ人と戦うという点において、ロケは騎士だったのだ。このように、バルセロナへの途上、はやばやと彼は騎士道世界に入りこんでいく。

だが、これは騎士道世界との接触の序曲だった。バルセロナこそ完全に騎士道世界だった。というのも、キホーテがバルセロナ港に軍艦を見物しに行ったとき、偶然イスラム教徒の船が攻め寄せてくるからだ。騎士にとっての敵はイスラム教徒だから、彼はここでイスラム教徒の船に勇敢に立ち向かうべきなのだ。しかし何ら行動を起こさない。キホーテは騎士であると思いこんでいるにもかかわらず、彼は本物の騎士のいる騎士道世界ではまったく活躍しない。

考えてみたらこれは当然のことである。

騎士道物語を耽読したアロンソ・キハーノはドン・キホーテに生まれ変わった。キホーテは騎士道物語世界でしか存在できなかった。彼が存在できるのは、虚構世界である騎士道物語世界であって、現実世界の騎士道世界ではないのだ。そのため、彼は本物の騎士を前にすると、力が弱まるどころか、後篇六三章でイスラム教徒の乗った船が登場して以来、後篇六三章中ではキホーテに関する描写がまったく見られなくなってしまう。その場にいるはずなのに、書物の上からキホーテは消されてしまうのだ。

キホーテは虚構世界のサラゴサ行きを取りやめた。かわりにバルセロナにやって来た。そのため、バルセロナは騎士道世界という現実世界だった。彼がバルセロナで本物の騎士たちに出会ったことは当然のなりゆきだったのである。

騎士道世界を体験したキホーテは、自分が今までどのような場所にいたのかということにはじめて気づくのだ。彼は、それまで自分が騎士道物語世界という虚構世界にいるなどとは考えてもいなかった。彼は本物の騎士であるという自信を持っていたし、自分は騎士道世界にいると固く信じていた。ところが、イスラム教徒のいる騎士道世界で、キホーテは、自分が今までいた世界は騎士道物語世界であって、騎士道世界ではなかったと悟るのだ。

こうして、キホーテは自分が本物の騎士ではなく、現実世界の中にある騎士道物語世界という虚構世界で騎士道ごっこをしていた男だということに気づいた。この衝撃が小さいはずはない。それゆえ、直後の六四章で、銀月の騎士に扮したサンソン・カラスコ（キホーテと同じ村に住む学士で、後篇一四章でキホーテとの決闘にやぶれている）との決闘で、今度はキホーテが彼にあっけなくやぶれてしまうのだ。

四　物語の中の存在だと自覚するキホーテ（後篇七二章）

キホーテは自分が騎士道物語世界という虚構世界にいることに気づいた。キホーテの苦悩はここで終わらない。さらに第四の事件が起こる。その事件が彼に自分は『ドン・キホーテ』という物語の中の主人公であるということを認識させ、彼を死にいたらしめるのだ。

決闘にやぶれたために村へ帰らなければならないキホーテが村へ帰り着く直前の後篇七二章で、その事件は起こった。それは彼が泊まった旅籠にアベリャネーダ著『贋作ドン・キホーテ後篇』の主要な人物アルバロ・タルフェが登場するというものだ。セルバンテスは『ドン・キホーテ後篇』の中に『贋作ドン・キホーテ後篇』の登場人物を出現させるのである。

キホーテはここで次のような行動に出る。『贋作ドン・キホーテ後篇』の偽キホーテをよく知っているアルバロ・タルフェに、アベリャネーダのキホーテは偽物で自分こそ本物のキホーテであると認めさせる。そして、旅籠のある村の村長と公証人の前で、キホーテはアルバロ・タルフェに、ここにいるキホーテこそが本物のキホーテであると宣誓させたうえで、法的な力を持つ村長認可の宣誓状を取りつける。こうして、キホーテは自分が本物のキホーテであると法的に認めさせるのである。

しかし、これが最終的にキホーテに致死的な結果をもたらすことになるのだ。というのは、『贋作ドン・キホーテ後篇』の主人公キホーテは物語の中の人物なのだから、その《偽物の物語》のキホーテが偽キホーテで自分が本物のキホーテであると宣言したということは、自分が《本物の物語》の中のキホーテであると認めたことになるからだ。つまり、ここでキホーテは、偽物と本物の違いはあるものの、偽キホーテも自分もともに《物語》の人物であることに気づいたのだ。

キホーテがアルバロ・タルフェと別れるときの様子は次のとおりだ。

「半レグワ行ったところで道がふたつに分かれていた。一方はドン・キホーテの村へと通じ、もう一方はドン・アルバロの行く道であった」

『ドン・キホーテ後篇』と『贋作ドン・キホーテ後篇』という違いはあるにせよ、彼らは物語中の人物という点では同等のレベルにいる。そのため二岐《ふたまた》の道をそれぞれに行くのである。

キホーテは自分が物語の中の登場人物であることを認識した。こうなっては、キホーテは生きてはいけない。自分が物語の中の書かれた存在であることに気づいた者は物語にいつづけることはできないのだ。

結局のところ、『贋作ドン・キホーテ後篇』のアルバロ・タルフェに会ったことが契機となり、自分が『ドン・キホーテ』という物語の主人公であるということを自覚したために、キホーテは消滅するのである。

おわりに

キホーテは、ドン・キホーテばかりでなく、アロンソ・キハーノという男の存在自体が虚構であることを悟ってしまった。後篇七二章でアルバロ・タルフェと別れたあと、キホーテの行動はめまぐるしい。彼は後篇七三章で村に帰り着くと、すぐに自宅のベッドに倒れこむ。一週間後に目覚めたキホーテは正気にもどり、自分をアロンソ・キハーノと認める。そして、最終章の後篇七四章で、それまでのおこないを懺悔してから死んでいく。

夢を見ていた男が夢を夢だと知ったとき、男は夢から覚め、夢は終わる。物語の中のキホーテ自身が物語の中にいることに気づいたとき、彼は死に、『ドン・キホーテ』は永久に閉じられてしまったのである。

「モンテシーノス洞窟の冒険挿話」に係る考察

片倉充造

はじめに

セルバンテス『ドン・キホーテ』［後篇］（一六一五）は、ドン・キホーテ、サンチョ・パンサ主従の公爵夫妻との「出会い」による濃厚な日々・それ以前・別離以降とに大きく三区分することが可能であるが、「出会い」までの際立ったシーンとしては、サンチョ・パンサ主動による〝トボソ姫〟一行との遭遇（一〇章）以外に、鬼気迫る「一七章ライオンの冒険」と地下世界の幽境「二二～二四章モンテシーノス洞窟の冒険」を挙げることになるだろう。三人称・非全知型の語りによる百獣の王との対決については、すでに「名場面断章」（『ドン・キホーテ事典』[1]）の項目に取り上げ紹介している。本稿では表題挿話の冒険について講読を進め、セルバンテスの叙述技法を検討する一助としたい。

一　構成

モンテシーノス洞穴が取り上げられる主な章としてはおよそ、①「二二章モンテシーノスの洞穴でドン・キホーテが成し遂げた大冒険」②「二三章ドン・キホーテがモンテシーノスの深い洞穴のなかで見たと語った驚嘆すべきことども」③「二四章この壮大な物語にとって無意味なように見えながら、そのまっとうな理解のためには不可欠である、凡百の些事が語られる」④「二五章占い猿による記憶に値する占いが書きとめられる」⑤「二七章ペドロ親方とその占い猿の正体」⑥「六二章魔法の首の冒険」などを列記することになるだろう。

①　二二章では、案内人をともなったドン・キホーテ主従のモンテシーノス洞穴への接近から到着、そして主人ドン・キホーテの降下から再び地上へ帰着するまでが、語り手の視点（三人称）を中心に描出されている。この冒険の成立要件としては、1、ドン・キホーテの意思決行（「みずからその洞穴のなかに入り、そのあたり一帯で噂されているもろもろの驚異が本当なのかどうか、自分の目で確かめてみたいという強い願いを抱いていた」（一七七頁）と精神的高揚（比類なきドゥルシネア姫への祈り）2、同行者サンチョによる制止・心配「サンチョは、主人の頭上でやたらに十字を切って彼を

祝福しながら、こんなふうに言った。「鋼の心と青銅の腕をもつ世界一の勇士の旦那様！ くり返し言うけど、神様に導いてもらいなさいよ！」（一八二頁）が揃って描き込まれているのがわかる。いずれにもドン・キホーテが挑む「冒険」の属性とも言える主要素が表出している。加えて、洞穴まであと二レグア／一〇〇尋におよぶ綱／翌日の午後二時／半時間／八〇尋／野鳥／烏／蝙蝠等々、数字や精緻な描写が駆使され、語り手の視点で外側から表記されている。「彼（DQ）の体をすっかり引き上げてみると、両目をつぶって、眠っている様子であった。」（一八四頁）ここには前半の名場面の一つ「一七章ライオンの冒険」と同じく、全知型ではなく観察情報を呈示するだけの語りが続いている。

② 二三章に入ると、語り手による説明で始まる第一段落・中盤でのサンチョや従兄による「冒険」の経過時間に関する反論・ドゥルシネア姫との再会の件に関する疑義・終盤での主従の問答一五行程度を除き、そのほとんどすべての叙述が、冒険者ドン・キホーテ自身の体験談で占められ、地下世界での出来事がモンテシーノスの民話・ルイデラ湖伝説を織り交ぜて滔々と語られている。ドン・キホーテが説く三日三夜をかけてなされた冒険なのか？ それとも聞き手たちが唱える一時間ほどの不在であったのか？ こうした問いについてはJ・カサルドゥエロ、M・デ・リケールやE・C・ライリーをはじめ(2)、数々の研究者たちにより、外的世界と内的世界／現実と夢／意識と無意識などの峻別に基く解釈が重ねられてきた。知識人である案内人と同行者サンチョの会話（「ドン・キホーテ殿が嘘をついておられる、とでもいうのかな。かりにその気になられたとしても、あれほどた

くさんの嘘をでっちあげる余裕はなかったはずだが。」「おいらは、旦那様が嘘をつくとは思わねえさ」（一九五頁）**Yo no creo que mi señor miente.**（p.730）からすれば、ドン・キホーテによる地下世界の見聞録は嘘ではないという見解で一致する。これは別に不自然な反応とは言えないであろう。騎士道（物語）に過敏に反応する特異（モノマニア）な主人公郷士の騎士道本講読に没頭する日常的有り様からすれば、三〇分や一時間くらいそれをテーマに喋り続けることなどあり得ない話ではないだろう。章末では、非現実的な事象を真実であるとする主人の主張に狂気を見出した従者サンチョの心配と、「それらが真実であることは、反駁も論争も許さぬ底《てい》のもの」（一九九頁）と断言する主人の信念、主従の対比が顕著となる。

ME DIJO MONTESINOS: ESTE ES MI AMIGO DURANDARTE, FLOR Y ESPEJO DE LOS CABALLEROS...

El INGENIOSO HIDALGO DON QUIJOTE DE LA MANCHA II
COMPUESTO POR MIGUEL DE CERVANTES SAAVEDRA
EDICION MONUMENTAL LA SEGUNDA PARTE
BIBLIOTECA ILUSTRADA DE ESPASA HERMANOS, EDITORES
BARCELONA 1879

「モンテシーノス洞穴の冒険」をめぐって①二二章では語り手による外的世界の把握がなされ、②二三章では冒険者ドン・キホーテの地下世界探検語録と、周囲の登場人物たちによるそれへの反応が提示されていたとすれば、③二四章では、探検者でもなければその聞き手たちでもない原作者シデ・ハメテ・ベネンヘリがいよいよ章頭より介在する。章題「ここでは、この壮大な物語にとって無意味なように見えながら、そのまっとうな理解のためには不可欠である、凡百の些事が語られる」（一九九頁）と直結した形式で、シデ・ハメテの筆跡（メモ）までもが本文に組み入れられている。シデ・ハメテはこの「モンテシノスの冒険」が、それまでに生起した諸々の冒険とは違い、まず「理性が認めうる限界をはるかに越えている」こと、理性を逸脱している事象として理解する。他方、冒険者ドン・キホーテの性格と対照させ、時間的制約という物理的な側面からもその発言が虚偽とは受け止められない旨を吐露したうえで、本件の真偽については、先入観を持つことなく読者側で随意に判断するよう提起している（引用の詳細は本稿二（2）（d）参照）。記名の原作者シデ・ハメテの物言いは、甲でもあるが乙でもある事項の択一を第三者の判定に委任する形式を取っている。合理性の乏しい設問を、経験知に基づく予断で推測し、その解釈は読者に依託しているとも言えよう。シデ・ハメテの論法は、自ら結論を明記せず、読者の多様な判断に依存する。

④「二五章占い猿による記憶に値する占い」⑤「二七章ペドロ親方とその占い猿の正体」

「モンテシノス洞穴の冒険」について、①二二章では外側からの観察②二三章では冒険者の視点③二四章ではこの冒険をめぐる原作者の解釈（意向）で、その結構がほぼ確立されていると言える。

④二五章終盤では、リアリストサンチョの差し金もあり、冒険の当事者ドン・キホーテが、過去や現在の出来事を言い当てるとされるペドロ親方の占い猿に、モンテシノス洞穴の冒険に関する真偽を尋ねる。「そこでドン・キホーテは親方に自分の考えを告げたうえ、モンテシーノスの洞穴で起こったことが夢のなかの出来事であったのか、それとも現実であったのか、すぐに占い猿に訊いてほしい、自分としてはそのどちらでもあるように思われるのだが、と頼んだのである。（略）「わしの猿は、その洞穴のなかでお前様がごらんになった、あるいはお前様の身にふりかかったことの、ある部分は偽りで、ある部分は本当だと言っておりますよ。」」（二一五頁）。そこには曖昧もしくは両義的解答が用意されている。

⑤二七章では、前章同様作者シデ・ハメテにより、人形使いペドロ親方が［前編］二二章既出の漕刑囚ヒネス・デ・パサモンテ自身であり、猿に芸事を仕込んで、過去・現在にまつわる諸事の〝物知り〟に仕立て上げていたことが確証される。「その猿に、一定の合図をしたら彼の肩に跳びのるように、そして耳元に口を近づけて何かささやくように、（略）こうしてしておいて、人形劇の一座と占い猿を連れてあちこちの村へ乗りこむのである」（二二八頁）

これが占い猿のカラクリの暴露、種明かしであり、「モンテシノス洞窟の冒険」の真偽に対する返答の骨子であった。

文学的な補説をすれば、④二五章と⑤二七章は、「だから騎士殿をおもてなしするために、というのもわしにはその義理があるからですが、」（二一二頁）=Y ahora por que se lo debo,por darle gusto,quiero armar mi retablo（p.747）というペドロ親方の言い回し（ドン・キホーテへの顧慮が内意されている）を伏線に絶妙に繋がりあっていること、そしてまた⑤での占い猿の裏話は、読めば読むほど、スペインピカレスク小説の原型、作者不詳『ラサリーリョ・デ・トルメスの生涯』（一五五四年）「第5話ラサロが免罪符売りに仕えることになった次第」と酷似していることに留意したい。

　別けてもペドロ親方こと漕刑囚ヒネス・デ・パサモンテが［前篇］二二章のドン・キホーテへの応答で、「これ（自叙伝）が出版された暁には、『ラサリーリョ・デ・トルメス』をはじめ、それに類する物語ですでに書かれたもの、あるいはこれから書かれるものすべての影が薄くなっちまうこと請け合いだね。」（二〇六頁）と豪語していた場面を思い起こすと、この人形使いは、［前篇］二二章『ラサリーリョ』を下敷きに、［後篇］二七章ではさらにそれをパロディ化[3]したキャラクターと見てよいだろう。

⑥「六二章魔法の首の冒険」

〝義賊〟ロケ・ギナールの紹介による立ち寄り先、裕福な紳士ドン・アントニオ・モレノ邸にしつらえられた〝物知り〟な魔法の首を前にした素朴な問いかけ「拙者がモンテシーノスの洞穴で経験したこととして語ったことは現実であったか、それとも夢であったか？」（五二四頁）に対する「モンテシーノスの洞穴の件に関しては言うべきことが多々ある。現実でもあり夢でもあるからだ。」（同）との答えに騎士ドン・キホーテは納得する。従士サンチョは、領主に再任できるのか、みじめな従士生活から抜け出せるのか？　と詰問し、家の領主になる、帰宅すれば妻子に会える、主人から離れれば従士生活から抜け出せるとの答を得て、「そんなことなら、わしだって言えらあ。予言者の《あたりまえ氏》だって、これ以上うまくは言えなかった」（同）と食い下がって見せる。④や⑤の〝占い猿〟、⑥の〝物知り首〟に向き合うサンチョの日常感覚に根ざした現実的な批判に表明されているとおり、モンテシノス洞穴の冒険に居合わせ得なかった第三者（〝魔法の首〟）による批評は、無難の域を出ていないものと解することができる。「もうちょっとはっきりと、もうちょっと立ち入った返事をしてもらえたら」（同）と、サンチョは心情を表白している。

二　シデ・ハメテ・ベネンヘリの語り

「モンテシノス洞穴の冒険」の講読を進めると、読者は、語り手・アラビア人原作者シデ・ハメテ・ベネンヘリ(4)が作品展開に大きく係わっていることに気づくだろう。本章では、［前篇］ならびに［後篇］でのシデ・ハメテの登場（「モンテシノス洞穴の冒険」を基軸とする）とその役割について検討を加える。

（1）［前篇］に見られるシデ・ハメテ

［前篇］ではおよそ以下の五カ所にわたってシデ・ハメテが現れる。

ⓐ「「アラビアの歴史家、シデ・ハメーテ・ベネンヘーリによって著わされた、ドン・キホーテ・デ・ラ・マンチャ伝」と書いてある」（九章八一頁）

ⓑ「賢人シデ・ハメーテ・ベネンヘーリが書き記しているところによれば、」（一五章一二二頁）
ⓒ「おまけに、シデ・ハメーテ・ベネンヘーリは何事においても正確を期する、きわめて几帳面な歴史家であった。」（一六章一三五頁）
ⓓ「ラ・マンチャ生まれのアラビア人作家、シデ・ハメーテ・ベネンヘーリは、この荘重で、響きが高く、詳細で、甘美で、おまけに機知と独創性に富んだ物語を、次のように続けている。」（二二章一九九頁）
ⓔ「賢明にして慎重な歴史家シデ・ハメーテ・ベネンヘーリは、ちょうどここで第三部を終了している。」（二七章二八四頁）
ⓐでは、ハメテ・ベネンヘリが本書『ドン・キホーテ』（［前篇］）の原著者であることが先ず明記されている。
ⓑ一五章冒頭より二七章末（［前篇］第三部）までの、ⓐとⓒに凝縮されるこうした登場では、モーロ人そのものに関する不信感を漂わせているものの、作者名と正確なストーリー説明が強調される。饒舌で多彩な叙述世界にあって、シデ・ハメテの存在は、リアリティと均衡を基本に作品のマンネリズムを回避し、読書意欲の継続を助長させるはたらきを担っていると言えるだろう。
（2）［後篇］登場から「モンテシノス洞穴の冒険」を経るシデ・ハメテ
［後篇］の始まりからこの区間までのシデ・ハメテはおよそ五回の登場を数える。
(a)「シデ・ハメーテ・ベネンヘーリは、ドン・キホーテの三回目の遍歴を扱うこの物語の後篇を

次のように始めている。

(b)「おお、ドン・キホーテ・デ・ラ・マンチャ殿、(略)あなた様こそ、かつてこの地上に存在した、そして今後も存在するであろう最も有名な遍歴の騎士のひとりであられると断言いたしますぞ。(略)おお、あなた様の数々の偉業を書き残したシデ・ハメーテ・ベネンヘーリに幸いあれ!」(三章二六頁)

(c)「《全能のアラーに祝福あれ!》と、ハメーテ・ベネンヘーリはこの第八章の冒頭で述べている。(略)自分がこのようにアラーを称えるのは、ドン・キホーテとサンチョがやっと野にくりだしたこと、そして彼らの愉快な物語の読者たちも、ドン・キホーテとその従士の新たな武勲やユーモラスな言動をこの瞬間から期待できることに感謝するためだと言っている。」(八章五九頁)

(d)「この壮大な物語を、原作者シデ・ハメーテ・ベネンヘーリによって書かれた原稿からスペイン語に翻訳した男は、モンテシーノスの洞穴の冒険の章に達したとき、その章の余白に、ほかならぬハメーテ自身の筆跡で、以下のような言葉が書き込まれているのを見た、と述べている——《余は、前章に書かれているすべてのことが、そっくりそのまま、勇敢なるドン・キホーテの身に起こったとはとても思えぬし、納得することもできぬ。(略)この洞穴の冒険は、理性が認めうる限界をはるかに越えているがゆえに、それを事実と見なす根拠がいっさい見あたらぬからである。とはいえ、ドン・キホーテが嘘をついていると考えることなど、余にはとてもできぬ。(略)余はこの冒険が真実であるとも、また偽りであるとも断定することなく書いているのであるから、(略)それゆえ賢明な

る読者よ、諸君は自分で好きなように判断していただきたい。》（二四章一九九～二〇〇頁、傍線筆者）

(e)「この壮大な物語の作者たるシデ・ハメーテは、この章を次のような言葉で始めている - 《余はカトリックのキリスト教徒として誓う…》（略）自分がドン・キホーテに関して書かんとすることにおいて、また、とりわけペドロ親方が何者であり、彼が連れていた猿、その占いにより、（略）あの猿の正体を語るに際して、（略）真実のみを述べると言いたかったにすぎなかろう。」（二七章二二七頁）

シデ・ハメテ・ベネンヘリがドン・キホーテの第三旅を扱っていることを宣言する様式で［後篇］の書き出しが綴られていること(a)は、一〇年前（一六〇五）に出版され広く好評を博した［前篇］と同じ作者による、騎士遍歴物語という同じ構想の作品が継続していることを主張するものであり、シデ・ハメテという作者に付与されている価値の重みが再認識されるであろう。

名作と化した［前篇］を継承した［後篇］の正当な担い手であることを保証するからには、作品冒頭、さらにまた巻末七四章もこの作者名で締めくくられる必然性があったと言えるだろう。

三章では、作品世界有数の知識人サラマンカ大学学士サンソン・カラスコによって、称賛とともに［前篇］の作者がシデ・ハメテ／一二、〇〇〇部の出版と公言され、読者間の信頼度がさらに付加される(b)。

［前篇］七章で主従が遍歴旅を開始したのと同様、［後篇］八章でも主従旅が再開されるに及んで、物語がいよいよ本編に入るに際し、ハメテ・ベネンヘリは、モーロ人として《全能のアラーに祝福

あれ！》とこの物語が佳境に入る喜びを露わにしている(c)。

これまでの存在感を基盤とし、それを担保としながらシデ・ハメテが「モンテシノス洞穴の冒険」に関して、口語ではなく書き言葉で、肯定も否定もしない中立的な位置取りをして、あえて読者の知見に真偽の判断を委ねる形式で叙述が進められている(d)。

その後二七章では、セルバンテスが得意とする不思議な事象の種明かしが施されるが、ペドロ親方の正体が、［前篇］で主従に難をもたらした悪党ヒネス・デ・パサモンテであったことや、その占い猿の仕掛けについても解明するのは、やはりシデ・ハメテの存在である。

このとおり、シデ・ハメテは各場面で登場・言及されてきた。加えて作者が自ら一人称で語る箇所は、読者による物語解釈の尊重（二四章）と、［前篇］に繋がる謎めいた人物の解明（二七章）であり、いずれの場面でもその重大性は計り知れない。

三　結びにかえて

「モンテシーノス洞窟の冒険」をめぐって、語り手が述べる外的現実（二二章）と、登場人物が個別に感得する内的現実（二三章）とが呈示され、そのうえで批評が加えられている（二四章）が、これはカルロス・フエンテス『セルバンテスまたは読みの批判』(5)で解釈されるエラスムスが提起する主題「真実の二重性」「外見の幻影」「狂気の称賛」を彷彿とさせる。

［前篇］ですでに几帳面さと精確さで読者からの信頼を獲得し、作品展開に寄与する、つまり、狂言回しを担ってきたシデ・ハメテは、とりわけ［後篇］では第一章より登場し、終章において一人称で「余の願望は、騎士道物語に描かれた、でっちあげの支離滅裂な話を、世の人びとが嫌悪するようにしむける以外になかったのだから」（六一〇頁）と達成感を確認する述懐で結ぶまでの間、表題挿話以後も四〇、四四、四七、五〇、五二、五五、五九〜六二、六八、七〇、七三章と随所に現れ、〝魔法の首〟の冒険にあってでも予言のからくりを暴くなど、漸次説得力のある存在として、作品全体を通して良識を体現している。

頁が進むとともに読者はシデ・ハメテ・ベネンヘーリの重厚さを認識することになるが、しかしそれは完璧な全知型を貫くものではない。厳密性を欠く（六〇、六八章）相対的側面をのぞかせるその素描は、かえって作品全体のリアリティを高め読書行為を刺激する技法と化し、人間性を追究するセルバンテス文学の特性の表象とさえ解されることも可能であろう。

《注》

（1）樋口正義・本田誠二・坂東省次・山崎信三・片倉充造編『ドン・キホーテ事典』行路社、二〇〇五年。

（2）E.C.Riley *Introducción al Quijote*（Traducción castellana de Enrique Torner Montoya）Editorial Crítica Barcelona

1990; Martín de Riquer *Nueva aproximación al Quijote* Editorial Teide Barcelona 1999 他参照。

（3）例えば、清水義範『ドン・キホーテの末裔』（筑摩書房、二〇〇七年）によれば、『ドン・キホーテ』を世界文学史上の至宝、パロディ作品の最高峰と位置づけ、その二一世紀版パロディを模索したのが同小説であるとしている。

（4）Juan Bautista Avalle-Arce *Enciclopedia Cervantina* Universidad de Guanajuato Guanajuato 1997; César Vidal *Enciclopedia del Quijote* Planeta Barcelona 1999 等参照。

（5）カルロス・フエンテス『セルバンテスまたは読みの批判』牛島信明訳、水声社、一九九一年。

テキスト：

セルバンテス『新訳ドン・キホーテ』〔前篇〕〔後篇〕牛島信明訳、岩波書店、一九九九年。

Miguel de Cervantes *Don Quijote de la Mancha* Real Academia Española Madrid 2004.

『ドン・キホーテ』［後篇］の諺から見るサンチョ・パンサ

三浦知佐子

はじめに

サンチョ・パンサとは、主人公である遍歴の騎士ドン・キホーテの従者として旅に同行する男である。小説では最初、「脳味噌の足りない男」（前篇第七章）として登場し、無知、無学、愚か者、貧乏百姓、などネガティブな人物評が見られる。しかしドン・キホーテと旅程を続けて行くほどに、サンチョの隠された知識、才覚が次々と明らかになっていき、頼もしい人物類型を現すようになる。人生哲学、才知の表象である諺。本稿では、サンチョが、別けても後篇において多用する諺の特徴・機能について考察を進める。

一　サンチョ・パンサ像

サンチョ・パンサは、ドン・キホーテの隣人・農民であり、妻子持ち（定住生活者）で、ドン・キホーテが二度目の旅から従者として連れて行く男である。

サンチョに言及している日本人研究者の評言を見てみると

片上伸　ドン・キホーテに対して空想の幻影を破る役目

永田寛定　複雑な性格・騎士よりも従士の方が面白い

会田由　キホーテとサンチョは互いに補い合っている

花田清輝　サンチョとキホーテが対照的な存在なのではなく、補足的な存在

牛島信明　主人に対する忠告者・相互補完的役割

竹内成明　どっちつかずで曖昧な中間者・狂気と健全の自由な往還の場

古家久世　聖と俗の世界を自由に行き来・単純かつ複雑

片倉充造　リアリストの視点で主人を制止するのが基本型・相互補完的

鈴木正士　もうひとりの創造者サンチョ・パンサ

これまで多くの研究者たちは、サンチョが概して主人キホーテとは相互補完的な存在であると結論づけている。『ドン・キホーテ』の中で主人キホーテと同様サンチョを主要人物と解する、(1) P・ア

ザール『ドン・キホーテ頌』やJ・フェルナンデス『ドン・キホーテへの招待』の論評も首肯できる。筆者は〃もう一人の主人公〃とも批評したい。

二　『ドン・キホーテ』の諺

『ドン・キホーテのことわざ・慣用句辞典』の著者である山崎信三によると、『ドン・キホーテ』の中で前篇・後篇の作中に用いられている諺・格言・慣用句はおよそ一五〇〇例が認められ、約三七〇例を四七名の登場人物が使用している。その内訳はサンチョが五五％、キホーテが二三％、その他四五名がおよそ二二％。主従二人で全体の七八％を占めていて、「「ことわざの宝庫」として作品を見る限り、主役はまぎれもなく従者サンチョであり、主人キホーテはそのサポート役と言えよう。また後篇においては前篇の三倍近い頻度でことわざが飛び交っている。[2]」と著書の中で述べている。

諺について、セルバンテスはキホーテの言を通して、“los refranes son sentencias breves, sacadas de la experiencia y especulación de nuestros antiguos sabios”「諺というものは昔の賢人たちの経験と観察から引き出された短い格言である」（後篇六七章ほか）と一度ならず述べている。前篇より三倍の頻度で諺が飛び交っている後篇の主役とも評された、サンチョの諺を見てみよう。

三　サンチョ・パンサと諺

サンチョの諺は食糧や食事に関するものが多いが[3]、その一方で、「子牛を貰える時は手綱持参で駆けつけろ」（後篇四章ほか）や「支払い上手は担保痛まず」（後篇三十章ほか）のように私益に関する諺も使用している。私益を欲と言い換えてみると、サンチョの諺はつまり、食と欲の二種類に区分することができる。食は日々の生活に欠かせないものであり、欲は生活力が旺盛で向上を望む男として欠かせないものであったのだろう。

それでは後篇全七四章の中でもとりわけサンチョが諺を使用した回数が多かった[4]、七章、三三章、四三章、七一章を観察してみよう[5]。

七章［概要］

三度目の旅に出ることを決めたドン・キホーテ。サンチョの高調には、自ら望んだ遍歴の旅の再開への喜びや緊張が入り混じっている。サンチョは従士としてついていくつもりで、テレサに言われた事や生命の話などで次々と諺を繰り出してみせる。その本意は遍歴の従士の給金を決めて支払って欲しいとのことであった。

「旦那様にお仕えする条件をしっかり取りきめておくように、それというのも、書きつけなら物を言うが口約束はなんにもならねえ、それに、きちんと支払いが済んでいるところには面倒ないざこざは起こらねえし、《さあお取り》の一つのほうが、《そのうちやろう》の二つより価値があるからって言いました。まあ、女の忠告なんぞ取るに足らねえ、だけどそれに耳を貸さないやつは、ひどい阿呆《あほう》だと思うんですよ。」（サンチョ・一一九頁）

「多かろうと少なかろうと、とにかく自分の稼ぎがどれほどになるかが知りたいんだよ。ほら、《鶏だって卵のあるところに卵を生み落す》し、《塵《ちり》も積れば山となる》わけで、《いくらかでも稼いでさえいりゃ、なんとかなる》からね。」（サンチョ・一二〇頁）

三三章［概要］

公爵夫人とサンチョの会話。普段の主人は思慮深いが、結局は狂気の人だと話すサンチョ。そのような狂気の主人に仕える従士もまた狂気の人ではないのか、であれば領主職は無理かもしれないと呟く公爵夫人に、サンチョが主従関係「おいらはあの人に従っていく以外、ほかにどうしようもねえんです。（略）あの人が大好きだからね。（略）おいらは忠義な男だから、例の鶴嘴《つるはし》とシャベルならともかく、それ以外のことがわしら二人を引き離すことなんかできやしねえ。」（サンチョ・一六一頁）と述べ、島の領主職に就かない方がよいと思うのならそれでも良しとしながら、諺の数々を交えて雄弁な自己主張を滔々と語りだす。

「そりゃ、おいらは愚か者だけど、あの《蟻《あり》に羽根の生えたが不幸の始まり》っていう諺《ことわざ》の意味は、よく分かってます。それに、おそらくは島の領主サンチョより、従士サンチョのほうが楽に天国へ行けるってもんでしょう。《ここだって、フランスに負けねえうまいパンを焼いてる》

し、《夜になりゃ、どんな猫だって豹《ひょう》に見える》し、《午後の二時まで朝食にありつけねえ者は衰弱する》し、《他人より手のひらひとつ分も大きな胃袋はねえ》し、胃袋なら下世話で言うように、《藁《わら》や干し草ででも満たすことができる》し、《野の小鳥たちは神を食糧調達係に持っている》し、《クエンカ産の粗い毛織物四バーラは、セゴビア産の高級ラシャ四バーラより暖《あった》かい》し、《わしらがこの世をあとにして土のなかに入れば、王公も日傭《ひやと》い人夫も同じように窮屈な思いをする》し、よしんば二人のあいだに背丈の違いがあったところで、《法王様の体が寺男の体よりよけいに地面を占領するわけじゃねえ》（略）しかもおいらは、《十字架の背後に悪魔がひそむ》とも、《光るもの必ずしも金にあらず》とも人が言うのを聞いたことがあるし」（サンチョ・一六一―一六二頁）

四三章［概要］

公爵夫妻に島の領主職を約束されたサンチョ。ドン・キホーテはサンチョに理想的な為政者としての心得を説く。「サンチョ、話のなかに諺《ことわざ》をやたらにごたごた交ぜるというお前の癖、あれもやめねばならぬぞ。（略）お前ときたら多くの場合、前後とまったく関係のないのをもちこむものだから、格言というよりは放言になりかねぬのじゃ。」（キホーテ・三〇〇頁）との騎士の忠告は、三三章で意味不明な連続する諺を浴びせられた読者の理解を助けるものであろう。サンチョには正しい統治は無理ではないかという危惧を覚えたドン・キホーテだが、サンチョはやはり諺をつくして、問題ないと言う。そこにはサンチョの楽観的姿勢が滲出している。

「《判事の息子は気軽に法廷に立つ》って言うじゃありませんかい。おいらは領主で、判事より偉いわけだから、ごちゃごちゃいう連中の鼻を明かしてやりまさあ。おいらをばかにしたり貶《おとし》めたりしようたって、そうはいかねえ。ほら、《羊の毛を刈りに行って、刈られて帰る》って言いますからね。《神は、御自分が愛しておいでの人間の家をご存じ》だし、また、《金持のたわごとは、世間で格言として通る》ってもんだ。おいらは領主だから金持なわけで、そのうえ、気前のいい男にもなるつもりだから、人にとやかく言われることたあねえだろうさ。《蜜《みつ》におなり、そうすりゃ蠅《はえ》がむらがり寄る》とか、《お前の値打ちは、持てば持つほど上がるもの》とか、うちの祖母様《ばあさま》がよく言ってたよ。要するに、《素封家《そほうか》相手じゃ意趣返しはできぬ》ってわけなんだ。」(サンチョ・三〇四頁)

七一章［概要］

ドゥルシネーアに掛けられた魔法を解くためのサンチョの鞭打ち。一回の鞭打ちに賃金を発生させたサンチョは、最初は自分の身体を鞭打っていたが、やがて周りの木々を打ち据え、呻き声を上げることでごまかしていた。回数が多いので従士の身体を案じたキホーテは、村に帰ってから行なったらどうかと提案する。ここにはサンチョの金銭へのこだわり、実利性が窺える。

「サンチョは、言われるとおりにしてもよいが、自分としてはその仕事を、乗り気になり、やりたくて血がわいているときに、一気に片づけてしまいたい、なぜなら、何事によらず、ぐずぐずしているととかく失敗しがちなものだし、それに、《天はみずから助くる者を助く》というし、《いずれやるの二つより、さあお取りの一つのほうが価値がある》し、また《空飛ぶ鷹《たか》より、手にした小鳥》のほうがありがたいから、と答えた。」（語り手・三七五頁）

引用箇所に関しては、二重山括弧（《》）で囲まれていない部分にも諺が存在している。以上の引用に目を通すだけでも、いかにサンチョが諺を多用しているかが見てわかる。総じてサンチョにとって私利私欲が絡む場合や個人の資質に関して言及される場面での自己主張・自己確認で諺を活用していることが読みとれる。

さらには、これら四つの章を観察するとそれぞれが実に見事に場面の転換期に相当することがわかる。七章の後の八章にドン・キホーテとサンチョ・パンサの主従は三度目の旅に出る。三三章に次ぐ三四章ではドゥルシネーアの魔法の解き方について、つまり公爵夫妻によるからかいが本格的に始まるのである。四三章を受けた四四章では公爵夫妻によって任命されたサンチョが島の領主として赴任していき、サンチョとキホーテが離ればなれになるシーンが展開される。そして七一章の後の七二章で主従は旅の出発点である自分たちの村へと帰還するのである。

おわりに

サンチョについて牛島信明は「世故に長けてはいるものの教養のないがさつ者」(6)と述べており、この文言を読む限り、教養のなさが先に立ってしまうが、別言すれば〝教養はないが世故に長けている〟ということである。サンチョは貧しい農民であり、生きていくには教養や学問よりも、世間の俗事や習慣の方が必要であったし、生活していくなかで、身についていったものであろう。サンチョの諺は学問として勉強してきたものではなく、今までの人生経験の中で自然に身についたものである。自身が発する諺のことをサンチョは後篇第四三章で自分の財産と言えば諺しかなく、諺と言えば「財産」である〝mi hacienda, que ninguna otra tengo, ni otro caudal alguno, sino refranes y más refranes〟と述べている。

サンチョ・パンサは基本的に生活者としての経験知・経験則に通じている人物で、現実主義・経験主義を体現しており、理想主義・合理主義を体現しているドン・キホーテとは対照的である。対照的であるが故に相互補完的存在であるサンチョ・パンサは主人と旅を継続していくなかで、主人が使用していた諺を自らの経験に照らして用いていくことで、成長と変化を如実に示すようになった。さらに野谷文昭は「諺は、それが謎掛けであることによってまず相手の関心を呼び覚まし、対話に参加させる機能を果たす。」(7)と指摘しているが、サンチョの諺は対話者キホーテだけでなく読者の関心をも呼び覚まし、物語世界と呼応させ、ことに多用が見られた四つの章については、次の場面へ進展する機能を持つと言えるだろう。

《注》

（1）ポール・アザール『ドン・キホーテ頌』円子千代訳、法政大学出版局、一九八八年。ハイメ・フェルナンデス『ドン・キホーテへの招待――夢、挫折そして微笑』柴田純子訳、西和書林、一九八五年。

（2）山崎二一〇頁。

（3）このテーマに特化した資料としては、荻内勝之『ドン・キホーテの食卓』（新潮社、一九八七年）や Alfredo Villaverde y Adolfo Muñoz Mertín *La cocina de Sancho Panza,* Ediciones Llanura Guadalajara 2005 等がある。

（4）後篇全七四章におけるサンチョの諺の登場数は、およそ二〇〇箇所ある。ひとつの章の中で諺が出てくる数は平均二・七箇所であるのに対し、取り上げる章は八箇所かそれ以上というように多く算出された。

（5）五章と十章もサンチョが諺を多用した章ではあるが、他者との対話上ではなく自問自答であるため、本稿では取り上げない。

（6）牛島（二〇〇二）一三四頁。他にアルベルト・サンチェスも、「『ドン・キホーテ』とスペイン人」（山崎信三訳）で同旨を展開している。坂東・蔵本編『セルバンテスの世界』四五頁。

（7）野谷一二〇頁。

《テキスト》

Miguel de Cervantes *DON QUIJOTE DE LA MANCHA,* ed. IV Centenario Santillana Madrid, 2004.
牛島信明『新訳ドン・キホーテ』（岩波書店二〇〇一）岩波文庫全六巻

《参考文献》

会田由『セルバンテス』筑摩書房、一九六二年。
牛島信明『ドン・キホーテの旅』中央公論新社（中公新書）、二〇〇二年。
片上伸『ドン・キホーテ』新潮社、一九二七年。

片倉充造『ドン・キホーテ批評論』南雲堂フェニックス、二〇〇七年。

川成洋ほか（編）『ドン・キホーテ讃歌』行路社、一九九七年。

鈴木正士『「ドン・キホーテ」における創造世界 非騎士道世界から騎士道世界への変換行為をとおして』行路社、二〇〇八年。

竹内成明『闊達な愚者：相互性のなかの主体』れんが書房新社、一九八〇年。

永田寛定『ドン・キホーテ』岩波書店、一九三三年。

野谷文昭「騎士の才智、従者の智恵―セルバンテスの諺」『れにくさ』第一号、現代文芸論研究室、二〇〇九年、一〇三―一二〇頁。

花田清輝（筆名：小杉雄二）「サンチョー・パンザ論」『東大陸』五月号、一九三八年、二九―一二五頁。

坂東省次・蔵本邦夫（編）『セルバンテスの世界』世界思想社、一九九七年。

樋口正義ほか（編）『「ドン・キホーテ」事典』行路社、二〇〇五年。

古家久世『ドン・キホーテへの誘い』行路社、二〇〇六年。

山崎信三『ドン・キホーテのことわざ・慣用句辞典』論創社、二〇一三年。

『贋作ドン・キホーテ』が与えた影響

松田侑子

はじめに

『ドン・キホーテ後篇』(1)が世に出る一年前の一六一四年、セルバンテスすら予想もしなかったことが起こった。『ドン・キホーテ続篇』(2)の発刊である。この続篇は、セルバンテスが執筆したものではない。作者はアベリャネーダなる人物であった。彼は、ドン・キホーテから思い姫を奪い、代わりに醜い老婆をあてがった。サンチョ・パンサは徹底的に小悪党の大食漢として描かれ、従士としてのプライドが剥奪された。セルバンテスは贋作を読み、怒りに震えたことだろう。贋作の出現によって、セルバンテスの感情が昂ぶり、ドゥルシネーアへのドン・キホーテの恋慕も否応なく増していく。しかし、何よりも変化を見せたのはサンチョである。彼はセルバンテスの思惑を超え、他者に乗っ取られない自我を持つようになったのである。

一　贋作の作者は何者なのか

贋作ドン・キホーテの作者は、アロンソ・フェルナンデス・アベリャネーダと言う。しかし、このアベリャネーダは偽名であり、その本名は未だ明らかにされていない。ただ、最近の研究によると、セルバンテスが、実はアベリャネーダと名乗った者が誰であったのかを知っていたのではないか、その上でその人物の名前を言わなかったのではないかと考えられている。また、このアベリャネーダなる人物は、トルデシージャス出身などではなく、アラゴン地方の出身ではないかとも言われている。[3]それは、セルバンテスが指摘しているとおり、『贋作ドン・キホーテ』には、数多くのアラゴン方言が見受けられるからだ。[4]また、ドン・キホーテとサンチョがサラゴサへ槍試合に行った折の風景や通りなどが詳細に描写されていることも、この仮説を裏付ける証拠であろう。またもうひとつ、研究者のあいだで言われていることは、アベリャネーダが聖職者だろうということである。聖書から多く引用したり、逸話がすべて宗教に関連していたりしているからだ。『贋作ドン・キホーテ』の逸話の一つ「幸せな恋人たち」[5]も宗教をモチーフにしている。ルター派に対する憎悪の念にもすさまじい。実際、サンチョの口を借りて、「コンスタンティノープルの人々は人肉を食していた[6]」とまで言わせている。

アベリャネーダは、セルバンテスにあからさまな敵意を持って『贋作ドン・キホーテ』を執筆した。それは、序言の中傷からも明らかであろう。[7] 多くの研究者は、アベリャネーダ版とセルバンテス版の『ドン・キホーテ』を比較して、アベリャネーダ版は、ドン・キホーテには二面性がなく単に狂っていると描写されており、サンチョ・パンサも同様で単なる大食漢として書かれており、面白みがない人物として表現され、また、主従には会話が成立せず内容がない、などと批判している。[8]

二　アベリャネーダがセルバンテスに与えた影響

しかし、アベリャネーダ版の『贋作ドン・キホーテ』が、セルバンテスに与えた影響は非常に大きかったのであろう。たとえばセルバンテスは読者への序文で、アベリャネーダへの批判を否定しておきながら、[9] 自分が片腕の年寄と呼ばれることに怒りを感じ、嫉妬深い男だと馬鹿にされることに憤りを感じている。[10] さらに、「自分の本名を隠したり生国を偽ったりし、あえて白日のもと、公衆の面前に姿を現そうとはしない[11]」と、アベリャネーダを見下した発言をしているのも確かだ。

序文においてもう一つ特筆すべきことは、セルバンテスが最終章でドン・キホーテが死ぬと明言している点である。ドン・キホーテが完全に死んでしまうことで、誰かが続篇を書こうという気を起こさせないためだろう。ドン・キホーテはセルバンテスのために生まれ、そしてアベリャネーダのために死ぬのだ。セルバンテスは序文ではっきりと「兵士は逃亡して無事でいるよりも戦場に斃れるほうがはるかに立派に思われる」[12]と書いている。もちろん、その兵士と言うのは、レパントの海戦で左腕を失ったセルバンテスのことだが、自ら生み出したドン・キホーテを示すのではないか。つまり、ドン・キホーテがセルバンテスの作品から逃亡し、別の作者の手に委ねられるよりも、セルバンテス自らの手で殺すほうが、ドン・キホーテにとって名誉なことなのではないか。

序文で、セルバンテスは一度たりともアベリャネーダという名前を出すこともなく、「あの作者」「あの男」と呼んでいる。同じく本篇でも第七二章において一度出てくるのみである。あえて口に出さないことで、意識をしていないと読者に思わせたかったのかもしれない。しかし、セルバンテスがアベリャネーダをかなり意識していたことは言うまでもない。そして、もちろんセルバンテスが生み出した登場人物たちの意識にも、ある種の変化が起こっていく。まず、主人公であるドン・キホーテの変化を見て行こう。

三　アベリャネーダがドン・キホーテに与えた影響

ドン・キホーテは後篇第五九章において、贋作の存在に激怒する。それは、偽物のドン・キホーテにはもうドゥルシネーア姫への恋慕の情がなくなったと描かれていたためである。ドン・キホーテは声を荒げ、そんなことは絶対にありえないと抗議する。そして、恋慕する姫を奪われた偽物のドン・キホーテには、代わりに醜い老婆バルバラがあてがわれる。実際、後篇におけるドン・キホーテのドゥルシネーアへの恋慕の情が冷めていないことは明らかであり、武勲をドゥルシネーア姫に捧げると作中で何度も口にしている。

その後も、アベリャネーダがドン・キホーテの心理変化に直接影響を与えたとは考えられない。なぜならドン・キホーテは後篇において、次第に自身の騎士道物語の世界の中で生き続けることができなくなり、衰弱していくからだ。(13) もはやドン・キホーテの狂気は現実の問題を解決するのに何の意味も持たなくなる。たとえば後篇第六〇章、第六一章において、ドン・キホーテの存在は完全になりを潜める。会話にもついていけなくなり、ますます存在感を強めていくサンチョ・パンサと対照的である。ドン・キホーテの意見は全く取り入れられず、ただ嘲笑の対象へと貶められる。それゆえ、次章の第六二章のように、「この人がドン・キホーテだ」と、張り紙をされるまでに至ってしまうのだ。後篇のドン・キホーテには、もはや前篇のドン・キホーテのような躍動感は残っておらず、死をも連想させる。(14) ドン・キホーテがドン・キホーテであるためには、その証明が必要になってくる。それが、この章の張り紙だというわけだ。

そしてもう一つ、ドン・キホーテが偽物にならないための証明書が出される。その証明書こそ、贋作の登場人物、ドン・アルバロ・タルフェが関係するものである。後篇七二章の最後で、二人はドン・アルバロ・タルフェに、「自分たちこそが真のドン・キホーテとサンチョ・パンサであるという証明書を書いてくれ」と頼み、彼はそれを承諾し、それを二人に渡している。なぜ、主従はこんなことを頼んだのだろうか。二人の思惑は一致していないと見るべきである。ドン・キホーテは、もはやサンチョの存在なしには自分の存在が確立しきれないくらいにまで弱ってしまっている。この証明書は、サンチョの存在なくして、ドン・キホーテをドン・キホーテたらしめるのに役立っているというわけである。対してサンチョ・パンサは、次章でも述べるように、自身のプライドが傷つけられたと憤怒している。サンチョはもはや、ドン・キホーテがいてこその従士という枠から突き抜け、単独で騎士の従士としての地位を確立している。サンチョは、後篇において、自身の強欲さとともに従士としての気高いプライドを持ち始めている。彼からすれば、偽物のサンチョ・パンサは許せざる存在であり、泥棒でもある。(15)

それでは最後にアベリャネーダがサンチョに与えた影響について見ていくことにしよう。

四　アベリャネーダがサンチョに与えた影響

アベリャネーダの執筆した贋作ドン・キホーテに最も憤慨し、自己のアイデンティティの核心に迫ったのは何よりもサンチョ・パンサであろう。そしてそれには、前篇の後半から描かれている「サンチョの二面性」が強く関係していると言えよう。

サンチョはまず、島を手に入れたいと渇望する「強欲」を持っているにもかかわらず、同時に、清いキリスト教徒として死にたいと願う「禁欲」を意識している。さらにドン・キホーテを決して見捨てない「親愛」（アルトルイズム）を持っているものの、いざとなればドン・キホーテよりも自分の利益を優先させてしまう「裏切り」（エゴイズム）に度々陥っている。そしてドン・キホーテの世迷事を諌め、主人の理想主義と比較されることの多い「現実直視的態度」を持っているものの、場面と対話者がかわれば魔法の存在を信じてしまう「非現実直視的態度」を持ち始める。また、当初のドン・キホーテがサンチョに下した評価は「愚鈍」であるが、後篇になるとサンチョが少しずつ愚鈍でなくなり、物語の終わりにはドン・キホーテを凌ぐほどになる「知恵」を身につける。最後に、自分に実害が及びそうであれば、すぐに回避しようとする「臆病さ」を持ちながら、場面が変われば、自分に実害が及ぶとしても、みずからの誇りを優先させ、たとえ自分よりも力のある者であっても立ち向かっていく「勇敢」の側面を有している。

このうち、他ならぬドン・キホーテと行動を共にしたことによって生じた変化は「非現実直視的態度」「知恵」「勇敢」である。これらをあわせて、ウナムーノを始め研究者のあいだではサンチョのドン・キホーテ化と呼ばれている。そして、後篇になるとドン・キホーテ化はますます強まり、サンチョは自分が騎士の従士であることを強く意識する。後篇第一三章で森の騎士の従士が、サンチョの娘を「売春婦」呼ばわりしたのを耳にしたサンチョは、むっとして「礼儀作法のかたまりみたいな遍歴の騎士のあいだで育った従士のあんたにしちゃ、今のような言葉づかいはあんまりふさわしいとは思えねえよ。」と答える。(16)

サンチョは、遍歴の騎士の従士であるということが、何を意味するのかをすでに知っていて自分の行動にプライドを持ち始めていく。[17] そんなサンチョに、衝撃的な事実が告げられる。つまり、「贋作ドンキホーテ」の偽物のサンチョの登場である。さらに贋作の中で偽の自分は徹底的に道化者、大食らいとして描かれた。サンチョが憤慨するのも無理はない。

最初に主従が贋作の存在に気付いたのは後篇第五九章である。『贋作ドン・キホーテ』の話をしていた隣の部屋の男たちと会話を始める。[18] 男がアベリャネーダはサンチョのことを愛嬌のない、別人にしてしまっていると意見すると、サンチョは「神様がそいつをお赦しになりますように」と嘆く。その後も、自分の偽物の存在が気になる素振りを見せる。「まさか飲んだくれだとは書いていないか」と尋ねる。「書いている」と男が答えると、サンチョは「本物のわしら」は、「勇敢で、思慮分別に富んでいて、恋に悩むわしの御主人と、単純だが気の利いたことを言う、大食らいでも飲んだくれでもねえわし」なのにとこぼす。[19]

サンチョは何より自分が従士であることにプライドを感じている。そのため、自分が仕える騎士であるドン・キホーテも対外的に見れば素晴らしい人物でなければならない。つまり、サンチョが発言したように、勇ましくて賢く、また騎士にとっては必要不可欠な、武勲を捧げるべき姫君がいる完璧な騎士でなければならない。

サンチョがドン・キホーテに対し、臆病さやエゴイズムを見せるのは二人だけの場合に多い。たとえば、後篇第一四章では、当初《森の従士》に強気な態度を取っていたサンチョだが、ドン・キホーテが《森の騎士》と決闘するさいに、初めて《森の従士》の大きな鼻を見ることになり、ひどく脅えてしまう。サンチョはドン・キホーテに合戦の様子を少し高台から眺めたいと懇願する。[20]サンチョの臆病さを実際に見たのはドン・キホーテだけである。

たとえばドン・キホーテは前篇第二一章で、道を歩く騎士（床屋だがドン・キホーテには騎士に見えた）から戦利品としてマンブリーノの兜（じつは金だらい）を奪取した。その床屋は運命のいたずらにより前篇第四四章で、ドン・キホーテ達が宿泊していた旅籠に入ってくる。サンチョの姿を認めた床屋は、彼を泥棒だと罵り、奪った金だらいと荷鞍、馬具を返せと怒鳴る。そのときサンチョは、片方の手でしっかりと荷鞍をつかんだまま、もう一方の手で相手の顔面に一撃をくらわせた。床屋も必死に応戦する。サンチョは、床屋が自分を「ごろつき」「追い剥ぎ」呼ばわりしたのが我慢ならないのである。このようにサンチョは、ドン・キホーテ以外の第三者の存在によって勇敢さを示すことが多い。

同じようにサンチョはエゴイズム（主人への裏切り）を、二人きりのときに起こしやすいことがわかる。公爵夫人に、ドン・キホーテに醜い百姓女をドゥルシネーア姫だと信じ込ませたと説明したサンチョであったが、公爵夫人はサンチョをも抱き込み、ドゥルシネーアの魔法を解くためには、サンチョが三三〇〇回鞭打ちをされなければならないと信じ込ませることに成功する（第三者の介入、それも公爵夫人という麗しいうえ身分の高い貴族の介入により、サンチョの常識が揺らいでいく）。しかし、その鞭打ちにおいてさえ、サンチョは主人であるドン・キホーテを騙している。たとえば、鞭打ちを迫るドン・キホーテに襲いかかったり、[21]自らを鞭打たず木を鞭打って騙し、金を要求したり[22]

しているのである。ちなみに、この鞭打ちをめぐる主従の関係は非常に興味深い。なぜなら、ドン・キホーテの思い姫を元の美しい姿に戻すには、サンチョの力が不可欠だからである。サンチョの立場が上昇し、さらに、楽をして稼ぎたいと言う楽観的な物欲から、ドン・キホーテを騙すのである。

つまり、この場面でドン・キホーテを高く置いたのは、サンチョ自らのためであり、完璧な騎士に仕える自分を周囲に認めて貰いたかったためだと言える。それほどまでに、サンチョは従士という身分にプライドを持っていたことが分かる。

だからこそサンチョの意識に、さらなる変化が生じる。後篇第六二章でドン・キホーテとサンチョは、ドン・アントニオ・モレーノの家に食事に招待される。サンチョは鶏の白あえと肉だんごには目がないので、余ったらふところに入れてしまっておくという噂を聞いた、とドン・アントニオは話す。サンチョは否定し、以下のように答える。(23)

「わしは食い意地が張っているというよりは、どっちかといやあ小食のほうだからね。(中略)つまり、わしの言いたいのは、わしは出される物は何でも食うし、好機を見つけたら決して無駄にゃしねえってことなんです。わしが意地汚い、とびきりの食いしん坊だなんて言った奴がいたとすりゃ、そいつは的を大きく外してると思ってくださいまし。」

ドン・キホーテもそれに応じて「サンチョは小食で口ぎれいであり、空腹のときに大急ぎでがつがつと食べるから大食らいに見えるだけ」と擁護する。

しかし、サンチョは本当に口ぎれいなのか。後篇一七章で、ドン・キホーテはサンチョに兜を持ってくるようにと命じる。サンチョはそのとき羊飼いたちから凝固乳を買っているところだった。ひどく急かされたあまりサンチョは捨てるのももったいないと主人の兜にいれてしまう。もちろん、他に策がないと言えばそれまでだが、この行為は生理現象以上に食に執着していると思われる。[24]

次に、後篇第二〇章、第二一章で語られたカマーチョの婚礼でのサンチョの態度がどのようなものだったのかを思い出してみよう。サンチョは、さまざまなごちそうに目をつけ、結婚式が始まるのを今か今かと待っていた。結局バシーリオの策略により、色鮮やかなごちそうに手が届かなかったけれど、「バケツに入れて持ってきた、もうほとんど食べてなくなりかけていた御馳走」を見ながら「空腹というわけではないのに、うちひしがれ、もの思いにふけ[25]」っている。サンチョは、別段腹がすいているわけでもないのに泡しかない鍋を未練がましく見ているのである。とてもではないが、ドン・キホーテが後篇第六二章で述べたことが、すべて真実とは思えない。

しかし、後篇第五九章から、冒険の終わりを告げる第七三章まで、サンチョの食欲はなりをひそめる。後篇第六七章にいたっては、主従の夕食が非常に貧しいものであったことが綴られている。その時のサンチョの心情は以下のようなものである。[26]

（中略）貧しい食事は、サンチョにとってひどくつらいものであった。（中略）自分は遍歴の騎士道につきものの、山地や森での窮乏をもろに体験しているのだとつくづく感じた。しかし、人生、昼ばかりでもなければ夜ばかりでもないと観念した彼は、やがて眠りについた

以上見てきたように、後篇においてサンチョが非常に食に執着しているように感じられる場面も多く見受けられる。しかしながら後篇第六〇章以降は、もっと自分はしっかりしないといけないという意識を持ち始めるのである。自分は遍歴の騎士の従士であるという自意識であり、そこから、はっきりと食することに対する意識を謙抑するようになり、次第にその執着も弱くなってくる。また、ドン・キホーテとは異なり、自らの偽物を「泥棒」[27]だと強く非難しているのは、自身のアイデンティティを盗もうとした偽物サンチョへの激しい怒りと批判であると理解できる。

結論

アベリャネーダは、セルバンテスや、その主人公ドン・キホーテにも大きな影響を及ぼした。しかし、何よりもアベリャネーダの贋作により憤慨し、またそれによりさらにアイデンティティを確立させたのはサンチョ・パンサだということができるだろう。

《注》

（1）和訳には牛島信明訳『ドン・キホーテ』岩波文庫、二〇〇一年を使用。

（2）アベリャネーダ、岩根圀和訳『贋作ドン・キホーテ』筑摩書房、一九九九年を使用。

（3）アベリャネーダがトルデシージャス出身だということはスペイン語版『贋作ドン・キホーテ』の表紙に書かれてある。

（4）**her**（**haber** の意味）などといった方言が多く見られる。

（5）「幸せな恋人たち」贋作ドン・キホーテ一七章〜二〇章。

（6）『贋作ドン・キホーテ』第二五章。「わしゃ人の肉を食らうとか言うアメリカ大陸の黒ん坊でもなけりゃコンスタンティノープルのルター派でもねえだ。」（八〇頁）とある。黒人への軽視も含まれている。

（7）「気力だけは若者なみに盛んな老兵であられるので手先よりも口先ばかりが達者である」（一五頁）。

（8）ジャン・カナヴァジオ著『セルバンテス』「アベリャネーダの人物たちは生きていない。かれらはあてどなく流浪するマリオネットにすぎず、事件のまにまに少しずつ解体していく。かれらのみせかけの交流は、沈黙の対話、二人の冗長な一人語りの永遠の往復運動にすぎない。」（四〇三頁）

（9）序文一一頁「あの『続篇』の作者に対する反論や攻撃や罵詈雑言が見られるものと思って、今や遅しと、じりじりしながらお待ちのことでしょう。ところが（中略）そういう満足を与えるつもりはありません。」

（10）序文一一頁。

（11）序文一三—一四頁。

（12）序文一二頁。

（13）ドン・キホーテが衰弱していくのは、アベリャネーダの影響とは考えにくい。なぜならアベリャネーダの続篇にセルバンテスが気付く前に、ドン・キホーテが衰弱し始めているからだ。

（14）たとえばドン・キホーテは、後篇第一七章のライオンの冒険や、後篇第二二〜二三章の魔法の小舟の冒険では、途中で冒険を続けることをあきらめてしまっている。

(15) サンチョは偽物のサンチョがこそ泥だとののしる。後篇第七二章三八〇頁。
(16) 後篇第一三章二〇九頁。
(17) 最初に見られたのは前篇の最終章、第五二章で、たとえば、サンチョが前篇第五二章において妻テレサ・パンサと繰り広げる会話からサンチョのドン・キホーテ化を見出すことができる。主人と共に村に帰ってきた（連れ戻されてきた）サンチョ・パンサに対して、妻は、「従士奉公」をしてどんな実入りがあったのかと尋ねるとサンチョは、「その手のものはなにも」ないが、「もっと価値のある、たいした物を持ってきた」のだと言う。しかし、それがどんなものかは、結局明示されていないので、推測するしかないが、目に見えない「栄誉」である可能性が高い。というのも、その後「正直な男にとって、冒険を求める遍歴の騎士の従士になるほど楽しいことは、まずこの世にはねえ」と言っているからだ。
(18) 以下、後篇第五九章一七五―一七六頁。
(19) 後篇第五九章一七八―一八〇頁。
(20) 後篇第一四章。二三四頁。
(21) 後篇第六〇章。
(22) 後篇第七一章。
(23) 後篇第六二章二二五頁。
(24) 後篇第一七章。その後それを知らないドン・キホーテが兜をかぶり、一悶着起きる。
(25) 後篇第二一章三六頁。
(26) 後篇第六七章三二一頁。
(27) 注釈12参照。

《参考文献》

カナヴァジオ、ジャン『セルバンテス』円子千代訳、法政大学出版局、二〇〇〇年。

カストロ、アメリコ『セルバンテスとスペイン生粋主義』本田誠二訳、法政大学出版局、二〇〇六年。

マダリアーガ、サルバドール＝デ『ドン・キホーテの心理学』牛島信明訳、晶文社、一九九二年。

鈴木正士『『ドン・キホーテ』における創造世界』行路社、二〇〇八年。

バルセロナのドン・キホーテ

山田眞史

プロローグ

バルセロナは、ドン・キホーテの運命を大きく変えた都だ。しかし当初はこの都市はドン・キホーテの旅程には入っていなかった。ところが思いがけない出来事のために、ドン・キホーテは港町バルセロナを訪れ、この地に滞在することになる。こうして乾いた地平線しか知らなかった内陸の旅人ドン・キホーテが、初めて海を、水平線を見て、その広大さに感動することになる。そして、この長い長い物語の中に地中海の風が吹き込む。さらには、この港町が彼の運命を大きく変えるクライマックスの舞台ともなる。

バルセロナはセルバンテスが居住したこともあり、熟知し、愛しもした都市。セルバンテス研究の第一人者であるフランシスコ・リコ博士の言う通り「セルバンテスとバルセロナについて話すことは幸福な愛の物語を語ることである。セルバンテスはバルセロナに足を踏み入れるやいなや、たちまち魅了された」というほどの、文学者と都市の親密な間柄である。

だからセルバンテスのペンの描くドン・キホーテはバルセロナを舞台に、水を得た魚のようにめざましく楽しげに行動しえたのである。バルセロナの砂浜で決闘をし敗北する、その日までは。この決闘での惨敗が彼の運命を大きく変え、そしてこの長い物語を終幕へと向かわせることになる。

ホルヘ・ルイス・ボルヘスによると「『ドン・キホーテ』はただ単に騎士道小説のパロディーではなく、騎士道小説への讃歌であり、また挽歌である」ということになる。さらには「『ドン・キホーテ』は騎士道小説への解毒剤というよりは、騎士道小説への郷愁の思いをこめた密かな訣別の物語である」ということにもなる。

この章で取り上げる後篇第六一章から第六六章冒頭までの、いわば「ドン・キホーテのバルセロナ物語」とでも呼ぶべき六章には、ボルヘスの言う右の『ドン・キホーテ』全篇のテーマが凝縮されている。とりわけバルセロナの砂浜でのドン・キホーテと謎の騎士の決闘の場面と、そしてこの決闘に敗れてドン・キホーテが口にする騎士らしい気高いことばの中には、ボルヘスが『ドン・キホーテ』について語った全篇のテーマが見事に結晶化されている。少なくともセルバンテスの原文のことばを注意深く読む限りは、このことは確かである。

ドン・キホーテはバルセロナでさまざまな初めての経験をする。まず海と出会うことから始まって、ラ・マンチャの小村に生まれ育った彼が初めて大都市（当時のバルセロナの人口は三三〇〇〇人）を知り、さらには大の本好きの彼が、そのために正気を失う原因となった本が作られる印刷所（現在の calle de Call núms.-14-16 に所在していた）を初めて訪れて、眼を見張る等、ドン・キホーテにはすべてが初めてづくめのバルセロナだ。

さらに「ドン・キホーテのバルセロナ物語」の中には、さまざまなエピソードが含まれているが、これらについては省略し、バルセロナでのドン・キホーテの運命を変える出来事、すなわち砂浜での決闘について語ることに重点をおきたい。この決闘は『ドン・キホーテ』全篇を通じて最も大きな出来事の一つなのかもしれないからである。

到着

夏の到来を告げるサン・フアンの祭日（六月二四日）の前夜に、ドン・キホーテはサンチョを従えて、バルセロナの浜辺に到着する。彼は夏とともにこの都にやって来るのだ。

夏至のころにほぼ一致するこの祭日は、夏の、そして太陽の祝祭日でもあり、騎士道小説ではこの日はしばしば祭典の場面の背景として選ばれ、従って、セルバンテスはここでも騎士道文学のパロディーをしている。こう指摘するのは一九世紀のディエゴ・クレメシンを初め現代に至るまでの多くの研究家たち。パロディーととるか、それともオマージュととるか。ボルヘスならオマージュと解するだろう。

こうしてドン・キホーテは騎士たちにとってめでたい日の前夜にバルセロナに姿を現す。主従は浜辺で朝を待ち、夜が明ける。二人の眼前に広大な海が、地中海が広がる。水の広がりといえば、故郷ラ・マンチャの沼しか知らない二人は初めて見る果てしない海に驚嘆して、あらゆる方角を見渡す。「海は晴れやか、陸は活気にあふれ、大気は澄む」そんな光景にうっとりしているドン・キホーテを出迎えに騎士の一団がやって来る。彼らの案内で招待主の富裕な騎士ドン・アントニオ・モレーノの館へ向う。この館に滞在している間、ドン・キホーテは、現代のバルセロナへの観光客さながらにあちらこちらを訪ね歩く。

決闘

これは《後篇》の第六四章であり、セルバンテス自身がこの章の冒頭に付した要約すなわち「約言」によると、「これまで経験したあまたの出来事のうちドン・キホーテが最も悲痛な思いに襲われる冒険を語るところ」ということになる。

バルセロナでのある朝のこと、砂浜を愛馬ロシナンテにまたがって、いつもの鎧姿で行くドン・キホーテの方へ、彼と同じような武装姿の騎士が馬を進めてくる。ひときわ眼を引くのはこの騎士の持つ光り輝く月を描いた盾だ。互いに相手の声を聞き取れる距離まで近づくと、謎の騎士はドン・キホーテに向かって、こうした場合の騎士同士の対面の場にふさわしく、まず大音声でドン・キホーテを称え、それから「私は白月の騎士である」とおもむろに名乗りをあげる。

二人が出会う場所は今日のラ・バルセロネッタと呼ばれる砂浜。夏になるとバルセロナの人々が日焼けや海水浴を楽しむあたり。

白月の騎士はドン・キホーテに対してまったく奇妙な決闘を挑む。彼の口上はこうだ。私が思いを寄せ忠誠を誓う貴婦人が、ドン・キホーテにとって同様の気高い存在であるドゥルシネアなど足もとにも及ばぬほどの美しいお方に相違ないことを認めて、自らの口でその旨を言明せよ。謎の騎士は出会ったばかりのドン・キホーテに突如として、そう迫るのである。さらにこう続ける。これにおとなしく従うのであれば決闘はない、ただし闘ってこちらが勝ちを収めた場合には、もう武器を棄て、冒険を捜し求める遍歴の騎士としての旅を自らに禁じ、一年の間、故郷の村に引きこもっていさえすれば私としては、それだけで満足である。あなたが私に勝った場合には、私の首を差し出そう、私の武器も馬もだ、そしてこれまでの私の手柄もすべてあなたのものとなろう。

ドン・キホーテは白月の騎士の途方もない無礼なことばに啞然とする。だが、どこの誰とも知れないこの騎士に向って「ドゥルシネアに勝る美しい女性は存在しない」とことばを返し、相手の挑戦に応じる。

こうして、双方が馬上で槍を構えて一騎打ちの決闘が始まる。一瞬にして勝負が決する決闘の場面は次の通りだ。

（……）二人の騎士は同時に馬の手綱を握り直した。そして白月の騎士の方がはるかに敏捷だったから、ドン・キホーテが二人を隔てる距離の半ばどころか自分の側の走路を三分の二も進むか進まぬうちに、もうドン・キホーテに迫り、そしてその場で白月の騎士は槍で突きかかりはしなかったが、―明らかに、そのとき、意図して槍を垂直にまっすぐ立てたように見えたのだけれど―驚くほど激しい勢いで人馬一体となって相手に体当たりをくわせたので、ドン・キホーテはロシナンテもろとも、あやうく命を落としかねないほどの凄まじさで砂の上に叩きつけられた。（拙訳）

このようにしてドン・キホーテの生涯を決定づける闘いはあっというまに決着がつく。瞬く間に人馬がぶつかり合い、次の瞬間、ドン・キホーテは愛馬ロシナンテともども砂浜に投げ倒される。驚くほどの短さ、わずか数行でセルバンテスは瞬時の決闘と、あっ気ないほどのドン・キホーテの敗北を何の思い入れもなく覚めたリアリズムで描写する。わずかの行数の中にこの最後の決闘へのセルバンテスの万感の思いが凝縮されている。

（なおセルバンテスの原文で明らかな通り「敏捷だった」のは白月の騎士であり、その馬ではない。後にその正体が明らかにされるように、この騎士はドン・キホーテとは親子ほども年齢の違う二〇代初めの若者である。従って老いたドン・キホーテより、この騎士ははるかに敏捷なのである。このドン・キホーテの生涯で最大の決闘で対決するのは馬と馬でなく、騎士と騎士、若い騎士と老いた騎士の二人である。そういうふうにこの二人を対比させる文章をセルバンテスは的確に書いている。「馬が敏捷」とした訳書があるので、ここでこの点を付言しておく。この文章の主語は一貫して「白月の騎士」である。原文中の el de la Blanca Luna で省略されているのは caballo（馬）ではなく Caballero（騎士）であり、セルバンテスは同一の省略法をこの直前でも次章の冒頭でも使っている。）

白月の騎士は倒れたままのドン・キホーテのところまで行くと、彼を見下し、槍を突きつけ、こう告げる。敗北したのだから、決闘の前にかわした約束を果たせ、と。すなわちドン・キホーテのドゥルシネアは白月の騎士が忠誠を誓う貴婦人ほどに美しくはないと認め、その旨をはっきりと言明せよ、と。さもなくば死ぬ他はないのだ、と。これに対するドン・キホーテの答えは前・後篇を通じて最も重要なことばであると思えるので次に訳す。

ドン・キホーテは、打ちのめされ、茫然自失となり、兜の面頰を上げないまま、まるで墓の中で話しているような、弱々しく衰えた声で言った。「ドゥルシネア・デル・トボソは世界でいちばん美しい女性だ、そして私は地上でいちばん不運な騎士だ、そして私の弱さがこの真実を立証できないのは正しいことではない。突け、騎士よ、槍で、そして私の命を奪え、私から名誉を奪い取ったのだから」（傍線は訳者）

ここまでセルバンテスの原文を熟読してきた読者なら――つまりドン・キホーテと長い旅をずっと一緒にここまでしてきた者なら、これまでの彼のことばの一言一句のすべてを鮮明に記憶していないまでも、彼の話しぶりの特徴にもうすっかり馴れ親しんでいるはずであるが、――ここにきて、ドン・キホーテの口ぶりががらりと変わってしまったことに気づくだろう。読み飛ばしていれば気づかないかもしれない。馬から落ちて眼から鱗が落ち改心した使徒パウロの故事ではないが、バルセロナの砂浜で落馬したドン・キホーテはこれまでとは別人のように、まるで憑きものが落ちたかのように、そのことばづかいが、一変する。騎士道小説の文章やその主人公たちのことばをまねたり、もじったような、これまでの話しぶりではなく、つまり中世の古語や騎士道文学の中の古風きわまりない感じのする表現ではなく、ここでドン・キホーテは一転して同時代の、一七世紀の、すなわちルネサンス以降の近代の、そしてわれわれの現代にもそのまま通じることばづかいになる。

砂上に倒されたドン・キホーテは「美しい」と言うときに、これまでの、古語である "fermosa" と言わずに、彼の同時代にもそして現代でもごくあたりまえに使われ通じもする "hermosa" と言い、また同様に「不運な」と言うときにこれまでの "cautivo" と言うかわりに、現代のわれわれにもたちまち了解可能な、"desdichado" とつぶやくし、ここまでしきりに使い続けてきた「この」の "aquesta" のかわりに二一世紀の子供でも分かる "esta" という近・現代語のことばを口にしている。

『ドン・キホーテ』が現代の読者、特に一〇代の少年少女に読めるか否かというのは、スペインの文学界でしばしば議論されるところだが、この箇所に限って言えば、このドン・キホーテのことばについて言えば、一〇〇パーセント理解が可能だと断言できよう。

ドン・キホーテは騎士道小説の登場人物のことばを借りずに、ここで初めて、自分の馴れ親しんだ同時代人たちの話す日常のことばで、ドゥルシネアの美しさを称え、彼の真実の思いを宣言しているのだ。「墓の中」に響くような弱々しい声であるにしても、それは彼にとっては決して譲ることのできない真実なのだ。

この場でのドン・キホーテのことばづかいの大きな変化は、多くの研究者によって指摘されてきたが、この箇所に最も注目されたのは、私の師アルベルト・ブレクア先生の、そのまた師であるマルティン・デ・リケール先生だ。先生は「ぼんやり読んできた読者には気づかれず見落とされるところかもしれないが」と前置きされたうえで、こう述べられる。

この苦境に直面したとき、その人生で最も痛ましく悲しいとき、ドン・キホーテは書物の中のことばづかいの仮面を脱ぎ捨て、真実の声で話したのである（『セルバンテスを読むために』アカンティラード社刊　二〇〇三年）。

『ドン・キホーテ』をセルバンテスの原文で読む読者は決して見過ごしてはならないところだ。この長い物語の中でセルバンテスはただ漫然とだらだらと文章を書き連ねているわけではない。細心の注意を払って、神経を張りつめて、それを気づかない読者がたとえいようとも、しっかり羽根ペンを握り書き綴っていることの証となる、本当に印象的な文章だ。

だから、少くともこの箇所だけではドン・キホーテが作品中で使う一人称《YO》を「拙者」とは和訳したくないところだ。英語の《I》にあたるスペイン語のこの一人称《YO》は現代でもあたりまえに使われる日常語。男女を問わず大人も子供も、スペイン人には、自身を指すにはこの一語しかない。そのため、日本語版『ドン・キホーテ』の読者よりも、うらやましいことに、彼らはドン・

キホーテになおいっそう親近感を持つことができる。

この決闘の場面とそれに続く敗北を喫した後のドン・キホーテのことばの中には、一七世紀という近代のさなかにありながら、かつて中世の騎士たちが尊び、そして騎士道小説の中で称えられた最高の価値のいくつかが、それはたとえば勇気であり名誉であり思いを寄せる貴婦人への忠誠心であるが、それらが見事に凝縮され、結晶化されているのではないだろうか。

ここに、まさしくこのバルセロナの砂浜の場面に私たち読者が立ち会うとき、先に引用したボルヘスの指摘、すなわち「『ドン・キホーテ』はただ単に騎士道小説へのパロディーではなく、騎士道小説への讃歌であり、また挽歌である」「『ドン・キホーテ』は騎士道小説への解毒剤というよりは、騎士道小説への郷愁の思いをこめた密かな訣別の物語である」ということばが私たちの頭をかすめていくのではないだろうか。

ドン・キホーテはバルセロナの浜辺で騎士道小説への讃歌と挽歌を身を以って歌った。思いを寄せる貴婦人の美と自分の名誉を守るため勇気をもって闘い、倒れた彼は砂まみれだ。彼は郷愁の思いをこめつつ騎士道小説の世界とも訣別する。敗北したからには、白月の騎士と決闘の前に約束したように、彼はもう遍歴の騎士に戻ることはできないのだから。

「これまで経験したあまたの出来事のうちドン・キホーテが最も悲痛な思いに襲われる冒険を語るところ」とセルバンテス自身がこの六四章の冒頭に記したけれど、バルセロナの砂浜のドン・キホーテの姿は、生涯で最後の決闘に敗れたこの全篇のクライマックスのドン・キホーテの姿は、ボルヘスの言う右の『ドン・キホーテ』のテーマを象徴しているかのようだ。いずれにしても彼が世界で地上でいちばん最後の騎士であることは確かだ。

勝利した白月の騎士は、命を奪うつもりはない、とまずドン・キホーテに告げる。そしてドゥルシネアの美しさの名声は傷つくことなく無垢のまま末長く続くように、とドン・キホーテにとっては最も重要なことを言う。自分としては決闘の前に約束した通り一年の間、ドン・キホーテが故郷の村に閉じこもってさえいればそれだけで満足なのだからと言いおくと、馬を駆って去る。

白月の騎士

この章で私たちが「白月の騎士」と呼んできた騎士は、伝統的には「銀月の騎士」と和訳されてきた。セルバンテスは"El Caballero de la Blanca Luna"と書いている。そのまま訳せば「白い月の騎士」あるいは「白月の騎士」である。セルバンテスは月を銀とは書いていない、彼には白く見えるから、そのまま白と形容しているのにすぎない。彼一人にそう見えるのではなく、スペイン人にとって、スペイン文化の中で、月の色は今も昔も変わることなく白である。いわばこのような民族的コンセンサスがある。セルバンテスはそれを思いきって破って「銀である」と書くような文体をもつ小説家ではなかった。セルバンテスに深く傾倒し、バルガス・リョサから「ことばの名工」として尊敬される「一八九八年の世代」の小説家アソリンによれば「セルバンテスは平明に明確にありのままの自然体で書いた」。またセルバンテスにとっての文体の理想は『ドン・キホーテ』の登場人物ペドロ親方の口をかりて、こう語られる。「平明であることだよ、ねえ君、飾り立ててはいかん、あらゆる気どりは悪なのだからね」。この文章を読むだけで、セルバンテスが白く見える月を銀や銀色と飾り立てて書くような作家でないことは明らかだし、さらにこのペドロ親方のことばは、セルバンテスから彼の作品の後世の翻訳者たちに向けて送られたメッセージのようにも読めてくる。

スペイン文学で月が銀と形容されるようになるのは、一九世紀の後期ロマン派でもまだ白のままで一二〇世紀に入ってから、一九二〇年代のロルカの詩作品のあたりからだろう。彼は『歌』の中の一篇で月をポケットの銀貨にたとえている。このころから月を銀と見る美的感覚が次第に広がり、一部で定着するようになる。ただし、その後も白が主流である。同時代の別の詩人は屋根の上の月光を白いミルクにたとえるし、またロルカの友人で文学者のハルディエルは戯曲『私たち泥棒は正直者』（一九四一年）の中でダンディーな主人公に「月が青白いのはいつも夜型の生活をしているからさ」と言わせ、これの小説版である『真夜中に十分前』（一九三九年）の二〇一二年版の表紙には、白月の騎士の盾に描かれた月もこうだったろうかと思わせるような白く輝く満月の絵が印刷されている。なおエスパサ社刊の豪華本『ドン・キホーテ』（一九七九年）の挿絵では白月の騎士の持つ盾には真っ白い三日月がくっきりと描かれている。

わが国の訳者の方々は「銀月」とした方がより文学的あるいはより美的と考えられたのだろうが、それは一七世紀のセルバンテスの頭の中にはない月のイメージ、色だった。結果としてスペイン文学をセルバンテスからロルカへと三〇〇年飛び越えての訳となった。セルバンテスにとって分身とも親友とも思えた大事なドン・キホーテが、このようなきらきらした名の騎士に打ち負かされてしまうのは、文飾を嫌ったセルバンテスには意外なことなのかもしれない。

エピローグ

決闘の場に立ち会っていて、白月の騎士と名乗る謎の人物の正体を知りたい一心のドン・アントニオ（ドン・キホーテを屋敷に泊めている裕福な騎士）は、そのあとをつけ、彼が何者なのかを聞き出す。白月の騎士は、ドン・キホーテと同じ村に住む準学士のサンソン・カラスコだった。ドン・キホーテを正気に戻すには、まずはとにかく村に帰し、引き籠もらせることだと考え、一芝居をうったこともドン・アントニオに明かす。

サンソン・カラスコは二四歳くらいの若者。当時の大学の学位は、doctor, maestro, licenciado, bachiller の四つからなっていた。それぞれ日本語にすれば、博士、修士、学士、となり、そして "bachiller" は「準学士」とでもなろうか。セルバンテスには El licenciado vidriera（「ガラスの学士」、傍線は山田）という小説もあるので、違いを明確にする必要があると思い、ここは「準学士」という訳語をあててみた。

敗北したドン・キホーテは悲しみのあまり、六日の間、寝こむ。

出発の日が、自分の村へ帰る日が来る。

第六六章の冒頭である。バルセロナを去るとき、ドン・キホーテは自分が倒れた場所を今一度じっと見つめ、一連の深い失意のことばを口にする。感きわまって口から真っ先に突いて出る、その第一声は"¡Aquí fue Troya!"であり、直訳すれば「ここがトロイアだった!」であるが、どの校注者も一致して指摘するように、これは成句で「ここですべてが終わったのだ!」もしくは「ここで私の栄光は消え果てたのだ!」の意味である。これはドン・キホーテの遍歴の騎士生活への訣別のことばだ。

今、浜辺に立つドン・キホーテはもう鎧姿ではない。白月の騎士と約束した通り、決闘に負けたからには武装をやめ、槍も武具の何もかもがサンチョの引く驢馬の背に積み上げられている。それはさまざまの版に多くの画家が描いた挿絵の通りだ。

ドン・キホーテはもう遍歴の騎士ではない。彼がバルセロナの浜辺に到着したのはサン・フアンの祭日の前夜、つまり夏の始まりだった。しかしもう海辺には秋の気配が漂う。そしてドン・キホーテの人生にもだ。

彼は自分の村に帰り、まもなく病に倒れ、信心深い善きキリスト教徒として静かに息をひきとる。世界で地上で最後の遍歴の騎士だった男は、長い旅の後、戦いの場ではなく、自邸のベッドで安らかに死を迎える。

今でもサン・フアンの祭日の前夜、つまりドン・キホーテがバルセロナの浜辺に到着したまさしくその同じ夜に、夏の到来とバカンスのシーズンの幕開けを祝おうとバルセロナの老若男女が大挙して海辺に集まってくる。波音をかき消す打ち上げ花火の轟音と、その目映い光の下、人々は夜が明けるまで歓声をあげ、歌い踊る。毎年くり返されるこの光景を見ていると、二一世紀の現在もバルセロナの人たちが、ドン・キホーテがこの地へ到着した夜をこうして記念し、祝福し続けているように思えてくる。

〈付記〉

底本テクストには次の校注版を用いた。

Alberto Blecua ed. Miguel de Cervantes, *Don Quijote de la Mancha*（Espasa, 2010）; Francisco Rico ed. *DQ de la Mancha*（Crítica, 1998）; また同じ編者の（Santillana, 2013）版、Martín de Riquer ed. *DQ de la Mancha*（Juventud, 1955）; 同じ編者の（Planeta, 1995）版、Luis Andrés Murillo ed. *El ingenioso hidalgo DQ de la Mancha*（Castalia, 1978）等、これら主要な版の他に一〇数点余りに眼を通した。

また、参考文献として Azorín, *Con permiso de los Cervantistas*（Visor, 2005）; Jorge Luis Borges, "Magias parciales del Quijote" en *Otras Inquisiciones*（Emecé, 1960）; Jaime Fernández, *Invitación al*《*Quijote*》（José Porrúa Taranzas, 1989）; Francisco Rico, *Tiempos del*《*Quijote*》（Acantilado, 2012）; Martín de Riquer, *Para leer a Cervantes*（Acantilado, 2003）等を開いた。

ここに示した文献だけによってではなく、直接にお教えを賜った二人の恩師 Jaime Fernández、Alberto Blecua の両先生に心から感謝したい。

『ドン・キホーテ』の邦訳書について言えば、そのすべてに眼を通せたわけではなく、伝統的に名訳とされていたり、最も信頼できる権威ある訳書と評価されてきたものしか開く時間はなかった。

Ⅲ
様々な接近をめぐって

山崎信三

江藤一郎

室井光広

山田由美子

フアン・ホセ・ロペス・パソス

蔵本邦夫

世路蛮太郎

ドン・キホーテ［後篇］のことわざにみる人物、地名

山崎信三

はじめに

日西交流四〇〇年に因み上梓した拙書『ドン・キホーテのことわざ・慣用句辞典』（論創社、二〇一三）に対し、読者から出版社を介していくつかの質問が寄せられた。その第Ⅱ章・慣用句の章で *Campo de Agramante*「アグラマンテの野」を、「甚だしい勘違い、大変な思い違い」と紹介したが、これではわが国の例えば〈いざ鎌倉〉を、外国の人に「鎌倉に馳せ参じること」とだけ説いて独り合点しているようなもの。納得のいく理解をしてもらうには、「鎌倉に幕府があった頃、非常の呼び出しを受けたとき直ちに馳せ参じる用意や心構えのことをいったが、後には、さあ大変、の意味

にも使われるようになった」、とまで言及しなければならないであろう。

Agramante はイタリアの詩人アリオストの作品『怒れるオルランド Orlando furioso』に登場する人物。名馬、名刀、有名の盾をめぐってモーロ人の王たちの間に起きた争いを解決した回教徒の王で、ヒーロー像の原型とされる。以来「アグラマンテの野」といえば「争い、争いの場」を指す常套句となった。セルバンテスはこれを「ドン・キホーテが旅籠で起きた騒動をこの野の争いと思いこみ、自分はそこに介入してしまったと勘違いする」、というシナリオに使っている。

冒頭に掲げた書の筆者には、読者に対して『ドン・キホーテ』のことわざ・慣用句にみられる人物、地名、その他の固有名詞に関してより詳細を伝える新たな責任と義務が生じたのである。『ドン・キホーテ』［後篇］公刊四〇〇年を記念するにあたり、改めてそれらを抜き出し焦点を当ててみたい。ただしここでは対象を［後篇］に絞り、アルファベット順に配列する。イタリック体のことわざ例後置の（ ）のⅡは［後篇］、アラビア数字はその章を指すものとする。また、わが国における類似のものを〈 〉に記す。

◇

Andradilla（アンドラディーリャ）と **Caco**（カクス）

Andradilla は伝説的ないかさま師、ペテン師。元来一六―一七世紀の盗賊・犯罪者の間で使われていた隠語と思われる。一方Cacoは火と鍛冶の神ウルカヌスVulcanoの息子で神話上に名を馳せた泥棒。広義では泥棒を意味する。*Más ladrón que Caco y más fullero que Andradilla*（Ⅱ-49）「カクスに輪をかけた大泥棒でアンドラディーリャに劣らぬペテン師」（窃盗といかさまの極めつき）。

Cantillana（カンティリャーナ）

アンダルシア地方セビーリャ県のグアダルキビル川沿いにある村。*El Diablo está en Cantillana*（Ⅱ-45）「魔王はカンティリャーナにいる」（面倒なことになった、いつ揉め事が起きても不思議ではない。どこそこで争いが生じている）。定冠詞**el**を持つ大文字ではじまる**Diablo**は悪魔の長サタン。なぜカンティリャーナ村なのか、他の地ではいけないのだろうか。

Fúcar（フッカル）

一五三五年にスペインで通貨鋳造の権利を持ったドイツの銀行家**Fugger**に由来する。*Ser un Fúcar*（Ⅱ-23）「フッカルになる」（大金持ち、億万長者になる）。これがわが国における「成金」のように、軽蔑して言われるものかどうかは定かでない。

Homero（ホメロス、前八〇〇年以前であろうとされるが、年代不詳）

アキレウスに象徴されるトロヤの攻防戦を歌ったギリシャ最古、最大の叙事詩『イリアス**Ilíada**』

およびトロヤ戦争の思慮深き英雄オデュッセウスの祖国への帰還のいきさつを語る『オドュッセイア Odisea』の作者（に与えられた名）。*El buen Homero se distrae alguna vez*（Ⅱ - 3）「ホメロスも時には注意散漫」（自信過剰や油断は禁物）となれば、わが国の平安朝の名書家弘法大師が引き合いに出される〈弘法にも筆の誤り〉に思いは至る。

Marica（マリーカ）と **Rávena**（ラベナ）

Marica は **María** に縮小辞が付いたもの。スペイン語圏の女性のファーストネームはほとんどがマリア **María** といっても過言ではない。街頭で「マリア！」と声を上げれば道行く女性が一斉に振り向くともいわれ、誰が呼ばれた本人か分からない。また **Rávena** はイタリアのアドリア海（地中海の一海域）に面した古き都。フランス国王ペピノ **Pepino**（七一四―七六八）から七一五年に移譲された教皇庁行政区。*Buscar a Marica por Rávena*（Ⅱ - 10）「ラベナでマリーカを探す」（無駄骨、徒労、〈骨折り損のくたびれ儲け〉）。大都会で **María** だらけの女性の中から、一人を見つけ出すのは至難のわざであろう。何しろこの **Marica** はその前に前置詞 **a** を伴うところから、特定の人物である。イタリア起源のことわざとされる。

la Muerte（死に神）

定冠詞 **la** を伴い大文字ではじまる **Muerte** は「死に神」。*Espantóse la Muerte de la degollada*（Ⅱ -

43）「死に神が首を切られた女を見てびっくりした」。死に神が死者を見て驚いても始まらない。自分のことは棚に上げて、他人の癖を大げさにけなす人はいるもの。

Peralvillo（ペラルビーリョ）

古くからぶどう酒で有名なシウダー・レアル Ciudad Real の近くにあった聖同胞会 Santa Hermandad の処刑場。*Dar en Peralvillo*（Ⅱ‐41）「ペラルビーリョにしょっ引いていく」（死ぬことになる）。

Platón（プラトン、前四二七―三四八）

ギリシャの哲学者でソクラテス（前四七〇―三九九）の弟子。青年時代は政治に傾倒、文学、演劇にも関心を示した。西欧諸国を旅して後アテナイに帰りアカデメイアを創設。この科学研究機関、教育機関としての学園は西暦五二九年まで存続した。彼の哲学思想、特に「イデア説」は哲学の歴史に決定的な影響を及ぼしている。さてこうしたことと、礼儀、情愛には誠実さを最優先せよと説くに、*Amigo Platón, pero más amiga la verdad*（Ⅱ‐51）「プラトンはわが友、そして誠実はさらに良き友」を用いる関連性はどこにあるのだろうか。

Roma（ローマ）
「川の畔の都」と称された古代イタリアの都市国家でラテン語発祥の地ラティウム**Lacio**（現在のローマの南東）にあり、テベレ川**Tíber**が市内を貫流していた。ローマ帝国初代皇帝アウグストゥス**Augusto**（在位前二七—後一四）時代の都。ローマ教皇庁バチカン宮殿でも知られる。ルネッサンス期のフィレンツェのようにバロック時代のイタリア遍歴のメッカであった。*Bien se está San Pedro en Roma*（Ⅱ-41、53、59）「聖ペドロはローマが似合う」（現状でよし、今のままで結構）、*Cuando a Roma fueres, haz como vieres*（Ⅱ-54）「ローマに行きては、見たままに真似よ」（移り住んだ土地の風習に順応せよ。〈郷に入りては郷に従う〉）、*A Roma por todo*（Ⅱ-52）「何ごとであれローマへ」（万事うまくおさまるでしょう。すべての罪を許してもらうためのローマへの巡礼・行脚の勧め）。

ローケ

Roque（ローケ）
盤を使うゲームでは世界最古ともいわれるチェスの駒「ルーク」（城将）のこと。ルークという名前は古代ペルシャの二輪馬車が起源。現在のチェス盤上では「搭」になっている。*A Rey ni a Roque ni a hombre terrenal*（Ⅱ-1）「王様にも城将にも、またこの世の人間の誰にも」（たとえ誰に対してであろうとも）。床屋がこのことは決して話さないと誓う折、追い剝ぎにあってお金と騾馬を奪われたある司祭が、そのことを誰にも明かさないという誓いを立てさせられる古いロマンセから覚えたこの一節を使う。直前の**Rey**（王様）もチェスの駒「キング」のこと。Ⅱ-60に登場するロケ・ギナール**Roque Guinart**（一五八二年生まれの実在の人物）とは無関係。

Salamanca（サラマンカ）

トルメス川畔の大学都市としてとりわけ有名。古くはレオン王国に属した。アルフォンソ9世の時代、一二〇〇年に創設された大学はスペイン最古ともいわれる。*Buscar al Bachiller en Salamanca*（Ⅱ-10）「サラマンカで学士を探す」（無駄骨、徒労、〈骨折り損のくたびれ儲け〉）。学士（学生）だらけの町で、前置詞**a**を伴う特定の学士誰それ一人を見つけ出すのは至難のわざ。あるいはこれを「学士というニックネームを持つ人物」とすれば、お叱りを受けるだろうか。

Sancho（サンチョ・パンサ）

「騎士ドン・キホーテ」を名乗る郷士アロンソ・キハーノの近所に住む小太りの貧しい農民。キホーテは彼をとある島の領主にしてやるという約束で遍歴の旅の従者にする。インテリではないがことわざに長け、主人の無謀さを叱る常識人。旅を共にするうちに主従はお互いが相手の色に染まる側面をみせる。つまりサンチョは「キホーテ精神」、キホーテは「サンチョ風」を学ぶ。最終章では正気に戻ったアロンソ・キハーノの死に涙する。

それとは別に作品中のことわざ *Al buen callar llaman Sancho*（Ⅱ - 43）「よく黙する者、そなたはサンチョ」（話は控えめに、〈知る者は言わず言う者は知らず〉、〈沈黙は金〉、〈言わぬが花〉）に登場するサンチョは、「賢明な、慎重な、分別のある、謙虚な」の意味合いで使われている。スペイン語の人名には俗にいろいろの意味を持つものがある。例えば **Beatriz**「誠実な、美しい」、**Pedro**「抜け目のない、ずる賢い」、**Marina**「よこしまな、卑劣な」、**Juan**「お人よしの、軽率な」、等々。**Con la iglesia hemos dado, Sancho**（Ⅱ - 9）「教会にぶち当たってしまったようだ、サンチョ」では、キホーテから「カトリック教会の力に逆らっても無駄」という深い意味を聞かされるサンチョではなく、単に、トボーソ村で夜間にドゥルシネーア（キホーテの思い姫）の家を探している自分たちが「教会に出くわした」ことを知るサンチョである。

San Martín（聖マルティヌス、三一五—三九七）

貧しい人々に自分の財産を分け与えたという、気前のよい聖人。フランスの守護聖人。その祝日一一月一一日が丁度豚の屠殺期に入る頃に当たるところから、*A cada puerco le llega su San Martín*（Ⅱ - 62）「それぞれの豚にサン・マルティンの日がやって来る」、*Su San Martín le llegará, como a cada puerco*（Ⅱ - 62）「どの豚にもあるように、あの人にもサン・マルティンの日が訪れる」（徒食のつけは必ず廻ってくる、〈栄枯盛衰〉、〈栄華あれば必ず憔悴あり〉）、などに登場。

San Pedro（聖ペドロ、前一〇―後六六）

地上におけるキリストの代理者かつ十二使徒の筆頭。キリストの死に際してはユダヤ教徒を前に説教をしている。後にシリアやローマに赴き聖パブロと共に殉教を説いた。初代ローマ教皇。師キリストに対し三度首を横に振ったとも言われる。*A quien Dios se la dé, San Pedro se la bendiga*（Ⅱ-64）「神のご加護ある者に、聖ペドロの祝福あれ」（与えられた仕事には不平をはさまず、最善を尽くして当たれ）はドン・キホーテお気に入りのことわざであり、*Bien se está San Pedro en Roma*（Ⅱ-41、53、59）「聖ペドロはローマが似合う」（現状でよし、今のままで結構）はサンチョ好みのものであったが、やがてサンチョ風にも染まるキホーテに歓迎される。*Pues Dios se la da, San Pedro se la bendiga*（Ⅱ-56）「神がお与えになったのだから、聖ペドロも祝福してくれよう」。

Sansón（サムソン、前一一五五―一一一七）

『旧約聖書』「士師記」に登場する大力無双で知られるイスラエルの士師。ペルシャに買収された愛人デリラに欺かれて大力の象徴である長髪を切られ、捕われの身となって馬が引く水汲み水車に縛られていたが、やがてダゴン寺院に移される。ひそかに体力を回復していた彼がその怪力で寺院の柱の一本を壊せば、崩れる寺院もろとも本人は無論、たくさんの敵が道連れとなり命を落とした。

Aquí morirá Sansón y cuántos con él son（Ⅱ - 71）「サムソンも連中もろとも死ぬがよい」（耐えられないほどの苦痛）。サンチョはこれを、自分の体への見せかけの鞭打ちの際に使う。

Santa Lucía（サンタ・ルシア）

イタリアのシチリア島の港湾都市シラクーザ **Siracusa** の守護聖女で、両眼を繰りぬかれた四世紀の殉教者。*Me pondrá en la espina de Santa Lucía*（Ⅱ - 3）「サンタ・ルシアの刺《とげ》ほどになる」（やせ細る、憔悴しきる、目が回って倒れそう）。

Santiago（サンティアゴ）

大サンティアゴ **Santiago el Mayor** と呼ばれた聖ヤコブ。キリストの十二使徒のひとり。使徒聖ヨハネ **San Juan Evangelista** の兄。スペインとチリの守護聖人。軍神の性格も備える。祝日は七月二五日。伝説によれば、西暦三〇年にスペインに来てカトリック教会を設立。四四年に死亡。コンポステーラ **Compostela** の聖体安置所に祀られている。*Santiago, y cierra, España*（Ⅱ - 4）「サンティアゴ、かかれエスパーニャ」（レコンキスタの戦いでのスペイン軍の鬨《とき》の声）。動詞 **cerrar** には軍事用語として「密集隊形を作る」という意味もある。

Troya（トロヤ）

小アジア北西部の丘陵地にあり、トロヤ戦争の舞台となった古代都市。別称イリオン Ilión。巨大な木馬の中に兵を忍ばせて城内に引き入れさせ、ギリシャ軍の勝利の元となった「トロヤの木馬」の話はつとに有名。ホメロスの叙事詩『イリアス *Ilíada*』によれば、トロヤの王子パリスが美貌のスパルタ王妃ヘレネを誘拐したことに端を発したトロヤ戦争のトロヤ包囲は、その終結（前一一八四）をみるまで一〇年間にも及んだ。**Aquí fue Troya**（Ⅱ - 66）「ここがトロヤだったのだ！」（切迫した不幸、不運、災難、大惨事、転じて「今は見る影もない」などにも使われる）。

Úbeda（ウベダ）

馬の牧畜で重要なハエン県ウベダ市。その周囲に実際には山が存在しないところから、*Por los cerros de Úbeda*（Ⅱ - 33、43、57）「ウベダの山を求めて」は、「何の関わりもない、知ったことではない、不完全な、非常識な、本論からそれた」、などを意味する。

Zamora（サモラ）

スペイン北西部にあり、古くはレオン王国の一都であった。ドゥエロ川 Duero 沿いの県都。*No se ganó Zamora en una hora*（Ⅱ - 71）「サモラは一時間にして落ちず」（問題の解決、事の成就には辛抱が必要、〈石の上にも三年〉、〈大器晩成〉）は、「勇者」と呼ばれ一〇七二年レオン王国の王となったドン・サンチョ二世が、即位を認めない姉のカスティーリャ皇女ウラカの立てこもるサモラ城を七カ月も包囲した故事による。なおサンチョ二世はベリード・ドルフォスの裏切りによりその城壁に命を落としている。よく聞かれる **ni se fundó Roma en un día**「ローマも一日にして成らず」、を後ろに付ければ申し分のない念押しにもなろう。

《参考文献》

Andrés Amorós : "*Índice de refranes del Quijote*", Ediciones SM., 1999.
César Vidal : "Los refranes del Quijote", Editorial Planeta, 1999.
Manuel Lacarta : *Diccionario del Quijote*, Alderabán Ediciones S.L., 1994.
伊藤整他『世界文学小辞典』新潮社、一九八五年。
岩波書店編集部『西洋人名辞典』（増補版）岩波書店、一九八一年。
牛島信明訳『新訳ドン・キホーテ』前篇・後篇、岩波書店、一九九九年。
樋口正義・本田誠二・坂東省次・山崎信三・片倉充造編『ドン・キホーテ事典』行路社、二〇〇五年。
山崎信三『ドン・キホーテのことわざ・慣用句辞典』論創社、二〇一三年。
渡井美代子『はじめてのチェス』成美堂出版、二〇〇四年。

ドン・キホーテのアラビア語指南

江藤一郎

英語の alcohol（アルコール）、algebra（代数）など、al- で始まる単語の多くはアラビア語起源ということはよく知られている。

夏の夜空の大三角の鷲座のアルタイル[1]（彦星：Altair, 飛ぶもの→鳥）にも、テロ組織のアルカイダ（基地）にも al がついていて、アラビア語起源の言葉である。またスペイン、グラナダの世界遺産アルハンブラ宮殿（la Alhambra：「赤い」城）にも al がついている。al はアラビア語の定冠詞なのである。

しかし、アリバイ（alibi：他のところで）とか、アルバム（album：「白い」が語源で、記入するための白い板がもとの意味）、警報のアラーム（alarm：古いイタリア語の all'arme「武器をとれ」から）、などはラテン語起源である。[2]

ドン・キホーテがサンチョ・パンサにalで始まる言葉は、ムーア人の言葉（morisco）、即ちアラビア語起源（arábigo）だと教える話が、ドン・キホーテ後編の六七章にある。初版のファクシミリ版は次のようなものである。(3)

Que ſon albogues, preguntô Sancho, que ni los he oydo nombrar, ni los he viſto en toda mi vida? Albogues ſon, reſpondio don Quixote, vnas chapas a modo de candeleros de açófar, que dando vna con otra por lo vacio, y hueco haze vn ſon, ſino muy agradable, ni armonico, no deſcontenta, y viene bien con la ruſticidad de la gayta, y del tamborin, y eſte nombre albogues es Moriſco , como lo ſon todos aquellos que en nueſtra lengua Caſtellana comiençan en al, conuiene a saber, Almoaça, Almorçar, Alhombra, Alguazil, Alucema, Almacen, Alcanzia, y otros ſemejantes, que deuen ſer pocos mas y ſolos tres tiene nueſtra lengua, que ſon Moriſcos y acaban en i, y ſon Borcegui, Zaquiçami, y Marauedi, Alheli, y Alfaqui, tanto por el al primero, como por el i, en que acabã, ſon conocidos por Arabigos,

現代の綴り字に直したものは次のようなものである。(4)

¿Qué son albogues,preguntó Sancho, que ni los he oído nombrar, ni los he visto en toda mi vida? Albogues son, respondió don Quijote,unas chapas a modo de candeleros de azófar, que dando una con otra por lo vacío, y hueco hace un son, si no muy agradable, ni armónico, no descontenta, y viene bien con la rusticidad de la gaita, y del tamborín, y este nombre albogues es Morisco, como lo son todos aquellos que en nuestra lengua Castellana comienzan en al, conviene a saber, Almohaza,Almorzar, Alhombra, Alguacil, Alhucema, Almacén, Alcancía, y otros semejantes, que deben ser pocos más y solos tres tiene nuestra lengua, que son Moriscos y acaban en í, y son Borceguí, Zaquizamí y Maravedí, Alhelí, y Alfaquí, tanto por el al primero como por el í, en que acaban, son conocidos por Arábigos,

「アルボーゲとは何ですか。」とサンチョは尋ねた。「私は生まれてこのかた一度も、その名前を聞いたことも、見たこともありません。」「アルボーゲとは」とドン・キホーテが答えた。「燭台のような真鍮の二枚の薄板なのだ。凹んで窪んでいる所を互いにぶつけ合うと、とても気持ちが良いほどではないが、不愉快ではない音を出し、風笛や小太鼓の鄙びた音にとても合うのだ。このアルボーゲという名前はムーア人の言葉で、我々のカスティーリャの言葉でalで始まる言葉はそうなのだ。即ち、アルモアサ（馬櫛）、アルモルサル（朝食を取る）、アロンブラ（絨毯）、アルグアシル（警吏）、アルセナ（ラベンダー）、アルマセン（倉庫）、アルカンシーア（貯金箱）と、これに類するのはあまり多くはない。我々の言葉には、ムーア人の言葉で語尾がiで終わるのはたった三つ、即ち、ボルセギ（編み上げ靴）、サキサミ（屋根裏部屋）とマラベディ（当時の通貨単位）しかない。アレリ（ストック）とアルファキ（イスラム教の法学士）はalで始まり、iで終わるので、アラビア語だとわか

るのだ。」（筆者訳）

初版と現代のスペイン語に書き直したものと比べながら、綴り字符号や綴り字などの違いをまず見てみたい。セルバンテスは、シェイクスピアと同時代の人で、亡くなった年月日は同じで、一六一六年四月二三日である。[5] その前年の一六一五年にドン・キホーテの後篇が出版された。そのころのスペイン語と、現代のスペイン語はあまり変わっていないので、日本人でも現代のスペイン語がわかる人は、現代の綴りにすれば、理解できる。スペインの中世の文学作品には現代語訳が存在するが、近世のドン・キホーテには、綴り字を現代にしたもの、翻案したもの、子供向けのものはあるが、現代語訳というのは存在しない。

まず初版のスペイン語を見ると、最初の疑問文「『アルボーゲとは何ですか。』とサンチョは尋ねた。私は生まれてこのかた一度も、その名前を聞いたこともありませんし、見たこともありません。」には、現代スペイン語の大きな特徴である、文頭に置くさかさまの疑問符がない。これは、清水憲男氏の研究によると、一七五四年のスペイン王立アカデミーの『正書法』で、長文に限って、初めて逆転疑問符が採用されたが、一九世紀中頃には長文以外でも頻繁に使われているとのことである。[6]

初版引用の一行目の preguntô は、現代では最後の o には点過去三人称単数の語尾なので、ó となるが、ここでは、アクサン・シルコンフレックスの記号がついた ô が使われている。しかし、二行目のreſpondioにはアクセント記号がついていない。

綴り字に目を向けると、初版の二行目に現代語のazófar（真鍮）に当たる単語が、açófarと書かれている。現代スペイン語にはない、cの下に小さな突起がでている文字が使われている。フランス語を習うと、まずフランス語という単語françaisでcの下に記号、セディーユがつくことを教わるが、これと同じ記号である。スペインのカタルーニャ自治州では、フランス語やスペイン語（＝カスティーリャ語）と同様、ラテン語からできたカタルーニャ語が話されている。ここの州都バルセロナのサッカーチームはバルサと言い、Barçaと書かれる。つまり、カタルーニャ語にも、フランス語にも、そしてポルトガル語にもこの記号çは存在しているが、この記号が生まれたスペイン語では消滅している。この記号はスペイン語では、cedilla「小さなゼッド：z」[7]と呼ばれ、ラテン語にはなかった英語のcatsの最後のツのような音が生まれたために、cの下に小さなzをつけたことに始まる。スペイン語では、-illo,-illaは縮小語尾で、ゲリラは、小さな戦争（guerrilla）と言う意味で、ナポレオン軍に対して、スペイン人が、少人数でフランス兵を襲った陽動作戦から生まれた。戦争はguerraと言う。アルファベットのzは、スペイン語ではセタ(zeta, ceta、英語のゼッドzedに当たる)と普通呼ばれるが、ceda, zedaとも書かれる。このcedaに縮小語尾のついたcedillaと呼ばれる小さなz記号が、cの下に書かれたのである。

初版では、現代のsに当たる文字には、古典ギリシャ語のように二つの文字がある。sは単語の最後、それ以外は、ſが使われている。[8]

文字で興味深いのは、初版引用の二行目の vnas chapas（薄板）の不定冠詞 vnas の最初の文字の v である。現代では、v の代わりに u が使われる。初版では、単語の最初は v、それ以外では u で、u は v と同じ文字と考えられていた。つまり、u は v の草書体であった。[9] 英語の w はダブリュ（double u：二つの u で v 二つになる）と呼ばれる。ドン・キホーテも大文字では、DON QVIXOTE と U の代わりに V が使われていた。五行目の conuiene は現代語の conviene である。

一六三〇年発行の日西辞典には、ぶどう酒 Budŏxu が vino de vuas と書いてある。[10] vuas は現代語の uvas（ぶどう）で、u と v が現代の綴り字とは逆になっている。

キホーテ（Quijote）は、当時 Quixote（初版引用の二行目）と書かれ、キショーテのように発音されていたはずである。なぜなら、この作品は、イタリア語では、Don Chisciotte（ドンキショテ）、フランス語では Don Quichotte（ドンキショト）と現代発音されるからである。その頃からこの発音が変わっていないというのが前提ではあるが、その頃の西日辞書を調べると、[11] peras. naxi とある。naxi は梨である。espiar（スパイする）は、xinobi,u の訳語になっており、「忍び」「忍ぶ」のことで、x は[ʃ]を表している。[12] 故に Quixote の xo はショと発音されていたと想像できる。日本語のシャボン玉のシャボンは当時のスペイン語 xabón[13]（現代では jabón：石鹼）から来ているという説がある。[14] また、英語の sherry（シェリー酒）は、スペインのシェリー酒の本場であるヘレス（Jerez de la Frontera）の地名からきている。Jerez は当時は Xerez と書かれ、シェレズのように発音されていたことは、英語では sherris とか sherries と書かれたことからわかる。そして、sherry の複数形と思われて、単数形の

sherryができたのである。[15] 地名が普通名詞になるのは、瀬戸物（愛知県の市の名前から）、英語の**china**（磁器）、**japan**（漆器）、スペイン語では、金銀象嵌細工のダマスキナード（damasquinado：シリアの首都名ダマスカスの名前から）などがある。

引用の五行目の**almacén**の原義は「倉庫」だが、中南米では「食料品店」を意味し、スペインでは、複数形の**grandes almacenes**は「デパート」を指す。この単語は英語のマガジン（magazine、雑誌）と関係があり、スペイン語では、アラビア語の定冠詞**al**がつき、単語の真ん中が落ちた形である。英語の**magazine**も原義は「倉庫」で、知識の宝庫という意味から、「雑誌」になった。[16]

ドン・キホーテは引用六、七行目で、最初が**al**で始まる単語ばかりでなく、[17]「我々の言葉には、ムーア人の言葉で、語尾が**í**で終わるのは、たった三つ、即ち、**borceguí**（編み上げ靴）、**zaquizamí**（屋根裏部屋）と**maravedí**（当時の通貨単位）しかない」と言っているが、ほかに**jabalí**（猪）とか**marroquí**（モロッコ人）がある。この複数形は**marroquís**でも良いと辞書にはあるが、新聞では普通**marroquíes**が使われる。またドン・キホーテは、七、八行目で「**alhelí**（植物、ストック）と**alfaquí**（イスラム教の法博士）は**al**で始まり、**í**で終わるのでアラビア語だとわかる」と教えている。

スペイン語の**az, ac**（+e,+i）で始まる多くの単語もアラビア語起源である。**azafata**（フライト・アテンダント：侍女、女官）[18]、**azucena**（白百合）もそうである。これは、アラビア語では、定冠詞**al**に続く発音が歯音、歯擦音、/l/, /r/, /n/のような太陽文字で始まる単語が来ると、定冠詞の**l**が次の音に逆行同化するからである。[19]

英語のcotton（綿）、sugar（砂糖）に当たるスペイン語はalgodón、azúcarで、アラビア語の定冠詞がついている。英語はイタリア語、フランス語を経由して、アラビア語起源の単語が入ったのに対して、スペイン語は、七一一年にスペインがイスラム教徒に侵入され、レコンキスタ（国土回復運動）が終わる一四九二年まで、アラビア語を話す人と一緒に暮らしたために、定冠詞つきの単語が入ったと言われている。[20]

スペインのセゴビア、トレド、コルドバ、セビリアに行くとアルカサル（alcázar）という建物がある。[21]これもalがついているのでアラビア語起源と思われるが、語源を調べると、アラビア語の定冠詞にラテン語のCASTRA（砦、城）から来た単語が繋がった形とある。[22]つまり、お菓子のカステラと語源が同じである。城（ラテン語CASTRAの単数形CASTRUMの縮小辞形CASTELLUMからスペイン語castilloができた）を建てながら、カスティーリャ王国（Castilla：城の国：ラテン語CASTELLUMの複数形CASTELLAから）は、レコンキスタを成し遂げたのである。alcázarとcastilloのように語源が同じ二つの言葉を二重語と呼ぶ。[23]ちなみに、魚の鮪も英語ではツナ（tuna）だが、スペイン語ではatúnと言い、アラビア語の定冠詞にラテン語のthunnusを合わせた単語である。[24]

英語のriceに当たるスペイン語はarrozで、お米もアラビア人がスペインにもたらしたのである。スペインの米の名物料理はパエリア（paella）で、その黄色はサフランで色付けされているのだが、このサフラン（英語：saffron）もアラビア語からきていて、スペイン語ではazafránと言う。このパエリアの本場はスペイン東のバレンシアで、この州都の近くにはla Albufera（潟湖）という、水田地帯がある。[25]

初版引用の一行目にサンチョ・パンサがドン・キホーテに尋ねる albogues は、楽器のシンバルだと想像される。[26] 四行目の tamborín は「小太鼓」である。スペイン語で tambor は太鼓で、ín という縮小辞がついている形で、日本語のタンバリンと同じ語源を持つが、タンバリンとは違う楽器である。[27]

ドン・キホーテがムーア人の言葉と指摘する初版引用の五行目の almorçar[28]（朝食を取る）は実は俗ラテン語がもとである。[29] 現代の almorzar は「昼食を取る」の意味でも使われる。[30] 同じように、時に関係する言葉が、その意味を変えることがある。verano（夏）は中世では「晩春から初夏」を表していた。[31] シエスタ（siesta）はラテン語の sexta hora から来ており、ローマの不定時法によれば、第六時（現在の昼の一一時から一二時）を指すが、今では、午後二時頃の昼食後の「昼寝」を意味する。[32]

スペインのバルで、生ビールを頼むと、オリーブの実（oliva, aceituna）がつきだし（タパ：tapa）として出されることがある。oliva はラテン語起源であるが、aceituna はアラビア語起源である。スペイン料理によく使われるオリーブオイルは aceite と言うが、ラテン語起源の óleo（オイル：英語：oil）は聖油とか油絵（pintura al óleo）に使われるように、óleo は本来の意味が狭くなっている。同じ意味を表していた二つの言葉が棲み分けされたのである。[33] óleo の別の形 olio の音韻変化形が ojo（目）と同音衝突を起こすのを避けるため aceite を借用したと考えられている。[34]

エニシダという植物は、ラテン語の GENISTA がスペイン語の hiniesta になり、それが日本語に入ったとされる。[35] スペインでは、その別の形の hiniestra が「窓」を表していた単語と同音になり、混乱を避けるために、アラビア語起源の retama が借用され、hiniesta は古語になった。retama も日本語に入ってきて、レタマから、連濁してレダマ（連玉）になったと言われる。[36]

ドン・キホーテが al で始まる単語を列挙する中に（引用五行目）、alhombra（絨毯）があるが、これは現代では alfombra と書かれ、h が f になる。しかし、一六一一年発行の Cobarruvias の辞書には、alfombra を引くと、意味は alhombra を見るようになっているので、[37] 当時は alhombra の綴り字の方が主流だったはずである。

スペイン語の中のアラビア語起源の言葉に触れている作品がほかにもある。一五三五年発行の Juan de Valdés の『国語問答』[38] で、al で始まる単語として、alhombra（絨毯）, almoaça（現代では almohaza：馬櫛）とドン・キホーテが挙げたのと同じ単語を挙げている。ほかには almohada（枕）もあげ、az- で始まる単語も同じアラビア語と言い、azaguán（=zaguán、玄関）, azar（運命）, azagaya（短い投げ槍）を挙げている。また ça で始まる単語として、ドン・キホーテと同じ単語 çaquiçamí（ドン・キホーテ初版では Zaquiçami：屋根裏部屋）を挙げている。また、ラテン語起源の言葉 tapete（絨毯）、olio（オリーブ油）よりも、アラビア語起源の言葉 alhombra, aceite の方が良い言葉と考えていると述べている。[39]

アラビア語起源の地名には、Almería とか Albacete のような県名とか、Medina del Campo（バリャドリー県）のようなアラビア半島の聖地メディナ（意味は町）と同じ名前の地名がある。「ラ・マンチャの男」というミュージカル名はドン・キホーテ前篇の題名（El Ingenioso Hidalgo don Quijote de la

Mancha）を思い出させる。このMancha（高原）もアラビア語から来ている。ラ・マンチャ地方は一九七八年頃までは、旧名のCastilla la Nueva（新カスティーリャ）の一部だったが、今ではCastilla-La Mancha自治州の名前の一部となっている。

《注》

（1）Jリーグのサッカーチームの「ベガルタ仙台」の名前は、仙台の七夕祭りに由来する。織姫が琴座のベガ（Vega）、彦星（けん牛）が鷲座のアルタイル（Altair）に当たるので、二つを合わせて、ベガルタ（Vegalta）としたのである。

（2）上野景福『英単語ものがたり』日本英語教育協会、一九七九年、六―九頁。

（3）ファクシミリ版は次の本を参考にした。Miguel de Cervantes, *Don Quijote de La Mancha*, Facsímil de la primera edición, Edición de la Real Academia Española, tomo II, Madrid, 1976, p.258

（4）次の本を参考にした。*Don Quijote de la Mancha*, Edición, introducción y notas de Martín de Riquer, 1977, Planeta, pp.1094-1095（現代では語頭が小文字で表記される単語も初版と同じ大文字で転写した。）

（5）シェイクスピアの生まれた年と亡くなった年は（1564-1616）なので、「人殺しには色々あり」と覚えた。亡くなった日付は、同じ四月二三日だが、スペインはグレゴリオ暦、イギリスは昔のユリウス暦を使っていたので、シェイクスピアはグレゴリオ暦にすると、五月三日に亡くなっている。樺山紘一他編『クロニック世界全史』講談社、一九九四年、五〇一頁。

（6）清水憲男「逆転疑問符の文献学」『上智大学外国語学部紀要』三九号、二〇〇五年、一一九―一三九頁。

（7）Gómez de Silva, Guido, *Breve diccionario etimológoico de la lengua española*, México, FCE,2009, p.158, cedilla ネブリハは cerilla と呼んだ。Nebrija, A. de, 1492, *Gramática de la lengua castellana*, Estudio y edición de Antonio Quilis, 1980, Editora Nacional, p.117

（8）long s（長い s）と呼ばれる。f（エフ）に似ているが、クロスした横棒が右につき出ていない文字と横棒がない字体がある。小論では横棒のないſを使った。

（9）田中美輝夫『英語アルファベット発達史』開文社、一九九七年、一六六頁。安井稔『音声と綴字』研究社、一九六二年、一一一―一一二頁。

（10）『日西辞典』（一六三〇年マニラ版、天理図書館本複製）雄松堂、一九七二年、42 v

（11）『コリャード自筆西日辞書』複製、翻刻、索引および解説、大塚光信、小島幸枝共編、臨川書店、一九八五年、一三七頁。

（12）ポルトガル語でも、カタルーニャ語でも、x が［ʃ］を表すことがある。メキシコを México と x で書くのは、一六世紀頃のスペイン語では、メシコと発音していたからである。一七世紀前半から発音が現代のように変わって、文字が x から j に変わったが、メキシコは国名の文字を変えなかったので、国名の x は例外的な発音になっている。一九七〇年の王立アカデミーの辞書には、mexicano,México の項目はなく mejicano,Méjico だけがある ;RAE,Diccionario de la lengua española, 1970, p.862;RAE&AALE, *Diccionario panhispánico de dudas*, Santillana Ediciones Generales, Madrid, 2005, X の項 ,3

（13）Cobarruvias,1611,Tesoro de la Lengua Castellana o Española, Turner, 1977, p.1014

（14）Fukushima,Noritaka,《jabón y savon》, Lingüística Hispánica,vol.20,Círculo de Lingüística Hispánica de Kansai, 1997, pp.19-36

（15）寺澤芳雄編集主幹『英語語源辞典』研究社、一九七七年、一二六八頁。矢崎源九郎『日本の外来語』岩波書店、一九六四年、一八二―一八三頁。吉沢典男、石綿敏雄『外来語の語源』角川書店、一九七九年、二二三八頁 ;-ies を英語の複数語尾と誤解して単数形を想像することを類推現象と呼ぶ。

(16) Dozy & Engelmann, *Glossaire des mots espagnols et portuguais dérivés de l'arabe*, Apa-Oriental Press, Amsterdam, 1982, p.147
小川芳男編『ハンディ語源英和辞典』有精堂、一九七三年、三三三頁。；寺澤，op.cit. p.838:《1583》倉庫：《1639》雑誌：この語は最初ムーア人のイベリア半島侵入と占拠の結果もたらされた。

(17) Corominas y Pacual, *Diccionario crítico etimológico castellano e hispánico*, Gredos, 1991, I, pp.623-624: 語源は明らかではない。

(18) Gómez de Silva,op.cit.,p.97; スペイン王立アカデミーのホームページで検索すると一九五五年には現代の意味で使われている。CORDE, Elena Quiroga, 1955, *La enfermera*, p.232; 最終アクセス日 2014,12,17.

(19) ラファエル・ラペサ『スペイン語の歴史』中岡省治、三好準之助訳、昭和堂、二〇〇四年、一三六頁。

(20) 寺崎英樹『スペイン語史』大学書林、二〇一一年、五三頁。

(21) 青池保子『アルカサル王城』一～一三（秋田書店一九七五～二〇〇七年。）；これは次の本を参考にした歴史漫画である：メリメ『カスティーリャ王ドン・ペドロ一世伝』江口清訳（「メリメ全集」4：史伝①）河出書房新社、一九九七年。

(22) Gómez de Silva,op.cit., p.44
ローマ人がイギリスに多くの砦 CASTRUM（複数 CASTRA）を築いたために、イギリスには、Chichester, Lancaster, Worceter のように、-chester,-caster,-cester で終わる地名が多くある。渡部昇一『英語の歴史』大修館一九九一年、四七―五〇頁。

(23) ガムは英語の gum、ゴムはオランダ語から、またトラックもトロッコも同じ truck から来ている。英語の中では、history,story; example, sample も二重語である。

(24) Gómez de Silva,op.cit.,p.92,atún

(25) 前田信夫編著『スペイン語のなかのアラビア語起源小辞典』芸林書房、一九九八年、六一頁。小林英夫「スペイン語のなりたち」『小林英夫著作集』（言語学論集三）みすず書房、一九七七年、三〇九頁。

(26) Cervantès, *L'ingénieux Hidalgo Don Quichotte de la Manche* (douxième partie), Traduction de François de Rosset, Gallimard, 1949, p.617
Agostini de del Rio, Amelia, *Compañero del etudiante del Quijote*, Cordillera, San Juan,Puerto Rico, p.941

(27) 『コンサイス外来語辞典』三省堂、一九八三年、四一三頁。；吉沢 ,op.cit.,p.333: タンバリンは英語 tambourine から来ていて、アラビア語起源である。日本語のタンバリンは、pandereta と言う。初版の引用箇所の前の段落に sonajas という単語が出ていて、タンバリンと訳されている（『ドン・キホーテ』：後篇（三）牛島信明訳、岩波文庫、二〇〇一年、三一七頁；後篇：荻内勝之訳、新潮社、二〇〇五年、三三七頁；後篇：岩根圀和訳、彩流社、二〇一二年、四七五頁）が、厳密に言うと、タンバリンの枠についている鈴を指すらしい。『現代スペイン語辞典』、白水社、一九九〇年、一〇四七頁。

(28) Cobarruvias,op.cit.,p.101:almorçar: desayunarse por la mañana

(29) Gómez de Silva,op.cit.,p.49,almuerzo

(30) RAE, *Diccionario de la lengua española*,1992,p.111, almuerzo:2.comida del mediodía o primeras horas de la tarde...

(31) Gómez de Silva,op.cit,p.715：Bénaben, Michel, *Dictionnaire étymologique de l'espagnol*, Ellipses,2000,p.527; 中世スペイン語には、季節は五つあり、「真夏」を表す estío があった。

(32) Gómez de Silva,op.cit.,p.639,siesta
日本語の「午後のおやつ」も江戸時代の八つ時、即ち午後二時から四時までの間を指していた；三好&ハリス監修『国語総合新辞典』旺文社、一九八八年、一八一頁；英語の noon(正午)だが、これはラテン語の nona hora（第九時）から来ていて、本来は午後二時から三時頃を指していたが、祈禱日課や食事の時刻の繰り上げが行われたと考えられている。寺澤 ,op.cit.p.960; 上野 ,op.cit,pp.150-151

(33) 英語の deer は古英語では、「動物」を意味したが、仏語から beast が入ると、「鹿」の意味に限定された。この beast は、仏語の animal が入ると、「けだもの」を指すようになった。シップリー『英語語源辞典』大修館二〇〇九年、八二—八三頁。Room, Adrian, *NTC's Dictionary of Changes in Meaning*, Chicago, 1975, pp.81

（34） ラテン語「オリーブ油」OLEU（M）→ olio からできる *ojo とラテン語「目」OCULU（M）からできた ojo が同形になる可能性があった。óleo は教養語。;Bénaben,op.cit.,p.10（ACEITE）, p.340（OLIVO）

（35） 福嶌教隆『スペイン語の贈り物』現代書館、二〇〇四年、二〇—二一頁。イギリスの歴史を見ると、プランタジネット朝が出てくるが、これは、えにしだ（planta genista）の枝を家紋にしたのが由来と言われる。：村川他編『世界史小辞典』山川出版社、一九九五年、五六八頁。;連濁して、エニスタがエニシダになった理由についてはいろいろあるが、羊歯（しだ）との連想という説がある。英語のナプキンが「ふきん」との連想でナフキンになった説に似ている。日本語にはオランダ語から入ったという説もある。前田富祺監修『日本語源大辞典』小学館、二一二頁。スペイン人の苗字イニエスタ（Iniesta）もこの genista から来ている。

（36） 前田、ibid, p.1168; スペイン語 hiniesta には、異形の hiniestra があり、これは、ラテン語の FENESTRA（窓）からできた形と同音衝突を起こし、窓は ventana（英語 window に当たる）になり、植物は、アラビア語起源の retama が借用された。Corominas y Pacual,op.cit., 1989, IV, pp.889-890, RETAMA;RAE, *Diccionario de la lengua española*, 2001, p.823, hiniesta → retama

（37） Cobarruvias,op.cit., p.84 : ALFOMBRA Vide alhombra

（38） Valdés, Juan de, 1535, *Diálogo de la lengua*, Edición de Cristina Barbolani, Cátedra,1982, p.148; 中岡省治「国語問答」ホアン・デ・バルデス（翻訳—二）『大阪外國語大学學報』三五、一九七六年、四六頁。

（39） Valdés,op.cit.,pp.138-139; 中岡省治「国語問答」（翻訳）『大阪外國語大学學報』三〇、一九七四年、一一七頁。

自由人を夢見て

室井光広

「私がこれから述べようとしていることは、すでにだれかによって少なくとも一度は、ことによると何度も言われたことがあるかもしれない。しかし、わたしにとって大事なことは、内容の真実性如何であって、話題としての目新しさではない」

右は、敬愛するボルヘスの「『ドン・キホーテ』の部分的魔術」というエッセーの書き出しである（岩波文庫『続審問』所収）。

ここなる自称〈ボルヘスの不肖の弟子〉は四半世紀ほど以前、その名は思い出せない（ということにしておく）が、とある文芸誌の新人文学賞評論部門で、ボルヘスにまつわる「すでに誰かによって少なくとも一度は、ことによると何度も言われたことがあるかもしれない」テーマについて受取り直した拙作をひろってもらったのを機に著作家の末席を汚すに至った人間だ。

今、神聖で美しいものに決定的なダメージを与える意の日本語「汚す」を用いたが、他ならぬ最愛の作家の最愛の作品について再びオマージュを捧げる機会を与えられた喜びのあまり、かの哀れな郷士の如く、理性を失ったあげく、偉大な先人作家のセルバンテス頌の「真実性」に、卑小な思いを寄り添わせる一種の〝聖域汚し〟を、おそらく本稿においても繰り返すことになるだろう。いや、もっとドン・キホーテ的に〝愉快な〟ものいいをすれば、こうした当方の滑稽にして無謀な振舞いを黙認するばかりか、使嗾してやまぬ書こそ、生みの親たるセルバンテスのいう「あらゆる不快感がのさばり、あらゆる侘びしい物音によって支配されている牢獄のなかで生まれたかのような、やせて干からびた、気ままな息子、いまだかつて誰ひとり思いついたことのないような雑多な妄想にとり憑かれた息子の物語」なのである。

いまだかつて誰ひとり思いついたことのないような雑多な妄想は、生みの親から遺伝したものだ。私はこれまで『ドン・キホーテ』を三回ほど通読した。右は、その二回目の岩波文庫版（二〇〇一年）の「序文」から引いたが、何度読んでも味わい深いので、ついでに書き出しも加えておこう。

――「おひまな読者よ。わたしの知能が生み出した息子ともいうべきこの書が、想像しうる限り、最も美しく、愉快で、気のきいたものであれかしと著者の私が念願していることは、いまさら誓わなくても信じていただけよう。しかしわたしもまた、蟹は甲羅に似せて穴を掘るという自然の法に逆らうことはできなかった。されば、教養のないわたしの乏しい才知をもってしては……」

「蟹は甲羅に似せて穴を掘る」の部分が原語でどうなっているのか「教養のない」ただの読者に

はわからないけれど、別の翻訳ではたしか、あらゆるものは己に似たものしか生まぬ……というような表現だったと思う。

私が本稿をものするにあたって「念願していること」は、くだくだしく説明するまでもなく、すでに明らかだろう。

目に一丁字も無い無教養な従士サンチョ・パンサが、書物の化身ともいうべき主人に対抗すべく、対話の道具としたのは、民衆知の化身ともいうべきコトワザ、しかもおびただしい数のそれであった。その中に、〈蟹は甲羅に似せて……〉に相当するものが含まれていたかどうか（あるとすればどんな表現になっていたか）にわかに思い出せないけれど、人はその器相応の言動しかしないもので、思考の範囲が限定されている意のこのコトワザは、まさしく「おひまな読者よ」と呼びかけられたわが身におあつらえ向きと思わざるをえない。

今、あらためて『日本国語大辞典』をひもとくと、自分の大きさに合わせて穴を掘るということから生れたコトワザには、「人はそれぞれ相応の願望を持つものだ」のニュアンスもあるようだ。自分の力量、身分に応じた言動をすることとほとんど同じだろうが、「それぞれ相応の願望を持つ」というところに、〈見果てぬ夢〉を見出したい含みが今の当方にあることを隠そうとは思わない。

私が、憂い顔の騎士（あるいは郷士）の物語に出遭ったのは、二十代の半ばすぎ——「人生の道の半ばで正道を踏みはずした」実感に包まれはじめた時期だ。道を踏みはずして暗い森の中に迷い込んだ後の世界文学のスーパースターの遍歴には、やはり大詩人の先達の導きがあったけれど、ただの読者の前にそうした頼もしい案内人は現われなかった。「これを読まないというのは、文学が私たちに与える最高の贈り物を遠慮すること」だとまでボルヘスが語るダンテ（の『神曲』）を正しく受けとる「道を踏みはずして暗い森の中に迷い込んだ」者が、どうして憂い顔の騎士の遍歴には、案内人無しでも「自然の法」にのっとるふうについていけたのか……ここには「わたしにとって大事な」種類の聖域汚しの「真実性」の問題が横たわっている気がするけれど、本稿の主たるテーマからはいささか外れてしまうだろうか。

読書、とりわけ古典のそれは、何より自由をたっとぶもののように私には思われる。何を、いつ、どんな状況下で読むのか、すべてが自由である。もちろん教師のすすめや教科書での出遭いがキッカケになることもあろうが、やはり人それぞれの「相応の願望」にもとづく自由選択の中に、その人にとって最も大事な何かが隠れていると思う。

自由な読書の履歴にあって文学史的時系列などはほとんど意味をもたない。たとえば私の場合、二十歳の頃、ドストエフスキー病にかかったが、その大作家が、「これまで天才によって創造されたあらゆる書物の中で最も偉大な、最も憂鬱な書物」「現在までに人間の精神が発した最高にして最期の言葉である」と称えた『ドン・キホーテ』をひもとくまでには、なお数年を要した。

ボルヘスを師父と仰ぐようになったのは、『ドン・キホーテ』体験の後である。冒頭でふれたボルヘスのエッセーを読む前に、現代文学の最前線を鮮やかに告知する『伝奇集』の中でも、とりわけ衝撃的な短篇として――「『ドン・キホーテ』の著者、ピエール・メナール」をあげなくてはなるまいが、すでに『ドン・キホーテ讃歌』などの拙著に書いたので、ここではボルヘスのエッセーの方を道しるべにしつつ、私自身の「相応の願望」を埋めるにふさわしいちっぽけな穴掘りをやらせてもらう。

ボルヘスは、『神曲』やシェイクスピア作品と比較した場合、『ドン・キホーテ』は写実的だとのべた後、すぐにその写実性が十九世紀のそれとは根本的に異なっているとつけ加える。コンラッドやヘンリー・ジェイムズが現実を小説に取り入れたのは、現実を詩的なものと考えたからだが、セルバンテスにとって、詩と真実は反意語であった。セルバンテスはわれわれに十七世紀スペインの詩を創りだしてくれたが、彼にとってはその世紀もその当時のスペインも詩的なものではなかった。ドン・キホーテが読みふけった騎士物語『アマディス』の広大かつ曖昧な地理に対して、セルバンテスはカスティーリャの埃道とうす汚い宿屋を持出す。

ボルヘスがでっちあげた二十世紀の作家ピエール・メナールよろしく、自称不肖の弟子は、師父の卓抜なエッセーをさらに「転写」したい誘惑にかられるが、二十世紀において「独創的な作家《オリジナル》」は存在しえないという独創的なイデーを小説の形にもり込むその語りの凡庸な模倣に終るのが目にみえているので、さし控える。

ボルヘスが語ったのは十七世紀と十九世紀の写実性をめぐる差異である。しかし、極東の島国で文学の練習生を志すバルバロイがそこに見出したのは、ヨーロッパ中心の文学に対する周縁的なまなざしだった。詩と現実が反意語で……と語るボルヘス自身の立ち位置を、卑小なわが身にひき寄せずにはおれない当方は、カスティーリャの埃道とうす汚い宿屋に思いを馳せ、それがボルヘスの故地ブエノスアイレスの「現実」に重ねられていると深読みした。ラテンアメリカの周縁の地に生れ育ちながら、最も偉大なスペイン作家セルバンテスに対し、カスティーリャ人にも劣らぬほどの親近感を抱いていたボルヘスは、セルバンテスの『模範小説集』に寄せた序文で「スペインの批評界はセルバンテスをあまりに高く評価するあまり、検討し吟味することなく、すぐに敬意を表してしまう。例えば、ドン・キホーテになることを夢見たアロンソ・キハーノの発明者にとって、ラ・マンチャというのがどうしようもないほど散文的な、埃っぽい田舎にすぎないことを指摘した者すらいないのだ」とも書いている（『序文つき序文集』所収・国書刊行会）。

東北南部の「どうしようもないほど」非文学的な奥深い山間の村に生れ育った当方がはじめて『ドン・キホーテ』を岩波文庫旧訳版で読んだ時にはさほど気にもとめなかったが、二回目の新訳版訳注の一節――「ラ・マンチャはスペインでも最も荒涼とした地方で、伝統的な騎士道物語の、城などからなる華麗で貴族的なロマンスの舞台とはまさに対照的である。いうまでもなく、これもセルバンテス的パロディの一端といえよう。ちなみに、マンチャ **mancha** は普通名詞で、『汚れ、不名誉』の意である」は、印象に刻まれた。

ただの読者は、漠然と、ラ・マンチャなる地名が架空のものではと考えていたので、これが実在することに少し驚いた。しかし、もっと忘れ難いのは、普通名詞の「汚れ、不名誉」をあらわすマンチャのほうだ。

世に名高い「ラ・マンチャの男」なるミュージカルをみたことが一度もない田舎者は、以後、「ロマンスの舞台とはまさに対照的な」マンチャの男をひそかに名のり、詩（歌）の十年選手から転じたことをふまえ、汚れっちまった散文野郎として生きようと決意を固めたのだった。

ボルヘスによれば、セルバンテスの文体ほど欠陥の多いものはない。繰り返し、弛み、断絶、構文の誤り、さらに無意味なあるいは不適切な形容詞に満ちているからだが、しかし、にもかかわらず「ある本質的な魅力がそうした諸々の欠点を帳消しにしたり、和らげてしまったりする」という。その理由は、「わからない」。「単なる理屈では説明することのできない類の」秘密が横たわっているそうだ。

セルバンテスの文体の「欠点」にボルヘスがどんな語を使っているか知らないけれど、普通名詞**mancha**が含意する「汚れ、しみ、汚点、傷」とまるで無関係とは思えない。

初読から二十年余りも後、『ドン・キホーテ』を三度目に通読した頃、鈍感な田舎者にも世界文学の巨匠たちがこの書をいかに深いところで受けとめたか等について少しはわかりかけてきたが、この期に及んでも、汚れっちまった散文野郎は、「単なる理屈では説明することのできない類の」心理をふり払えないでいた。

ラ・マンチャの男というより、ただのマンチャの男である当方がたちかえるのはその原点だ。いや、男が不適当なら、マンチャの人といいかえてもいい。

新訳が出るたび読み直したいと願いながらも、なかなか果せずにいるのだが、それぞれの特徴をもつ訳者の労作に感謝する一方、翻訳とはフランドルのタピストリーを裏から見るようなものという作中の言葉を思い出してしまったりする田舎者にとって、やはり原点にたちかえる時に重要なのは、M・プルーストのいう「魂の初版本」――つまり初読の岩波文庫旧訳版である。

「魂の初版本」のどこやらの章には、たとえば次のような対話があったはずだ。

〈「そこにおるのはどなた？　どういう人じゃ。もしや、わが身に満足しておる者のひとりではないか。それとも、悲しんでおる者の仲間かな」

「悲しんどる者の仲間じゃ」と、ドン・キホーテ〉

「そこにおるのはどなた？　どういう人じゃ」と、自分が訊かれたような気がする田舎者は、今なら即座に、応じる――ここにいるのは、マンチャの人です、と。

マンチャの人の脳裡には、別の章に登場する次のようなつぶやきもよみがえってくる。

〈ドン・キホーテどのには直らないでいただきたいもの……直りましたら、あの人ご自身のおもしろさだけでなく、ひいて従士のサンチョ・パンサどのの一言隻句、一挙手一投足は、気鬱症をも陽気症にいたしかねませんからね〉

不正確な引用の仕方にも、「汚点、しみ」がまじることをわびる他ないけれど、そうした正確さなど何ほどにも思わぬわがサンチョが味方してくれるかもしれないという期待もある。『ドン・キホーテ』を三回通読したそのたび毎に、田舎者の心に去来したのは、ただひたすら「自由」になりたいという一念だった。もっと具体的にして痛切なことを白状すれば、キワメツキの自由を味わうことで、宿痾の「気鬱症」を治癒させたいという「相応の願望」があったのである。

「頭をもたげて、できたら陽気になせえ……この病気をなおすにゃ、お医者はいらねえ」というサンチョの言葉を私は単純に信じた。事実、サンチョは、物語の進展につれて、類まれなる医者の役割を演じるようになる。彼はいう——「わしゃこの世におる医者のなかで、一ばん運のねえ医者だよ」と。他人の治療にわが血を流す、とも彼が語るそのキリストもどきの〈血のあがない〉に潜むものを、主人のドン・キホーテは「ふしぎな力」と呼ぶ。キホーテは従士にいう——「おまえのふしぎな能力は無償の授かり物」だと。

もうこのへんで十分だろう。愛すべきサンチョにとどまらず、わが最愛の作家——自ら作中人物の口をかりて「詩作よりも不幸に通じた男」といわしめた——の手になる作品それ自体に宿る「ふしぎな力」「無償の授かり物」の何たるかを知るのに、さほどの準備はいらない。ただ、内なる**mancha**を「不幸に通じた類まれな医者」の前にさらけ出して自由になる勇気がありさえすればよいのである。

ドストエフスキーのように大っぴらに宣揚こそしなかったが、この医者にこっそりとかかった二十世紀を代表する作家にF・カフカがいることを、当方が遅れ遅れて気づいたのは、ボルヘスとはまったくタイプの異なる文人W・ベンヤミンの著作を通してだった。

自らの類まれな非商業的作品群を「汚物」と呼んだあげく、その焼却を遺言して生涯をとじたこの非凡な作家を、私は拙著で〈コメディアン志望のメランコリカー〉と命名させてもらったのだったが、ベンヤミンは親友宛書簡の中でこう書いている。
「カフカの姿を、その純粋さとユニークな美しさをゆがめずにえがきだすためには、それが挫折したひとの姿である、ということからけっして目を離してはならない。この挫折の事情としてはいろいろのことがあるだろう。たぶんかれには、究極の失敗が確かに思えてから、途上のすべてが夢のなかでのようにうまくいったのだ。かれが自身の挫折を力説したときの熱烈さほどに、思考にあたいするものはない」（晶文社版ベンヤミン著作集15）

拙著にも引いた一節だが、本稿のテーマとおぼしきものに照らして受取り直す時、ここにいう「カフカの姿」が、セルバンテスの姿に重なってしまう。「悲しんでおる者の仲間」たる憂い顔の騎士の「純粋さとユニークな美しさ」を正しくとらえるために最も大事なのは、「それが挫折したひとの姿」だという一点だ、といいかえても許される気がするのだ。

前篇のタイトルに郷士とされたドン・キホーテは、十年後に刊行の後篇で「騎士」に変わる。この変化の意味合いは専門家にまかせるとして、本稿としてはすでにふれた「ドン・キホーテになることを夢見たアロンソ・キハーノの発明者」というボルヘスの言い止めを思いおこせば足りる。「究極の失敗が確かに思えてから、途上のすべてが夢のなかでのようにうまくいった」というベンヤミンのカフカ像にまつわる言葉を、ドン・キホーテとサンチョの遍歴の旅がくり返す「究極の失敗」劇に重ねることは、さほど難しくはないと思うが、最後にもう一つ、カフカ同様の「気鬱症」者のベンヤミンが、カフカの文章の中で「もっとも完璧なもの」と断定した草稿を引いておきたい。
「サンチョ・パンサは――ついでに言えば、彼はこのことを一度も自慢したりしなかったが――長い歳月をかけて、夕べや夜の時間にあまたの騎士道小説や悪漢小説をあてがうことで、のちに彼がドン・キホーテと名づけることになった自分の悪魔を、わが身から逸らせてしまうことに成功した。この悪魔はそれからというもの、拠り所を失ってこのうえもなく気違いじみた行ないの数々を演じたのだが、こうした狂行は、まさにサンチョ・パンサがなる予定だった攻撃の矛先というものを欠いていたので、誰の害にもならなかったのである。自由人サンチョ・パンサは平静に、ことによると一種の責任感から、このドン・キホーテの旅のお供をし、ドン・キホーテの最期の時までその旅をおおいに、そして有効に楽しんだのだった」(「フランツ・カフカ」ちくま学芸文庫版ベンヤミン・コレクション〈2〉所収)
このカフカの断章は、ボルヘスが畏友ビオイ＝カサレスの協力のもとに編んだ「短くて途方もない話」から成る『ボルヘス怪奇譚集』(邦訳は晶文社刊)にも収められている。「サンチョ・パンサについての真実」「真説サンチョ・パンサ」などと訳されるタイトルは、カフカ手稿にはなく、編者マックス・ブロートが刊行時に付けたものだそうである。

ドン・キホーテ対ハムレット——狂える二騎士の相克関係

山田由美子

序　ツルゲーネフより始めて

タイトルから想像される内容とは異なり、ツルゲーネフの「ハムレットとドン・キホーテ」（一八六〇年）は、両主人公を「中立的に」比較対照したものではない[1]。「親ドン・キホーテ・反ハムレット」と呼び換えるのが相応しいほどドン・キホーテへの「偏り」を見せている。

これによると、虐げられた人々を迷わず救おうとするドン・キホーテは利他主義者、復讐を回避しつつ保身をはかるハムレットはエゴイストであり、ほとんどの人間がこのいずれかのタイプに分類できるという。当時、ハムレットの人気が圧倒的に高かったようであるが、それは、見栄えはしないが高邁な理想を追求するドン・キホーテ型人間が少なくなる一方で、見掛け倒しの自己中心的なハムレット型が激増したからだとツルゲーネフは断言する[2]。

ドン・キホーテを是とし、ハムレットを非とするツルゲーネフの評定は、何に基づいているのか。また、その評定が正しいとすれば、いかなる経緯で、両者の差が生じたのだろうか。ツルゲーネフ自身、直観的な読後感を記すにとどまり、特別な傍証は行っていない。

しかしながら、制作当時の文学史的背景(この場合は「騎士道物語」というジャンル)の中に両主人公を再配置すると、ツルゲーネフが大筋において的を射ていること、さらに、他ならぬ『ドン・キホーテ』の中で、両者が「宿敵」として「対決」していることが確認できる。

一　騎士道之鑑

周知のように、『ドン・キホーテ』は、騎士道物語を諷刺したパロディであり、主人公の郷士アロンソ・キハーノが「ドン・キホーテ」と改名し、騎士道を目指す。そして、それほど知られてはいないが、『ハムレット』もまた、拙著『ベン・ジョンソンとセルバンテス』で詳述したように、イギリスに伝来したスペインの騎士道物語に立脚しており、主人公は、騎士的な特質を帯びている[3]。

ドン・キホーテが「危険と苦難に満ちた遍歴の騎士道の実践に身を投じた[……]最初の人物」(前篇第九章)[4]ならば、ハムレットも「武人も恐れをなす鮮やかな剣のさばき」、「この国の運命をにない、一国の精華」（三幕一場）[5]と、武勇においては人後に落ちない。
しかし、真の騎士を名乗るには、今一つの条件がある。思い定めた婦人［思い姫］への絶対的服従が鉄則であり、「およそ愛する婦人をもたない遍歴の騎士など、葉や実のない樹木か魂のない肉体に等しい」（『ドン・キホーテ』前篇第一章）。
両主人公の恋文を比較してみよう。

いとも崇高なる思い姫へ――
優美この上なきドゥルシネーア・デル・トボーソよ、（中略）いやと思し召さば、御心のままになしたまえ、この命を絶つことにより君のむごき心とわが願望に、ともども応える所存なり。
命果てるまで君の僕なる憂い顔の騎士
（『ドン・キホーテ』前篇第二五章）

天使のごとき、わが心の偶像、世にもうるわしきオフィーリアに
［……］
燃ゆる星　空ゆく日
疑うきみの　心かなしく
見せまほし　わが心

いつわりの世に　まことのあかし
こよなく貴き女人へ、この五体の形あるかぎり永遠の僕、ハムレットより。
［……］
（『ハムレット』二幕二場）

「いとも崇高なる」と「こよなく貴き」、「優美この上なき」と「世にもうるわしき」、「命果てるまで君の僕」と「この五体形あるかぎり永遠の僕」、等々、まぎれもなく同一の形式に則っている。とはいえ、恋文は言葉に過ぎない。「まことのあかし」をどう示すつもりなのか。ドン・キホーテが真の愛の証しにして最大の偉業と考えるのは、騎士道物語の主人公、アマディース・デ・ガウラの狂気である（前篇第二五章）。思い姫のオリアーナにうとまれたアマディースは、悲痛のあまり狂気に陥り、岩山に引きこもって苦行に励む。この逸話に倣い、ドン・キホーテは、思っても会えない（架空の）ドゥルシネーアに気が狂ったことを伝えるため、山中に隠遁し、自ら狂態を演じて目撃者のサンチョ・パンサを使いに遣る。

興味深いのは、ハムレットもまた似通った狂気に陥ることである。

オフィーリア　ハムレット様が、いきなり部屋のなかに。上衣の胸もはだけ、帽子もかぶらず、汚れた靴下はだらしなく垂れ下がったまま、紙のように青ざめたお顔で、お膝をふるわせ、今

のいま地獄から抜け出して来られたかのよう……　（二幕一場）

オフィーリアの父ポローニアスは、これを「まさしく恋ゆえの狂気」と判定する。悲劇・喜劇という違いを度外視すれば、ハムレットも、ドン・キホーテに劣らず「恋する勇猛果敢な騎士」（『ドン・キホーテ』前篇二五章）としての資質を備えていると言えよう。

二　二通りの狂気

愛の証として共に発狂する両主人公ではあるが、「僕」としての献身には、ツルゲーネフの義憤を掻き立てるほどの大差がある。(6)

決闘に敗れたドン・キホーテは、騎士道［すなわちドゥルシネーアへの献身］を禁じられ、その時の心痛が元で絶命し、文字通り「命果てるまで君の僕」となる。これに対してハムレットは、「五体の形あるかぎり永遠の僕」と誓っておきながら、オフィーリアにあらぬ嫌疑をかけて「淫婦」と罵り、その発狂と死を誘発する。

同じ騎士道を歩む両者の間に、何故かくも大きな開きが生じるのであろうか。

『ドン・キホーテ』によると、「恋ゆえの狂気」は、アマディース型とオルランド［ロルダン］型の二通りに分かれる。

アマディース型は、前述したように、孤独のうちに悶々と狂うタイプであり、「純情な」ドン・キホーテは、迷わずこちらを選ぶ（前篇第二六章）。

他方、オルランド型は、周囲を巻き添えにして荒れ狂う。オルランドは、思い姫のアンジェリカがメドーロと「不義」を働く「現場」を「目撃して」怒りに狂い、「樹木を根こそぎにし」、「羊飼いたちを殺し、家畜を蹴ちらし、小屋を焼き払い、人家を引き倒し」、その他数々の蛮行を仕出かす（『ドン・キホーテ』前篇第二五章）。しかし、すべてがオルランドの一方的な恋愛妄想によるもので、アンジェリカは、オルランドなど最初から眼中になく、相思相愛のメドーロと結ばれただけなので、見当違いも甚だしい。

そして、周囲に累を及ぼすハムレットの狂気は、まさしくオルランド型である。

たわいのない、それが女というものか！
（弱きものよ、汝の名は女なり Frailty, thy name is woman!）」（一幕二場）

父の死後ほどなく叔父と再婚した母に対する幻滅は、女性一般に適用され、それまで恋人と慕ってきたオフィーリアにまで波及する。

きさまたち（女性）は［……］あげくのはてには、とんでもないふしだらをしでかしておいて「いけなかったの?」などとぬけぬけと。ええい、もう我慢ができぬ。おかげで気が狂った。
[……]さあ、行ってしまえ、尼寺へ。(三幕一場)

父の亡霊から叔父クローディアスの悪事を告げられても、ハムレットの憤怒の矛先は、被害者でもあるはずの母親へと向けられる。「気が狂った」ハムレットは、母を寝室で難詰し、その過程で誤ってオフィーリアの父を刺殺してしまう。恋人に父を殺されたオフィーリアは正気を失い、川で溺死する。

この時点で、父の仇を狙い、正義を追及していた積もりのハムレットが、皮肉にもオフィーリアの兄レアティーズにとって、「極悪非道の仇敵」へと転じるのである。

三　血腥い抗争

以上のように、ドン・キホーテとハムレットは、いずれも行動の基盤を騎士道に置き、恋ゆえに狂うが、「僕」としての献身ぶりにおいては大差があり、その原因は、両者が陥る狂気の種類——女性信愛のアマディース型と女性不信のオルランド型——に求められる。

ここで注目されるのは、『ドン・キホーテ』の作者が、二つのタイプの狂人を不倶戴天の敵として描いていることである。

『ドン・キホーテ』前篇（第五一—五二章）に、ハムレット的な「疑念」に捉われた青年エウヘニオが登場する。エウヘニオは、密かに思いを寄せていたレアンドラが軍人に誘惑された揚句に捨てられ、修道院に身を隠した事件が元で発狂した。レアンドラは村の若者の憧れの的であったため、数えきれない人数の若者が、一斉に狂い、牧人生活を始めた。山羊飼いとなって山にこもったエウヘニオは、発情して群れから離れたがる雌山羊に説教している現場をドン・キホーテの一行に見とがめられ、以上の顚末を語る。

話を聞いたドン・キホーテは、レアンドラに同情し、修道院からレアンドラを救出して若者たちの一人と結婚させようと提案する。しかし、エウヘニオは、この話に関心を示さず、ドン・キホーテの身なりと容貌を侮辱したことから、両者は血みどろの殴り合いを展開する。

エウヘニオと格闘する前にも、ドン・キホーテは、アマディースの物語中の王妃マダシマと侍医エリサバットの密通を勘ぐるカルデニオに、王妃の名誉をかけて闘いを挑み、打ちのめされている（前篇第二四章）。

猜疑心に満ちたハムレットの分身ともいうべきエウヘニオやカルデニオと同様、ドン・キホーテも、女性の「不身持」に関する現状は十分把握している。

「……」われわれの、この嘆かわしい世紀にあっては、いかなる乙女も、たとえクレタ島にあったのと同じような迷宮にかくまわれていたところで、決して安全ではない。なぜといえば、その迷宮の隙間から、あるいは空中を経由して、呪わしくも執拗な情熱のこもった恋の疫病が忍びこみ、箱入り娘たちの貞操を台無しにしてしまうからである。（前篇第一一章）

ドン・キホーテがハムレットと異なるのは、この現状を憎悪ではなく、「改善」の対象として捉える所にある。「それゆえ、彼女たちの安全をはかるために遍歴の騎士という階級が制定され、生娘を守り、寡婦を庇護［……］することをその任務とすることになったのだ」（前篇第一一章）――ドン・キホーテは自分の存在理由を得々と訴える。

ドゥルシネーアへの絶大なる信頼を、ドン・キホーテは女性一般に敷衍する。「わが思い姫に対してあらぬ邪推をし、狂乱のロルダンと同じ狂気に陥るとしたら、それはあの方に対する明らかな侮辱となろう」（前篇第二六章）。

こうした信念をもつドン・キホーテにとって、噂であれ事実であれ、男性と通じた女性を咎める者は、神聖冒瀆者として、万死に値する。逆にハムレットにとって、男性と通じたとされる女性は、噂であれ事実であれ、万死に値するようなのである。

四　セルバンテス対シェイクスピア？

文学史の観点から見直すと、女性像の相違をめぐるドン・キホーテとハムレット型青年との血腥い抗争は、作者の気紛れや偶然によるものではない。女性の不身持を誹謗するエウヘニオやカルデニオに闘いを挑み、激しい殴打の応酬を繰り返すドン・キホーテの「勇姿」には、セルバンテス自身の経歴が如実に投影されている。

序文でも宣言されているように、『ドン・キホーテ』は騎士道物語批判の書として意図されたものであるが、実際の攻撃目標は、セルバンテスと同時代の劇作家で「スペインのシェイクスピア」ともいうべきロペ・デ・ベーガであることが解明されている。[7]『ドン・キホーテ』の序文はもとより、巻頭と巻末の称賛詩や墓碑銘の随所にロペ諷刺が盛り込まれている以外に、ドゥルシネーアがロペの愛人のカリカチュアであるという説も主張されている。[8]

セルバンテスが『ドン・キホーテ』を書いたとき、騎士道物語は衰退し、それに代わって演劇が主流となっていた。セルバンテスは、一七歳の頃から劇作家を志し、自作がマドリードの劇場で上演されたが、大衆の嗜好に適合したロペ・デ・ベーガの圧倒的人気と多作の前に敗退し、やむなく舞台を去ったのである。[9]

ロペのコメディアの特徴は、騎士道物語的な「名誉／対面／貞節」honra/honour を前面に押し出し、特に女性の貞節を問題視する点にあった[10]。

これは、女性の「不倫」を大罪と見倣した社会風潮に基づいている。実際に不貞を働いた妻はもとより、それを疑われた妻でさえ、命を奪われて当然と考えられていた。「貞節」を失くして夫の「名誉」を奪った妻を殺めるのは、「名誉」を回復するための夫の「権利」であり、逆に、妻を殺す気概もない夫は、社会的に抹殺されることを覚悟しなければならなかった[11]。

シェイクスピアのハムレットが憶測だけでオフィーリアの「貞節」を否定して尼寺行きを命じ、オセローがイアーゴーの中傷に従って無実のデズデモーナを絞殺し、『冬物語』のレオンティーズが同じく嫉妬に狂い、無実の妻が不貞を働いたと確信して死刑を宣告した上、新生児まで捨てさせるのは、スペイン的な honra「名誉／対面／貞節」の概念を踏襲したものである[12]。

それにしても、女性の貞節が、文学の中心主題として、何故かくも大きな関心事となり、大衆の間で莫大な人気を博したのであろうか。現代人の理解に苦しむこの現象については、カストロの『葛藤の時代について――スペインおよびスペイン文学における体面のドラマ』（一九六二／一九六三）が詳細な考察を行っている。

帝国の拡張を目指すカスティーリャ＝スペインは、「血の純潔令」によって人種による国家の統一をはかり、貴族の特権を「旧キリスト教徒」（血統の中にモーロ人、ユダヤ人、異教徒の血筋をもたない昔からのキリスト教徒）に限定した。女性の不貞が問題視された最大の理由は、それが「血の純潔」を脅かす最大の要因であったからに他ならない。ロペ・デ・ベーガは、帝国のイデオロギーの文学における最大の代弁者であった[13]。

これに対してセルバンテスは、ロペの標榜するカスティーリャ的女性観に抵抗し、妻の「不貞」の原因はほとんど夫にあると主張する少数派に属していた。仮に「不貞」が事実であったとしても、妻を忘れ去り、男の元に走るに任せ、二度と戻ってこさせぬようにするのが合理的な解決法だというのである。ロペに「一掃」される以前のセルバンテスの作品を含むガリシア、アル・アンダルス、カタルーニャの演劇は、いずれもリベラルな女性観を反映し、年齢のかけ離れた男性と結婚した女性に不倫の「権利」すら認める場合もあった[14]。

しかしながら、純血ではない「新キリスト教徒」に分類される恐怖に駆られた国民には、帝国の規律に従う以外に選択の余地がない[15]。セルバンテスが目指した演劇界で、偏狭な女性観に固執するロペの演劇以外の多様なジャンルは、国家政策によって消失したのであった。

五　「神の戦士」の実効係数

「血の純潔令」には、理性や知性の喪失を人民に強要する激烈な衆愚政策が伴っていた。十六世紀後半以降、知的・技術的職業を、ユダヤ人かモーロ人が携わるものとして抑圧した結果、十五世紀前半に、天文学、数学、植物学、法学、社会学、人文学の分野で輝かしい足跡を残したスペインは、ほどなく他国の後塵を拝するようになる。名誉のための戦いを通してあの世の永遠の生を得ることを純血のスペイン人の生き方とした当然の帰結であった[16]。

スペイン文学の影響により、シェイクスピアの『ハムレット』も、「名誉のための戦いを通してあの世の永遠の生を得る」所信を前面に押し出している。父の亡霊から「はずれてしまった」「この世の関節」を「直す役目」を仰せつかったハムレットは、やがて自分が「神の正義を実践する腕」すなわち「神のふるう鞭」となったことを自覚する（三幕四場）。

世俗の視点からすると、仇討を逡巡しているうちに、思い姫の一家を滅ぼした挙句、デンマーク王室を根絶やしにし、祖国を敵国ノルウェーの支配へと引き渡すハムレットは「亡国の王子」であり、「赤子同然役立たず」とツルゲーネフが非難するのも故なしとしない[17]。

しかし、「永遠の生」から見れば、現世は必ずしも問題とされない。ポローニアスを殺したハムレットは、レイアーティーズに向かって、「ハムレットの仕業」ではなく、「ハムレットの狂気がやったのだ」と罪を否定する（五幕二場）。

神学的には、無意識や狂気による致死は、罪に問われない。また、ハムレットが復讐を逡巡したのは、悪行の最中に討たなければ魂まで滅ぼせないという亡霊の指示による（一幕四場）。

レイアーティーズはクローディアスの教唆によって、ハムレットをフェンシングの試合に誘い込み、毒を塗った剣でハムレットを傷つけるが、試合の最中に剣が入れ代わり、自分もその毒で死に至る。虫の息のレイアーティーズから真相を告げられたハムレットは、逆上してクローディアスを仕留める。クローディアスは「地獄に堕ち」、ハムレットは、互いに許し合ったレイアーティーズと共に「天に昇る」。そして、ハムレットの「名誉」をホレイショーが語り伝える（五幕二場）。

スペイン帝国的な政策から見た場合、ハムレットは、ツルゲーネフの言う「優柔不断な懐疑主義のエゴイスト」どころか、キリスト教信仰に殉じた点において、「神の戦士」として「列聖」される立場となる。

もう一方のドン・キホーテも、「地上における神の代理人であり、地上において神の正義を実践する腕である」（前篇第一三章）。前篇第一八章では、二つの羊の大群を、異教徒とキリスト教徒の軍勢に見立て、後者に加勢して群れを目がけて斬り込み、後篇第二五章では、人形のドン・ガイフェーロスをモーロ人の追手から救出する等々、「純血のスペイン人」として活躍する。

ところが、結末で、『ドン・キホーテ』の作者は、純血主義者の期待をさらりと裏切る。臨終間際に正気に戻ったドン・キホーテは、自分が騎士ではなく、郷士であったことを思い出し、異教徒との戦いを含むそれまでの騎士的行状を全否定する。「神の恵みのおかげで正気を取り戻した」ドン・キホーテは、騎士道物語を「荒唐無稽でまやかしに満ちた」「罰当たりな」読み物と断定し、それに取り憑かれていたことに「衷心からの悔悟」を示し、「キリスト教徒らしい大往生」を遂げるのである（後篇第七四章）。

ロペの主人公やハムレットにとっては、「神の戦士」として騎士道を完遂することが天に至る道であり、ドン・キホーテにとっては、「神の戦士」として騎士道を捨てることが、天国への近道となる。また、ロペ作品や『ハムレット』において、主人公の狂気は、神の道を実践するために必要不可欠であるのに対して、『ドン・キホーテ』において、主人公の狂気は、治療すべき病であり、神の道からはずれたものとされている。

セルバンテスは、異端審問の焚刑を物ともせず、国家宗教とは異なる「キリスト教」と「神」を独自に造り上げたようである。『ドン・キホーテ』の主人公を通してエウヘニオ〔＝ハムレット〕を殴るとき、セルバンテスは、ロペ〔＝シェイクスピア〕に敗れた雪辱を果たすと同時に、風車に向かうドン・キホーテさながら、スペイン帝国の政策に単身突撃していたのであろう。

《注》

（1）以下、引用は、ツルゲーネフ「ハムレットとドン・キホーテ」、『ハムレットとドン・キホーテ他二編』（河野与一／柴田治三郎訳、岩波書店、一九五五年）に拠る。
（2）ツルゲーネフ、一一―一六頁。
（3）山田由美子『ベン・ジョンソンとセルバンテス』世界思想社、一九九六年、第五章。
（4）以下、引用は、セルバンテス『ドン・キホーテ』牛島信明訳、岩波書店、二〇〇一年に拠る。
（5）以下、『ハムレット』の引用は福田恒存訳に従う。
（6）ツルゲーネフ、一九―二一頁。
（7）山田、第三章「シェイクスピアとロペ・デ・ベーガ」参照。
（8）James Fitzmaurice-Kelly, Introduction, *Shelton's* Don Quixote 4 vols.（New York: AMS, 1967）, 3: xxv.

（9）Melveena McKendrick, *Cervantes*（Boston: Little Brown, 1980）, 196-198.

（10）Félix Lope de Vega Carpio, *Comedias*, ed. Luis Guarner（Barcelona: Editorial Iberia, 1955）327-28.

（11）アメリコ・カストロ『葛藤の時代について――スペインおよびスペイン文学における体面のドラマ』本田誠二訳、法政大学出版局、二〇〇九年、二二一―二三頁。

（12）Edward M. Wilson, *Spanish and English Literature of the 16th and 17th Centuries: Studies in Discretion, Illusion and Mutability*（Cambridge: Cambridge UP, 1980）201-219.

（13）カストロ、六七、八八、三五四頁。

（14）カストロ、一〇―二三頁。

（15）カストロ、一二九、二〇七頁。

（16）カストロ、三五、七一、二〇一頁。

（17）ツルゲーネフ、一六頁。

『ドン・キホーテ』と現代スペイン哲学
――『ドン・キホーテ』の哲学的意義について

フアン・ホセ・ロペス・パソス

はじめに

『ドン・キホーテ』の哲学的意義を探る前に、スペイン哲学の問題について言及しなければならない。今日、多くのスペインの大学の哲学専攻で教授される「スペイン哲学」という科目の内容を確認してみると、大抵の場合、セネカから始まり、マイモニデス、アベロエス、アビセナなどを学修し、一九世紀の「九八世代」や二〇世紀の哲学を追究していくが、よく考えてみるとセネカはローマ帝国の哲学者であり、中世の思想家のほとんどがアル・アンダルスのイスラム教徒・ユダヤ教徒である。そんな彼ら（イベリア半島で暮らした歴代哲学者）を「スペイン哲学」という枠の下で扱ってもいいものかということがスペイン哲学界の大きな課題と思われる。

ところが、こういったイベリア半島の哲学者を省いてしまうと「スペイン哲学」の存在自体が危うい立場になる。スペイン国において哲学そのものは存在するのであろうか。一九世紀以降、ヨーロッパの影響によるスペイン近代化が進む中から、世界が認める数々の哲学者が出現した事は事実である。また、一方では一九世紀以前、世界を支配していた「太陽の没することなき帝国」において哲学がなかったということも考え難い説である。

帝国時代の哲学及び哲学者は大きく二種類に分けることができると言えよう。一つは中世や啓蒙時代に見られる百科事典的知識の思想家たち。フェイホーやホベジャーノスなどが挙げられるが彼らの思想は考察や思索より知識の集合体と言うべきものである。もう一つは文学作品の哲学的内容である。(1) スペイン哲学の流れは文学とともに進んできた。というよりも、スペイン哲学はスペイン文学に包含されているとも言えよう。カルデロン・デ・ラ・バルカやケベドの作品が一例ではあるが、その内容には道徳倫理から形而上学的内容まで多くの哲学的要素が見られる。

これに基づき、スペイン文学の第一歩とも呼ばれる『ドン・キホーテ』における哲学を解釈しながら現代スペイン哲学界にみられる『ドン・キホーテ』の影響について考察することにした。また、この論考を執筆するにあたり、私自身の専門はスペイン文学でもなければスペイン哲学でもないことをあらかじめ言っておきたい。しかしながら、スペイン出身の哲学者の一人としてこのテーマは一生避けて通れない道であるということも自覚している。更に、『ドン・キホーテ』はスペイン哲学界だけでなく世界の哲学書の一つとして研究が必要であることをこの論考で確信を持って伝えておきたいのである。

一　ウナムーノとスペインの世紀末

ミゲル・デ・ウナムーノは一八六四年スペインの北部にあるビルバオ（バスク自治州）で生まれる。スペイン文学では九八年世代に属し、スペイン哲学ではスペイン初の哲学者とも呼ばれている。

スペイン史の中で一九世紀は帝国時代の終わりを示す。一八九八年の米西戦争の結果、スペイン最後の植民地であったキューバ、プエルトリコ、グアム、フィリピンの四ヵ所が失われ、「陽の没することなき帝国」の夜が始まる。スペイン帝国の没落はスペイン語で「Desastre」（大惨事）と呼ばれる。

この一八九八年の出来事はあまりにも衝撃的で、スペインの知職人に大きな影響を与えた。ウナムーノ、ベナベンテ、バロハ、バジェ・インクランなどといったスペインの文学者達を筆頭に、あらゆる分野の代表者が動き出す。

彼らにとって一八九八年の「大惨事」がスペインそのものの「死」を意味する。古びたスペインとの死別を機に、スペインの再生、スペインの維新を訴える。そのためにスペインにはモデルが必要とされた。スペイン国民全員が賛同できる、誇れるようなモデル。彼らが捜し求めていた答えは『ドン・キホーテ』にあった。ドン・キホーテこそスペイン国民の代表に相応しい人物である。道徳維新の英雄である。[2]

二　ウナムーノのキホーテ解釈

「セルバンテスが伝えようとしたことや実際に書いたことは私には関係のないことだ。大事なのはそこで私、及び我々が発見するものにある。[3]」

このウナムーノの言葉から理解できるように彼にとって『ドン・キホーテ』は作者のセルバンテスを超えるような存在であった。世紀末のスペインを救える唯一の手段でもあった。前述したように一九世紀はスペイン帝国の滅亡の時代であり、更に二〇世紀の初めはヨーロッパの影響によってスペインの近代化が進んでいた時代でもあった。ウナムーノはスペインのヨーロッパ化（特に思想の理論主義）に反対する。理論と生が矛盾するもの同士なので日常生活に理性を取り込もうという動きは偽りの人生を送ることになる。[4]別の著書ではウナムーノは次のように語る。

「他の民族が組織や本を残してくれた。我々は魂を残す。どんな組織であれ、どんな「純粋理性批判」であれ、サンタ・テレサに勝るものはない。[5]」

理性は現実の世界を分析し、データ化する。そのデータで改めて「現実」の概念を創り出す。しかしこの「現実」にはリアリティがない。

ウナムーノにとって『ドン・キホーテ』はまさにこの理性的「現実」と生のリアリティの矛盾性を語るメタファーである。

『ドン・キホーテとサンチョの生涯』ではウナムーノがセルバンテスの物語を全体的に書き直し、哲学的な視点からアロンソ・キハーノの生涯を語る。彼は一般の人間で平凡な人生を送っていたというところから話が始まる。その時、彼が自分の人生に「何か」が足りないと感じ旅に出ることを決意するわけだが、ウナムーノの解釈ではこの「何か」がまさに「空」の表現である。彼の言葉を借りると全ての人間に潜む「空という病」が顕わになった。この「病」の正体は人間に見られる自覚にある。人間が自分の儚さを自覚することによって現象界の意味は崩壊してしまう。しかしながら、この「自覚」こそが人間の人生に意味を与えるのである。この「自覚」がなければ何も始まらない。人生が「空」のままで終わってしまう。換言すれば、我が我であれば成長しない。満足していれば我の可能性が無になる。何もかも変わらぬままに無に戻るのである。

この現象は「読書」という行為にも見られる。「我」という限界を超えずに読めば小説の主人公と共感できない。小説を読むには「我」を捨てることが必要不可欠である。

アロンソ・キハーノは自分の無意味な人生に反動し、歩き出しただけと言えよう。そこで旅の第一歩を示すのは改名である。ウナムーノ哲学では「人間は二回生まれる」と言う。一回目は自然に命を授かる時。二回目は精神的誕生の時。これは東洋思想に見られる「悟り」の概念に近いと言っても過言ではない。アロンソ・キハーノの二度目の誕生はドン・キホーテになった瞬間で表現されると思われる。

ドン・キホーテの落馬の場面を思い出してみると、自分が騎士でないと言われた途端に「わしは自分が何者であるか、よく存じておる」と叫ぶが、ウナムーノは「わしは自分が誰になりたいかを知っている」と解釈している。ドン・キホーテになったアロンソ・キハーノにとって、それは真実に他ならない(6)。

真実に関する場面は物語の中で次々と登場する。ドン・キホーテの目を通せば、シェービングボールがヘルメットになる。騎士物語の話も実話になる。「真実」は場面と人によって変わり、決して一つではあり得ない。ウナムーノの解釈では「真実はいつも一つ」と訴える者には論理性が認められるが、それ以上のものは何一つもない。その論理性こそが人をニヒリズムに導かざるを得ないと言える。

『ドン・キホーテ』の後半ではキホーテが少しずつ目を覚ましていく。バルセロナの敗退のあと自宅に戻り、アロンソ・キハーノの名に戻るが、衆知の通りそうすると途端にアロンソ・キハーノは息を引き取る。ここにウナムーノは論理性の危険性が表現されていると言う。

ここで、荘子の混沌王の話が思い出される。つまり荘子思想では混沌から天地が生まれるが、その後目も鼻も口もない混沌を見て人々は彼のことを可哀想に思い、七日間に渡り混沌に目や鼻、口といった穴を開けていく。混沌に顔が出来ると途端に死んでしまう。同様にドン・キホーテはアロンソ・キハーノとしては生存できないのである。

ここまでは『ドン・キホーテ』に見られる様々なメタファーについて語ってきたが、前述したようにウナムーノにとってドン・キホーテは、スペイン人だけでなく全ての人間の象徴的存在である。ドン・キホーテのメッセージは国境を越えて全世界の理性を夢見て眠っている人々に送られる。

最後にウナムーノはもう一つのメタファーを指摘する。それは、ドン・キホーテの相棒のサンチョの存在である。ドン・キホーテが全ての人間の象徴であるならば、サンチョは「スペイン人」という概念の擬人化である。理性の持ち主でありながらもドン・キホーテについて行く。時には無精者であり、時には鈍感である。しかし、最後にはドン・キホーテのメッセージを受け継ぐ者となる。これはウナムーノの最後の願いでもある。全てのスペイン人にドン・キホーテの「福音書」と言うべき物語が知れ渡り、目を覚ますのだ。

ウナムーノの言うスペイン哲学はまさにドン・キホーテの哲学である。自分の中に潜む「真実」を信じ、勇気を持って自分の理想の人生を生きること。論理では語り得ない物語を描くこと。学校では教わることのできない真実であること。これこそがスペイン哲学なるものである。

三　オルテガ哲学とマドリード学派

ホセ・オルテガ・イ・ガセットは一八八三年にマドリードで生まれた。スペインの大学で哲学を勉強し、その後、ドイツに留学した時に、当時のドイツ新カント派とフッサルの現象学の影響を受けた。帰国後、故郷のマドリードで哲学や心理学、論理学の講義をしながらドイツ哲学の著作の翻訳に精進した。ウナムーノは「スペイン初の哲学者」と呼ばれているが、彼の出発点は文学界にあるのに対し、オルテガは哲学界から「スペイン初の哲学者」と称された。彼の周りにスペインで初めての哲学的運動が起こり、その後「マドリード学派」と呼ばれるオルテガとその弟子の集団が生まれる。マドリード学派にはオルテガ以外にシャビエル・スビーリ、ホアキン・シラウ、ロペス・アラングーレン、フリアン・マリアスなど多くの哲学者が含まれ、現代スペイン哲学そのものがマドリード学派の哲学、マドリード学派の影響を受けた哲学であると言っても過言ではない。

ウナムーノと異なり、彼はスペインの「大惨事」の頃は、まだ若かった為その影響を殆ど受けていないと考えられる。しかし、二〇世紀の初めがスペイン史の中でも大混乱の時期であった為、スペインの問題はオルテガ哲学の大きなテーマとなる。彼のキホーテの読み方を理解するためには、彼の見たスペインについて触れなければならない。

四　スペインという病

オルテガは『ドン・キホーテ』の解釈をする前に、既にスペインにおける問題を見つめ直し、彼自身の方法でスペインを診察している。ここでは深く触れないが主に若きオルテガが示唆したのはスペインにおける「七つの大罪」である。[7] それは国民意識および国としての意味の喪失、極端すぎる感情、政治界における保守主義、スペインのヨーロッパ化・近代化に反するカトリック教会、科学や哲学の欠落、誤解された神秘主義による国民の疎外、そして最後にこれらを変えることの出来るマイノリティの欠如である。

各問題（以下、病と称す）に対してオルテガは次のような治療法を薦める。まずは歴史学を利用し、国民意識およびスペインという国の意味を取り戻す。感情に基づかない真実を求める理論を発達させる。政治界における自由主義の普及を進める。ヨーロッパから哲学的ライシテを導入する。更にヨーロッパから科学と批判的考察理論を導入する。古代ギリシャのルーツに基づいた教育を利用し、スペインの哲学を創る。最後に、国全体を導くことの出来るマイノリティを創造するということである。

これらの病を治すためオルテガが利用したのが『ドン・キホーテ』であり、彼はその解釈に挑む。彼の前に何人かの思想家たちが『ドン・キホーテ』の解釈に挑んだが、彼らの解釈は実に断片的であり、シェリングやハイネにとって『ドン・キホーテ』は唯の遊びに過ぎないのである。その一方、スペイン人にとって『ドン・キホーテ』は国民の運命のメタファーであると言える。

オルテガのキホーテ解釈はヨーロッパの論理性を批判するだけでなく、当時のスペインによく見られた神秘主義的思想（特にウナムーノのキホーテ解釈）を批判している。オルテガの独特な「生の理性」という概念は彼の解釈するキホーテ像解釈から生まれたといわれている。

五　オルテガのセルバンテス解釈

『ドン・キホーテをめぐる思索』でオルテガは『ドン・キホーテ』という著書を解釈するよりもセルバンテス自身を解釈している。「ドン・キホーテ」という言葉には二つの意味がある。一つは本としての『ドン・キホーテ』、いま一つはその本の主人公である「ドン・キホーテ」である。一般的には後者の研究がされてきたがオルテガは前者、つまりは本そのもの、およびセルバンテスのスタイルを研究の対象としたのである。登場人物に気を捉われすぎたら、著書の全体の意味を失うことになりかねないからだ。(8) スペイン国民にとって『ドン・キホーテ』は一つの共通項である。その共通項は出発点でもあり、通過点でもあり、目的地でもある。

ウナムーノが解釈したキホーテ像は「悲劇の英雄」である。それに対してオルテガは「冒険の英雄」ということを強調した。ウナムーノにとって『ドン・キホーテ』に登場する人物は悲劇の英雄の象徴であり、ユートピアのため現実と戦い続け、そして、最終的には我に返り息を引き取る。しかしオルテガにとって、これは無意味な人生に他ならないのである。

オルテガの言う冒険の英雄とは自分が誰であるかということを自覚し、更に自分が自分でありたいという強い意志を持っている人のことである。本物の英雄は自分を理解し、更に自分の環境も把握している。人の人生は唯の「賭け」に過ぎない。その「賭け」とは、自分の選んだ道が自分の運命と一致するかどうかというものである。私は私でしかありえないし、それを変えることは決してできないのである。

言うまでもなく、オルテガは運任せの人生を薦めてはいない。自分が自分の環境を把握すれば、自分の可能性も理解できる。しかし、先ほど述べたように、自分を変えることは出来ないが環境を変えることは可能である。これに従って行動すれば誰でも英雄になれる。先ほどオルテガの言う英雄を「冒険の英雄」と呼んだが、本物の冒険の英雄は幸運を引き寄せることである。「悲劇の英雄」は現実を見ていないため、自分の環境を変えることも出来ず、彼の全ての行動は無に終わってしまうのである。「冒険の英雄」は自分の運命を把握し、更に愛し、行動することに意味がある。

しかしながら、人間は限られた時間の中で生きている。そのため、自分の運命を完遂することはないのである。全人類は、ある意味悲劇の人生を送る。ここから、オルテガはヨーロッパの近代思想に見られる「理論」を批判し、「生の理論」という概念を構想した。オルテガの言う「生の理性」とは限られた人生の中でも人々が自分や自分の環境を理論に基づき高めていく考えを示している。

最後にもう少しオルテガの『ドン・キホーテ』解釈に言及しなければならない。先ほど英雄について述べたが、英雄には悲劇だけでなく喜劇も欠かせないのである。「ドン・キホーテ」という英雄の悲劇は自分でない自分を目指すことである。そして、英雄の喜劇はその「自分でない自分」を信じ込むことである。

更に著書全体に見られる悲劇と喜劇のやり取りは「ドン・キホーテ」と「サンチョ」のペアで表

現されている。現実と非現実（ユートピア）の会話こそが『ドン・キホーテ』の英雄を生み出している。この英雄をウナムーノの考えで言えば、自分が何者であるべきなのかを考えて行動するというのに対して、オルテガの英雄は自分が何者でなければならないのかを把握して行動するということである。

おわりに

ここまでは、ウナムーノとオルテガというスペイン哲学の代表的な二人の『ドン・キホーテ』に関する見方を紹介してきたが、今後のスペイン哲学界において『ドン・キホーテ』の哲学的内容をどう捉えていくべきかについて考察しよう。

オルテガから現在までのスペイン哲学の概略を紹介すると、『ドン・キホーテ』の研究を行った哲学者をもう一人挙げられる。オルテガの「異端の弟子」、マリア・サンブラノである。彼女は師匠であるオルテガを媒介してウナムーノのキホーテ像を再考する学者である。弁証法的な言い方をすれば、ウナムーノがテーゼでオルテガがアンチテーゼであるとするなら、サンブラノがこの二つの見方のジンテーゼにあたると言える。正にオルテガの文学的アプローチを利用しながら、キホーテから彼女の独特な「詩の理性」を読み解いたのである。サンブラノが見たスペインにおいて論理性は到底難しいものである。しかしながら、この論理性の乏しさこそがスペインの知性とも言える。スペイン人は論理的行動を取ろうとすると失敗をするが、詩的アプローチを利用し物事を理解することができる。この独特なものの見方を活かしヨーロッパのモダニズムの問題に答えることも可能になる。サンブラノにとって『ドン・キホーテ』はスペイン史の悲劇のメタファーであるとともに、スペインの国民性へのオードである[9]。

スペインの哲学において、『ドン・キホーテ』は永遠のテーマである。プラトンは未だにどこの哲学部においても研究され続けているのと同様に、スペインの哲学者にとってセルバンテスの著書は避けては通れない道である。どれほど自分の文化、自分の国に反発しようとも、『ドン・キホーテ』の思想はスペイン国民の考えの根底にあるのである。

日本の思想家井筒俊彦が若い頃、禅思想に反発しイスラムの研究者になったにも関わらず、晩年には「東洋哲学」を自分のテーマにした。それと同様に、スペイン人もスペイン国民である以上、いずれキホーテの道を歩まなければならないと言える。

今からちょうど十年前、『ドン・キホーテ』の前篇の四〇〇周年を機に多くの哲学者が『ドン・キホーテ』を論文のテーマにした。しかし、前述したように「スペイン哲学」という大学の科目の中においては、未だ『ドン・キホーテ』についての講義が皆無に等しいのが現状である。

スペインの哲学を理解するためセネカやアビセナの研究は欠かせないが、それ以上に『ドン・キホーテ』を始め、スペイン文学に含まれている哲学的意義の研究も必要不可欠だと思われる。

ここまで挙げてきた『ドン・キホーテ』の道徳倫理、『ドン・キホーテ』の「真実」に関する論争、

『ドン・キホーテ』の政治哲学などを見てみると、現在社会に残っている問題がたくさん見つかるといっても過言ではない。

更に、本論考で幾度か『ドン・キホーテ』と東洋思想の接点を取り上げてきたが、そうすることにより、『ドン・キホーテ』の普遍性を明らかにしたかったのである。前述したように、この論考はスペイン哲学の研究者だけでなく全哲学の研究者のために著したものである。これが、『ドン・キホーテ』という名の「哲学書」への招待状になればそれ以上の幸せはない。

最後にウナムーノの言葉を借りよう。

「彼は世界と戦うのであろう。そして外見的には敗北するであろう。しかし彼は、嘲笑に身をさらすことによって打ち勝つのだ。おのれを笑いとばしながら、そして他のものたちを笑わせながら打ち勝つのである。[10]」

《注》

（1）Fernando Pérez-Borbujo Álvarez, "El Quijote y la filosofía española del XX", *Ars Brevis*, 2007 を参照

（2）Blas Cubells Villalba が二〇〇五年、マドリードで行った講演 "Don Quijote y la filosofía de Miguel de Unamuno" を参照。

（3）Elena Trapense, "El caballero de la Locura y su ambigüedad", *Bajo Palabra II*, 5 2010 を参照。

（4）Diego Sánchez Meca, "El quijotismo de Unamuno, el cervantismo de Ortega y la España de 1898", *Praxis Filosófica*, 20, 2005, enero-junio を参照。

（5）ウナムーノ著作集三『生の悲劇的感情』を参照。

（6） Blas Cubells の講演を参照。

（7） Nel Rodríguez Rial, “Meditaciones del Quijote de Ortega y Gasset o” experimentos de nueva España”, *Diacrítica* 1911, 2005 を参照。

（8） Alejandro de Haro Honrubia, “El Quijote en la reflexión filosófica: Ortega y las Meditaciones del Quijote” を参照。

（9） Young-Woo Nam, “Don Quijote en la filosofía de María Zambrano”, Actas IX-Asociación de Cervantistas を参照。

（10） ウナムーノ著作集3『生の悲劇的感情』、三六九頁。

《参考文献》

ミゲル・デ・ウナムーノ『ウナムーノ著作集二―ドン・キホーテとサンチョの生涯』法政大学出版局、一九七二年。

ミゲル・デ・ウナムーノ『ウナムーノ著作集三―生の悲劇的感情』法政大学出版局、一九八三年。

オルテガ・イ・ガセット『ドン・キホーテをめぐる思索』未来社、一九八七年。

坂東省次ほか編『セルバンテスの世界』世界思想社、一九九七年。

María Zambrano, “La liberación de Don Quijote”, Revista de educación, Especial, Ministerio de Educación, España 2004.

Joaquín Casalduero, Sentido y forma del Quijote, Visor Libros, Madrid 2006.

Alejandro de Haro Honrubia, “El Quijote en la reflexión filosófica: Ortega y las Meditaciones del Quijote”, Ensayos Nº20, Universidad de Castilla-La Mancha, Albacete 2005.

Fernando Pérez-Borbujo Álvarez, “El Quijote y la filosofía española del XX”, Ars Brevis, Universidad Ramón Llull, Barcelona 2007.

Elena Trapense, “El caballero de la Locura y su ambigüedad”, Bajo Palabra, Nº25, Universidad Autónoma de Madrid, Madrid 2010.

Francisco José Martín, "Hacer concepto. Meditaciones del Quijote y filosofía española", Revista de Occidente,Nº288, Fundación Ortega y Gasset, Madrid Mayo 2005.

Diego Sánchez Meca, "El quijotismo de Unamuno, el cervantismo de Ortega y la España de 1898", Praxis Filosófica Nº20, Universidad del Valle, Cali 2005.

Nel Rodríguez Rial, "Meditaciones del Quijote de Ortega y Gasset o "experimentos de nueva España", Diacrítica 19-1, Universidade do Minho, 2005.

Young-Woo Nam, "Don Quijote en la filosofía de María Zambrano", Actas del Xi Coloquio Internacional de la Asociación de Cervantistas, Universidad de Estudios Extranjeros de Hankuk, Seúl 2005.

Dalius Jonkus, "Reason and Life. Phenomenological Interpretations of Don Quixote" Investigaciones fenomenológicas, vol. Monográfico 4-1, Razón y vida, Sociedad Española de Fenomenología (Universidad Nacional de Educación a Distancia), Madrid 2013.

ドン　キホーテーの数奇な運命

蔵本邦夫

ドン　キホーテーとは、表記の誤りではない。明治三五年（一九〇二）に雄島濱太郎が、英訳『ドン・キホーテ』を邦訳した時に用いた表記である。本名を石田昇といい、職業は精神科医であった。筆名の雄島は、松尾芭蕉の句碑があり、松島の名前の由来ともされる、松島湾に浮かぶ雄島（御島）の磯に因んで付けた名前であった。ここでは彼の主に文学的な業績を話題に取り上げるので、引用文で石田と表記される場合を除いては、雄島姓を使うことを了解されたい。

雄島は明治八年（一八七五）に、代々仙台藩の藩医を務めた名家の次男として生まれている。幼い頃から文才に優れており、父「眞の没後、その吟詠になる詩歌および追悼の詩文をおさめて香韻集二巻が弟子によって編集刊行された。このなかに石田昇作の追悼歌が一首掲載されている。（中略）

石田の文学的才能は父眞の資質を継承」（悲運の精神医学者：四五六）したと考えられる。雄島の出生当時、眞は共立病院（仙台市）の副院長をしていた。雄島は宮城県の第二高等中学校（仙台）から、第五高等学校（現在の熊本大学）の医学部に進学している。五高は明治二九年（一八九六）から明治三三年（一九〇〇）まで英語教師として夏目金之助（漱石）が赴任していたが、しかし出会うこともなかった。五高の医学部は熊本ではなく、当初から長崎にあったからだ。その後明治三二年（一八九九）九月に東京帝国大学医科大学（現在の東京大学医学部）に入学し、明治三六年（一九〇三）一二月の卒業とともに東京大学精神病学教室に助手として入局した。雄島が『ドン・キホーテ』の翻訳を思い立ったのは、東京大学在学中のことである。

大学に入学して早々、雄島は雑誌の懸賞小説に投稿した。すると雄島の書いた『心の花』が、雑誌「新小説」の懸賞小説で二等に入選し、明治三三年「新小説臨時増刊号初日之出」（第五年第一巻）に掲載されたのである。それもあってか「しきりに小説を書いていて医学の勉強をしなかったので、友人から忠告されることも度々」（中根：二二）であった、と言われている。その時の選者は、幸田露伴、坪内逍遙、尾崎紅葉、森鷗外の四人であった。紅葉は「懸賞小説百七十余篇を検閲致したに就いて私は甚しく予想外であった。総体に今少しく見栄が有るであろうと信じて居ったので。どうも不満足な結果である。（中略）作意よりも技量の劣って居るのが全部を通じての欠点で、遺憾に思う所であります」（初日の出選評：五）と総評を述べたが、どの選者の意見も基本的には紅葉の総評と同様であった。紅葉は『心の花』を二等に選んでいる。露伴は各作品の評価を点数で表した。最高点が七〇点で、雄島は五五点であった。逍遥は選出した作品のみ批評するという形式をとり、批評の順序からすれば雄島は二位となる。鷗外は出品作から四五作品を選んで、それらを一等から五等までに分けた。しかしその中に雄島の作品は入っていない。雄島は選外という厳しい評価を、鷗外から受けることになった。ところが鷗外のそのような評価にもかかわらず、結果は総合で二等となり、雄島は掲載されることになる。受賞後、「新小説」にはその年に一篇、卒業後の明治三九年に一篇、小説を寄稿している。

また大学時代には、雄島は創作だけでなく、翻訳も発表するようになる。「十二歳頃から、宣教師として仙台の教会に来ていたブラットショウ（恐らく米国人らしい）という婦人に英語を習っていたせいか、二高でも英語が堪能で、英語で演説」（中根：十五）をしたこともあったという。その英語の能力を生かした翻訳が、入選の翌年明治三四年（一九〇一）一〇月一〇日に雑誌「帝國文學」（第七巻第拾）に発表したサーヴァンテス著、医科大学雄島濱太郎訳『ドンキホーテの中の一章』である。雄島、三年生の時であった。目次ではドンキホーテとあるが、作品中はドン、キホーテと表記されている。内容は前篇の第一四章の抄訳である。しかし章中「グリソーストモの歌」には、各歌に番号が付され「死したる羊飼が失戀の歌及び之に答へるマーセラの詞」と改題されているものの、ここは全訳されている。また後篇第六二章で、ドン・キホーテが立ち寄った印刷所で翻訳者と交わす次の会話が、翻訳の最初には訳出されている。つまり雄島は『ドン・キホーテ』を読了済みということになるであろう。

ほんやくはぬひもののうらをあらはすがごとし、おほよそのかたちはみゆれど、かずかぎりなきいとのむすびめ、きりはしにかきくらされてさだかならず、なめらかにこゝちよきおもてのはだとははやうことなりたり。（ドン、キホーテの中の一章：五〇）

原本（英訳）に誰の訳本を用いたのかは、後ほど考えることにするが、各歌に付された番号なども英訳書を選定する時の手掛かりとなる。

雄島が次に発表したのが、最初に話題にした雄島濱太郎訳『世界奇書ドン　キホーテー』である。

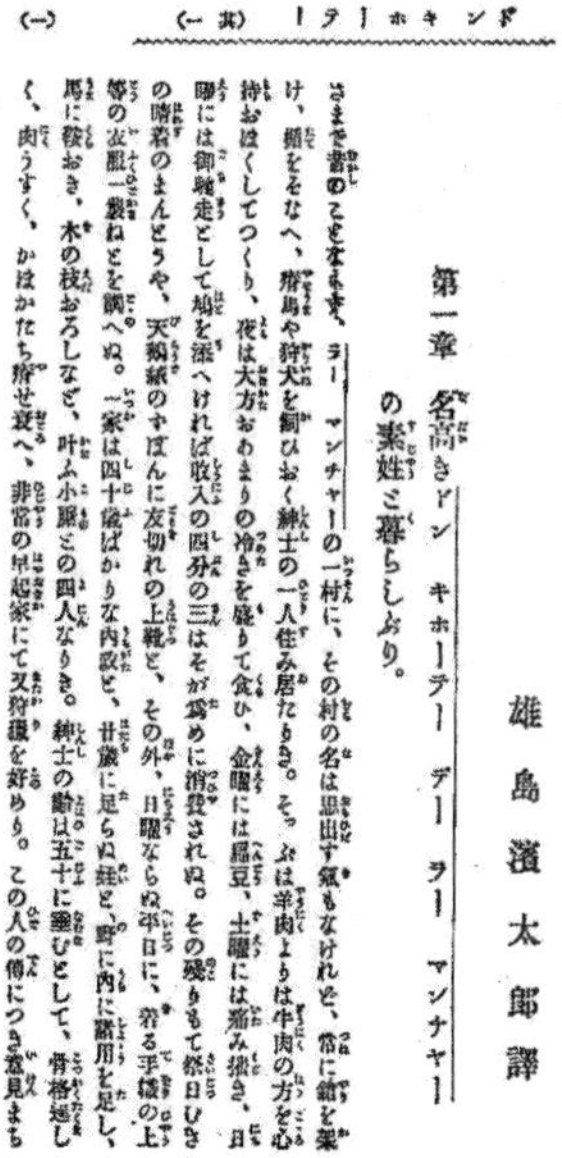

ドンキホーテー（其一）　(一)

世界奇書 ドン キホーテー 其一

雄島濱太郎譯

第一章 名高きドン キホーテー デ ラ マンチャーの素姓と暮らしぶり。

さまで昔のことならず、ラ マンチャーの一村に、その村の名は思出す氣もなけれど、常に鎗を架け、楯をそなへ、痩馬や狩犬を飼ひおく紳士の一人住み居たりき。そつぷは羊肉よりは牛肉の方を心持おほくしてつくり、夜は大方おあまりの冷さを盛りて食ひ、金曜には扁豆、土曜には痛み掻き、日曜には御馳走として鳩を添へければ收入の四分の三はそが爲めに消費されぬ。その殘りもて祭日ひきの晴着のまんとうや、天鵞絨のずぼんに友切れの上靴と、その外、日曜ならぬ平日に、着る手織の上等の衣服一襲ねとを調へぬ。一家は四十歳ばかりな内政と、廿歳に足らぬ姪と、野に内に諸用を足し、馬に鞍おき、木の枝おろしなど、叶ふ小厮との四人なりき。紳士の齡は五十に垂むとして、骨格逞しく、肉うすく、かほかたち痩せ衰へ、非常の早起家にて又狩獵を好めり。この人の傳につき意見まち

これは単行本として明治三五年（一九〇二）四月四日に出版された。奥付にはドン、キホーテーと表記され、著者石田昇と印刷されている。「訳者の緒言」では、訳了は明治三五年三月と書かれているので、前翻訳に引き続き三年生の後半に出版したことになる。読了済みならば、急ぎ翻訳を完成したいという思いも抑えきれなかったのかもしれない。書評では概ね好評で、「訳文稍飽ら

ぬ節あれど、これ程の大作を紹介せんは容易の事にあらざれば、今殊更に瑕疵を言はず、第二篇、三篇の出づるを待ちし上とせむ。吾人は訳者が意気を多とし、この名作の吾が芸苑の評判に上らぬ日を楽むとせむ」（四月の文壇：二四二）とある。また前翻訳を掲載した「帝國文學」では、「英書に親しむもの何人も原著につきて一度は通読したることなれば、今更、此處彼處、摘出して品隲を加ふるにも及ぶまし。只此書の可笑しきは、中には、ドンキホーテー其一とありながら、表面には、ドンキホーテーとのみありて、一巻とも、二巻ともいはざることなり」（雑報：一一四）と疑問を呈していた。雄島には継続して出版する考えはあったようだが、その後雄島が『ドン・キホーテ』を翻訳することはなかった。これには翌年に卒業を控えていた雄島の学業としての状況が、影響していたとも考えられる。卒業と同時に東京大学精神病学教室で助手となったことは既に述べたが、「東京大学精神病学教室は東京府巣鴨病院に同居しており、教授は院長（当時は医長と呼ばれていた）を兼任していた」（悲運の精神医学者：四五六）ので、雄島は医員ともなった。そして彼が「入局する二年前の明治三四年、四年間の欧州留学を了えて帰国した呉秀三が東京帝国大学教授兼東京府巣鴨病院院長に就任した。そして呉秀三とその弟子たちによる人道的病院精神医学の建設がようやくはじまろうとしていた時期に、石田は巣鴨病院の門をくぐったのである。（中略）わが国の精神衛生運動の端緒ともいうべき精神病者慈善救治会が創立され、精神障害に関する社会の関心の喚起がようやく具体化した」（同：四五六―四五七）、そんな時期に雄島は助手兼医員となっている。「うっかりして居れば、見慣れた事相の反覆に過ぎない何の奇もない日常生活の中を気をつけて漁って見ると、これ程迄に沢山な獲物が網目を漏れて居ったかと吃驚させせられる事がある。医学にたづさはる者には殊更此感が深い。人生の最も厳粛な機会に触れずには居られぬ役目を持って居るからである」（精神医学と反精神医学：五六―五七）、と或る歌集に寄せた文章を読むと、雄島には、小説家としての創作に役立つかもしれぬという思いもあって入局したのか、それとも他に理由があったのか、推測の域は出ないが、「この時代はまだ精神病学に対する学生の関心が乏しく、同級生のうち、精神病学教室に入局したのは彼ひとり」（悲運の精神医学者：四五六）であったという。雄島は卒業の翌年には結婚をし、さらにその翌年には長男も誕生している。そんな慌ただしく目まぐるしい日々の中でどれだけの時間を創作活動に割くことができたのかは疑問である。ともあれ雄島を取り巻く状況が、彼に精神科医と小説家、翻訳家の二足の草鞋は履けぬことに気づかせたのかもしれない。「新小説」に、卒業後の明治三七年に発表した翻訳ツルゲーネフ『ファウスト』（邦題『露国小説二度恋』）は、共訳となっている。その後は明治三九年、小説一篇を寄稿している。

さて本題に戻って、『世界奇書ドン　キホーテー』に就いて述べる。内容は前篇の第一章から第六章までの翻訳である。「序文」と「ソネット」の順序が逆で、「ソネット」が先になっている。また「ソネット」は未訳の個所や小題に変更がある。変更がある場合には、その内容を考慮した小題に改めている。先ほどの「帝國文學」の疑問に対しては、「訳者の緒言」で「世界十大小説の其一にも数へられ、不朽の二字を冠れるドン　キホーテーの如き大作を翻訳せむ（中略）もとこれ浩瀚の書、一時に之を邦語に転ぜむとすれば勢ひ粗漏多きを免れず、且つかようの名著を訳せむことは決して兒戯の類にあらざれば、彼是共に思量して此の如き小冊子に分ちて続出するの便を感じ、牛歩遅々として千里の遠きに至らしめむと、奮励一番、微力の及ばむ限り忠実に之を訳述し、まゝ独訳をも参照し、よしや一点の差誤なきに至らざる迄も甚だしき杜撰はなからしめ、面影ながら運筆の妙をも存しおかむと努めたり」（世界奇書：一―二）と説明している。また原本（英訳）については、「この書はもと西班牙の大文豪サーヴァンテスの著なり。余は主にヂョーヂ　マンロー出版の英訳とラオトレッヂのとより之を重訳しぬ。」（同：二三）と書いている。

「ヂョーヂ　マンロー」George Munro（1868-1893）は、ニューヨークにあった出版社で、当時は国際的な著作権の意識の欠如から、人気のある作品などの再販が容易にできた時代であったから、それらを廉価本叢書 The Seaside Library と名付け、急成長した出版社であった。『ドン・キホーテ』は六九一番で第一冊から第五冊まで出版されている。アメリカの Library of Congress のカタログでは、一八八〇年出版の G. Munro の『ドン・キホーテ』が一冊所蔵されているが、翻訳者は明記されていない。問い合わせたところ、カタログ上は明記されているが、既に散逸してしまっているとのことであった。未見であるのが残念だ。「ラオトレッヂ」Routledge は、本社がロンドンにある。雄島が使ったと考えられる Routledge を一八〇〇年代の版で探すと、翻訳者不詳のものもあるが、雄島の翻訳と対照した場合、訳者 Charles Jarvis 版の可能性が高い。訳者不詳の出版を考慮に入れて、当時よく知られた手元にある英訳者 Smollett 版、Shelton 版、Motteux 版、Ormsby 版、Ozell 版を、Jarvis 版と比較した場合、雄島の前翻訳との照合なども含め、Jarvis 版の未訳個所と、雄島の未訳個所が一致するなどが、Jarvis版の可能性を考える上で判断基準となろう。

ではなぜ雄島は、『ドン・キホーテ』に着目するようになったのであろうか。「訳者の緒言」に「ディッケンス」（Charles Dickens）の文章が訳出されている。

雄島が大正六年（一九一七）にアメリカへ留学する時、同行した医師の一人に小酒井光次がいた。小酒井は衛生学研究を命ぜられ、雄島とは勤務する病院は違っていたが、アメリカのボルチモアでは三カ月下宿生活を共にしていた。小酒井は、雄島が「日本に居る時分から、ヂツケンスが好きで、英語は極めて達者であった。ボルチモアへ到着して間もない頃、同地の新聞にのせるのだといって英語の詩を作って私に見せてくれた」（Ｉ君の殺人：九）、と後年書いている。小酒井は筆名を小酒井不木といい、大正から昭和にかけて、法医学を基にした探偵小説を書いた推理作家としても、また江戸川乱歩を見出した人物としても有名である。ディケンズは幼い頃から『ドン・キホーテ』が愛読書であり、特にその影響を受けていると考えられるのが、『ピクウィック・ペーパーズ』であった。つまり雄島の中では、ディケンズから『ドン・キホーテ』につながるのは容易なことであったと考えられる。

雄島は明治三九年（一九〇六）十月に、名著とされる『新撰精神病学』を刊行する。そして明治四〇年（一九〇七）二月一二日に翻訳ではなく、『精神病患者ト滑稽趣味』と題して、東京医科大学（東京大学医学部）法医学講堂（精神病学談話会第二一例会）で『ドン・キホーテ』についての講演を行った。講演では「事実ノ真相ヲ洞察シテ有意ノ滑稽ト残薄ナルモノトヲ鑑別」（精神病患者と滑稽趣味：

四七）し、「医師ガ患者ニ同情シテ之ヲ保護」（同：四八）すべきであると、ドン・キホーテを援用して精神医学の見地から、滑稽な振る舞いをする精神病患者への対応を如何にすべきかを説いた。講演中ディケンズのことも言及されている。ドン・キホーテに就いては「精神病患者ヲ主題トシテ滑稽趣味ヲ表ハセルモノ、中最モ著名ナルハセルバンテスノ『ドン、キホーテ』ナリ、作中主脳ノ人物ガ一精神病患者ナルニ拘ハラズ読者ニ不快ノ印象ヲ与フルコトナキハ真ニ作物ノ上品ナル」（同：四七）ものとして紹介している。滑稽に関しては既に『世界奇書』でも、「真の滑稽とは趣味あり気品ありて、之を聞けば一団の和気内に胚胎し、融然として自ら笑ひを発するを禁ずる能はざらしめ、肉ふるひ、骨ゆらぎて、爽然と胸中開豁なるを覚ゆるものなり（中略）真の滑稽なき国民は幽鬱なり」（世界奇書：一）、と『ドン・キホーテ』の翻訳理由に「滑稽趣味」を挙げていた。

ところでこの時期に、なぜ雄島はこの演題を選んだのだろうか。それには明治三三年が一九〇〇年であったという、その世紀末を生きた若者たちに、自殺が急増していた事実、そしてその思想行動等が理解し難く、隔世の感懸隔の感甚だしいこと、それらが新聞雑誌等で相次いで報じられていた状況や時代背景を、考慮に入れる必要があるだろう。明治三〇年代以降、多くの文人や批評家達は、そのための救済策を提案していた。その救済策の一つが、「滑稽趣味」である。この時期に雄島にこの演題を選ばせた最も可能性がある人物を挙げるとすれば、それは上田敏である。雄島が入選し、小説や翻訳を投稿していた「新小説」誌上に『滑稽趣味』と題したドンキホーテ論を発表したのが、上田敏であるからだ、敏の文章は明治三九年一〇月と一一月掲載された。雄島が講演をしたのは、その翌年の二月である。敏は書中、「近時青年の煩悶に就いて、新聞雑誌上に、幾多の訓諭、批評、憂慮、冷笑等が見えるが、不幸にして、今の青年の心には何の反響をも与えないやうだ。新旧両思想の間に一大溝渠があって、互い所謂隔世の声を聞く思がある。（中略）物質上より云へば、生存競争の激甚を加へて来た為の行路難、精神上より云へば、多少老成の人が、自己も堅く信ぜず、或は辛らく惰力に因って支へ来った旧思想を以て人生を軽く説明し去らむとするに対し、かゝる彌縫塗抹に満足せず、何物か更に深く更に真なる思想を捉へむとする不安の熱望」（滑稽趣味：二二三）に驅られるのがその原因だと考えた。そしてこれらの青年達を救うには、「明治の今日、社会人心の雑駁で性急なため潜んでいる滑稽趣味を、この思想発酵期に附帯する弊害の一救済策として唱道」（同：二二四）し、そして「怒らず、卑まず、滑稽の趣味を以て、社会に愉快な反省を為さしめるのが、最も有効な将親切な策」（同：二二五）であると述べた。敏は書中このような若者達を「新人」と呼んだ。漱石が一高で受け持った学生たちはまさに「新人」達そのものであった。「三年には和辻哲郎、二年には阿部次郎、一年には藤村操、阿部能成、宮本和吉らがいた。（中略）藤村操は、この時代、この傾向の一つのシンボルである。一八歳で、華厳滝に投身自殺して天下をショックしたとき、立木を削って残した『巌頭の感』（中略）万有の真相は只一言にて悉す、曰く『不可解』我この恨を抱いて煩悶終に死を決す」（木村毅：四二三―四二四）は、夙に有名である。また倫理道徳の見地からは、京都大学の哲学科教授朝永三十郎が明治三九年六月二日に、『ドンキホーテ式とハムレット式（現代思潮に就て）』（掲載誌の目次では「式」は省略されている）という講演を行っている。

このような状況から推して、精神医学の見地に立って雄島はこの演題を選んだのではなかろうか考える。

雄島は講演を行ったこの年『新撰精神病学』が認められ、七月二六日に母校である長崎医学専門学校（第五高等学校から分立改名）の初代教授として赴任することになった。そして八月一日には、訣別を込めてという意味合いがあったのか、それまでの小説を『雄島濱太郎著短篇小説集』と題して出版し、その「緒言」に「わが作者たろうとした最初の試みはまだうら若き経験のまゝ、只何となく棄てがたき思いに迫られて、こゝに一纏めにすることになった。いづれも欠点だらけでありながら、始めて世に出た時は温き手に取り上げられて不相応なもてなしを受けたのは余の常に辱く思う所である。幼な児の様な此スケッチ集は只可憐の節があれば十分であろう、生みの親の望む所は唯それ丈である」（短篇小説集：緒言）と書いた。その後は既に述べたように大正六年（一九一七）にアメリカへと留学する。その時長崎に後任として着任したのが歌人として知られる斎藤茂吉であった。雄島は打ち合わせを兼ねて長崎に来た茂吉を案内している。茂吉は二年半で東京へ戻れるつもりでいたが、それが叶うことはなかった。なぜなら思いもかけない事が起こったからである。留学先で如何なる心労に苛まれたのであろうか、雄島が精神異常をきたし、勤務先で、同僚医師をピストルで殺害したのである。終身刑を言い渡されたが、五年間アメリカで服役後、病状悪化で日本に送還された。そして大学卒業と同時に勤務することになった、東京府松沢病院（前東京府巣鴨病院）で、回復することもなく、ドン・キホーテと同様、ある時は理路整然と会話をし、またある時は狂気の淵を彷徨いながら、その生涯を閉じたのである。そして雄島が「小冊子に分ちて続出する」、とした『世界奇書ドン　キホーテー』は未完の翻訳となってしまった。

《参考文献》

秋元波留夫「悲運の精神医学者石田昇」『臨床精神医学』第一三巻第四号、一九八四年。

中根允文『長崎医専教授石田昇と精神病学』医学書院、二〇〇九年。

尾崎紅葉『初日の出選評』春陽堂、一九〇〇年（「新小説臨時増刊号初日之出」第五年第一巻）。

雄島濱太郎「ドン、キホーテの中の一章」『帝國文學』第七巻第一〇、一九〇一年。

『四月の文壇』金尾文淵堂、一九〇二年（「小天地」第二巻第八号）。

「雑報」一九〇二年（「帝國文學」第八巻第五）。

秋元波留夫『精神医学と反精神医学』金剛出版、一九七六年。

雄島濱太郎訳『世界奇書ドン　キホーテー』育成會、一九〇二年。

小酒井不木『I君の殺人』文芸春秋社、一九二五年（「文芸春秋」第三年第五号）。

石田昇「精神病患者と滑稽趣味」『医事新聞』第七三七号、一九〇七年。

上田敏『滑稽趣味』教育出版センター、一九八〇年（『定本上田敏全集』第七巻）。

木村毅『比較文学新視界』八木書店、一九七五年。

雄島濱太郎『雄島濱太郎著短篇小説集』昭文堂、一九〇七年。

セルバンテスと四〇年

世路蛮太郎

敬愛する作家の「人生と文学」に、自分自身のそれを重ねつつ読書を楽しむというのが、最も平均的な「文学好き」の一般的な流儀だとすれば、僕とセルバンテス、とりわけ、僕と『ドン・キホーテ』との出会いと遍歴も、まさしくその一例だろうと思う。もっとも僕も、わが国の平均的な読者たち同様、セルバンテスや『ドン・キホーテ』については、高校の西洋史以上の詳しい知識を持たず、その「人生と文学」にはほとんど無知だったので、敬愛するという形容は、セルバンテスの文学世界を自分なりに遍歴した結果生じたと言う方が正確であろう。

そんな僕が、生まれて初めてセルバンテスや『ドン・キホーテ』（岩波文庫版）と正面から向き合ったのは、東京の大学を人より三年遅れてやっと卒業し、同じく東京の出版社に三年勤務した後、故郷・鹿児島の民放テレビ局に転職していた、一九七八年頃だったと記憶する。家内工業的な出版業界から工場制大工業のような民放テレビ業界に身を置いて約十年、東京支社の中年の営業部員として広告代理店や広告主に頭を下げ続けなければならない毎日にそろそろ嫌悪と倦怠を覚え始めていた矢先、神田の或る書店で全く偶然に、『ドン・キホーテ』続篇（永田寛定・高橋正武共訳、岩波文庫版）を目にしたのだ。その時僕は、少し大袈裟に言えば、それまでの三十数年の人生でかつて体験した事のない驚愕と感動を味わったのだが、それ等は余りにも強烈だったので、それから四十年経った「後期高齢」の今でも、まるで昨日の出来事のように鮮烈に記憶の奥底に刻み付けられている程である。他の人々はいざ知らず、僕の場合、何故、いささか大袈裟過ぎるこんな深い感銘を覚える事になったのか、ここで自分なりに分析してみると、その理由は次の二つに絞られると思う。

一つは、わが国でも作者より作品の方が圧倒的に良く知られている『ドン・キホーテ』が、正篇と続篇の二部によって成り立っているという事実、つまり、その二年前に初めてスペインを旅行する事になった直前、仕事の合間に走り読みして行った『ドン・キホーテ』は、その正篇に過ぎず、何とその続篇が存在するという事実を、初めて知ったからである。セルバンテスの『ドン・キホーテ』が、全二部（正篇・続篇）より成り立っているという事実は、スペイン文学の専門家たちやとてつもない読書好きたちにとっては「常識」なのかも知れないが、わが国の近現代文学には少々首を突っ込んではいても、西欧文学史（とくにスペイン文学史）には全く不案内だったその時の僕には、しかしその当り前らしい事実は、前述のような余りにも強烈かつ鮮烈な印象をもたらしたのである。

二つは、これも作者・セルバンテスの「年譜」を精読して初めて知ったのだが、僕が偶然手にした『ドン・キホーテ』続篇は、スペイン国内外で異例の好評を博した正篇（一六〇五年）から一〇年後（一六一五年）に刊行されているという事実、しかもその間も、すでに老境に差し掛かっていたセルバンテス（六十八歳）は、無敵艦隊の小麦購入係やスペイン帝国の徴税吏など、中年の頃から従事していた下積みの小役人としての貧しい生活を依然として余儀なくされていたという事実、などを併せて知ったからである。おお、これは、ローカルテレビ局の中年の営業部員として、連日連夜、広告代理店や広告主に「幇間」然として頭を下げ続けている僕自身ではないか！　――まさにその瞬間、生来単純でそそっかしい僕は、身の程も弁えず、セルバンテスの偉大な「人生と文学」に自分自身のそれをぴったり重ね合わせ、その衝撃的な出会いをきっかけに、セルバンテスと『ドン・キホーテ』との長い遍歴の旅を開始したのである。

当代の売れっ子司会者、綾小路公麿風に言えば、「あれから四十年」、僕とセルバンテス、僕と『ドン・キホーテ』との長い旅路を振り返ってみると、時期的には次の三つに大別される。

第一期　文献蒐集と『ドン・キホーテ』精読

サラリーマン経験者なら誰でも直面する悩みだが、会社の仕事（生活）以外に、本当にやりたい仕事（理想）を求めている人間にとって、二つの世界に必要とされる有限な時間をいかに有効に配分するか、が日常生活の最大の課題の一つである。僕の場合もその例に洩れず、営業活動（接待ゴルフや宴会）の合間を縫って、主として、神田の古本屋街を中心に、『ドン・キホーテ』関連の文献を買い漁る時間をいかに捻出するかが、サラリーマン生活の大きな悩みであり、かつまた大きな楽しみでもあった。妻子を飢えさせないための会社の仕事（人生）も大切だし、自分が本当にやりたい仕事（文学）も決して諦める訳にはいかない――その二つがせめぎ合う人並みのサラリーマン生活を何とか持続させながら、文献蒐集に励む一方、僕はいきなり、現代アメリカの著名なセルバンティスタ、マヌエル・デゥランの『セルバンテス』（英文、一九七四年）の邦訳と岩波文庫版『ドン・キホーテ』正・続両篇の精読を開始した。

前者に取り組んだのは、一九七〇年末の時点では、僕が知り得たかぎり、セルバンテスの「人生と文学」を全体的、客観的に網羅・紹介した著作がわが国には皆無だったからであり、後者を企てたのは、『ドン・キホーテ』イコール正篇と錯覚しているわが国の一般的な読書状況――前述したように、僕もまたその一人であった――の中で、ともかく、正・続両篇を読み切ってみようと、敢えて決意したからである。二つの作業を当時のメモで確認してみると、前者に約二年、後者に約三年半を費やしているが、毎週土日と祭日をフルに利用しながら、杉並区浜田山の狭いアパートの一室で、それらの作業に全精力を注いだ中年の日々が今では懐かしく思い出される。「おじさん、何をしてるの？　日記を書いているの？」と、遊びに来た小学生の息子の友だちが、まるで気狂いのようにペンを走らせている僕の顔を覗き込んだ日の事なども、微笑ましい思い出の一つだ。またその間には、或る日偶然新聞で読んだ「東京ゲーテ協会」（渋谷区神泉）を訪問し、大学教授然とした粉川理事長から励ましの言葉――「セルバンテス図書館」の夢を僕がつい洩らしたので――を頂いたりした。（その時の模様は、のちに、『「セルバンテス文庫」由来』という題で、セルバンテス生誕四五〇周年記念、『ドン・キホーテ讃歌』（行路社、一九九七年）に寄稿させて頂いた。）

第二期　自費出版と「セルバンテス文庫」設立

一九八三年春、会社の人事異動で郷里の本社へ転勤になった時、数多くの会社関係者たちへの慣習的な離任の挨拶以上に、僕の心を強く占めていたのは、訳了したばかりの『セルバンテス』のノート三冊と、読了したばかりの『ドン・キホーテ』正・続両篇の読書メモ、ノート十数冊の二つの成果だった。その頃すでに四十代半ばに差し掛かっていた僕は、その二種類のノート群を、まるで宝物――もっと言えば「遺書」――のように大切に旅行カバンに仕舞い込み、落ちるかも知れない旅客機に搭乗した日の事もまた今でも鮮烈に記憶している。

その後、前者は未だにノートのままだが、後者は、一九八五年から『「ドン・キホーテ」ノート』のタイトルで、年二回、地元の出版社から自費出版し始めた。後者が、年二回、自費出版の形を取らざるを得なくなったのは、読書メモがノート十数冊という膨大な量になったため――ミゲル・デ・ウナムノの『ドン・キホーテとサンチョの生涯』（法政大学出版局、一九七二年）の構成に倣って、『ドン・キホーテ』正・続両篇の章割通りに、自分なりの論評を気の向くままにまとめた――と、決して安くはない出版費を、年二回のボーナスから捻出したためである。読めもしないスペイン語の原書を無闇矢鱈に購入したり、売れる見込みなど先ず無い、こんな無益な自費出版を繰り返したりする夫に、ほとんど愛想を尽かしたらしい妻は、ひとえに無関心を装っていたが、幸か不幸か子供は一人しか恵まれなかったので「教育費」もそれ程掛からず、一九九〇年まで約五年間、こんな自費出版を継続する事が可能だった。最近、テレビ番組『何でも鑑定団』（テレビ東京系）を妻と二人で楽しんでいるが、「熱狂的なコレクターたち」が続々登場し、配偶者や家族から、半分は楽し気な「不平・不満」を浴びせられる場面を目にする度に、妻が冷やかし気味に僕の顔を覗き込むのもそのためである。

なお、序で言えば、この自費出版『「ドン・キホーテ」ノート』（全十四冊と付録）には、「日本近現代文学と『ドン・キホーテ』」を主題とする「付論」を各冊に設け、坪内逍遥から小林信彦まで、三十数名の小説家や批評家による、『ドン・キホーテ』の作品化や『ドン・キホーテ』論を、僕なりに紹介・論評しておいた。僕が、『ドン・キホーテ』正・続両篇を精読しながら、他方で、この種の比較文学的な主題を系統的に追究したのは、早い話が、セルバンテスの母語（とくに近世スペイン語）を特に読めなくても、わが国の近現代文学に或る程度の知識が有れば、「素人」でも可能な作業だったからであり、アカデミズム（とくに日本比較文学会）でも、蔵本邦夫教授（現関西外国語大学）以外には、殆ど誰も取り上げようとしない未踏の分野だったからである。後でまた触れるが、一九九七年に、セルバンテス生誕四五〇周年を記念して企画・出版された『セルバンテスの世界』（坂東省次・蔵本邦夫共編、世界思想社）に、全くの「素人」ながら世路蛮太郎の筆名で寄稿出来たのも、「日本近現代文学と『ドン・キホーテ』」が、その当時、比較文学的に全く未開拓の主題であり、僕のささやかな仕事でさえも一種の「稀少価値」が有ったせいであろう。また、正確な日付は失念したが、僕の自費出版に何処かで目を通されたらしい、文芸評論家・白川正芳氏から、書評紙のどれかの中で、「日本近現代文学史が新たな色合いで見えて来る」旨の好意的感想を頂いた事も今ふと思い出した。

この時期、自費出版――僕は、その後も、わが国に於ける『ドン・キホーテ』関連の種々の情報を、文学に限らず他の芸術分野にも目配りしながら、能うかぎり蒐集・論評し続け、一九九二年から一九九八年まで約七年間、『ドン・キホーテ通信』（全十冊）として自費出版した――と併行して、僕が取り組んだもう一つの事業は、一九七〇年代末以来の密かな夢であった「セルバンテス文庫」の設立である。一九九三年六月、郷里・鹿児島の自宅空地にようやく実現した、私設図書館「セルバンテス文庫」の経緯については、すでに触れたように、一九九七年、セルバンテス生誕四五〇年記念、『ドン・キホーテ讃歌』の中で僕自身が詳述したし、その後ご面識を頂いた川成洋教授（法政大学）に、書評誌『図書』（岩波書店、一九九九年六月号）の中で、「セルバンテス文庫を訪ねて」という題で懇切にご紹介頂いたので、ここでは省略する。

なお、この「セルバンテス文庫」は、二〇〇九年、僕が古稀を迎えたのを機に、一般への開放は中止したが、今「芳名帖」をめくってみると、約十五年間で、二〇〇名近い訪問客の御名前が記されている。「東京ゲーテ協会」の観客数などとは比べ物にならない程、低い数字だけれども、老若男女それぞれ、さまざまな動機と関心を持ちながら、全国各地から来訪された方々との楽しかった歓談が、今ではとても懐かしい思い出の一つになっている。

ところで、余談だが、僕が「セルバンテス文庫」を設立した翌年の或る日、突然、アメリカ合衆国から航空小包が一個自宅に届いた。不審に思って開いてみると、中味は英文の学会誌『セルバンテス』で、発行所はアメリカ・セルバンテス協会（CSA）となっている。これは一体どうした事であろう？　恐る恐るページを繰ってみると、ファン・バウティスタ・アバリェ＝アルセ、エドワード・C・ライリー、ファン・カナヴァッジョ、アルベルト・サンチェスなど、世界的な名立たるセルバンティスタたちが編集顧問として綺羅星の如く並んでいるではないか！　恐らくこれは何かの間違いであろうと、そのまま放置しておいたのだが、その後も『セルバンテス』は、春秋年二回、必ず配達されるようになった。そんな或る日届いた『セルバンテス』に、これもまた突然、「会費を納めないならば退会処分とする」旨の通知が同封されて来た。わが国の「セルバンテス学会」――もっとも、当時は未だ存在しなかったのだが――は無論の事、太平洋の彼方の外国の学会になど入会の申込みをした覚えはついぞ無かったので、まるで狐につままれたような奇妙な感じがしたが、スペイン語の方はさっぱりだとしても、英語なら何とかなるのではないかと勇を鼓して、有難く入会させて頂く事にした。

それにしても、如何なるいきさつでこういう事態になったのか、今でも全く不明だが、いろいろ情報を総合してみると、それは、一九八五年に『ドン・キホーテへの招待――夢、挫折そして微笑』（日本語で書かれたわが国初の本格的な高い水準の『ドン・キホーテ』入門書）を出版されたハイメ・フェルナンデス教授（上智大学）のご好意ではなかったかと推察される。なぜなら、その後、一九八八年に刊行された、ポール・アザール著『ドン・キホーテ頌』（円子千代訳）の「補遺、6。日本における参考文献」の中で、「世路蛮太郎氏は、在野のセルバンテス研究家で、私財を投じて『ドン・キホーテ』研究に専念する奇特な人物である」と、面映いばかりに僕を紹介して頂いたのは、同教授であったことが後で判明したからである。そんな身に余る好意的なご紹介を頂きながら、自費出版『ドン・キホーテ通信』No 3（一九九四年）の中で、同教授のそのご労作に対して、まことに軽率で失礼な論評を加えてしまった事が今でもなお悔やまれてならない。まさしく僕の不徳の致すところ、本誌上で改めて深くお詫び申し上げたい。

時間が前後するが、アメリカ・セルバンテス協会に関しては、その後、僕の英語力では、協会との通信さえ満足に行えないという、まことに情けない現実が判明したので、二〇〇九年、古稀に達したのをきっかけに、これも退会した。どういう訳か、機関誌『セルバンテス』だけは今でも年二回送られて来るので、定年退職後、「六十の手習い」で本格的に学び始めたわが拙いスペイン語を何とか操りながら、同誌に掲載される小説論や比較文学の研究論文に限って、週一回、邦訳・口誦するのを、晩年の楽しい習慣の一つにしている。

第三期　京都セルバンテス懇話会への入会と寄稿

すでに触れたように、一九九七年、セルバンテス生誕四五〇周年記念『セルバンテスの世界』（世界思想社）への僕の寄稿をきっかけに、坂東省次教授（京都外国語大学、スペイン語科長）とのお付き合いが始まったのだが、同年末には、同教授を代表として「京都セルバンテス懇話会」が設立された。今度もまた、同教授のご好意により、僕にも入会のお誘いが有ったので、一も二も無く、早速手続を済ませ、事実上、わが国初の「セルバンテス学会」たる同懇話会の会員に晴れて成る事が出来た。他ならぬセルバンテスの母語すら満足に読めない身でありながら、なぜ僕が喜び勇んで入会の手続きをしたかと言うと、同懇話会は、「単に研究者だけではなく、スペイン語圏に関心のあるすべての人々」（同懇話会機関誌『イスパニア図書』創刊号、「編集後記」）に門戸が開放されていたからであり、国籍や社会的身分など一切問わない、アメリカ・セルバンテス協会の運営方針と共通する、進歩的で健全な民主主義精神を標榜していたからである。

以後、二〇〇九年に退会するまで約一〇年間、ほぼ毎年、僕は、機関誌『イスパニア図書』に、書評（国内の『ドン・キホーテ』関連著作）や論文（日本近現代文学と『ドン・キホーテ』関連）を寄稿し続けたが、それまでの長い間、自費出版の形でしか表現活動が出来なかった僕としては、やっとの事で本懐を遂げた思いであった。そんな僕の心境を比喩的に言えば、それまでは誰も居ない、うっ蒼とした密林に立て籠もり、全く単独で戦っていた「ゲリラ」が、急に広大な平野に引っ張り出され、完全装備の「正規軍」についに合流したと言った感じであった。それもこれも皆、「京都セルバンテス懇話会」代表、坂東省次教授はじめ懇話会の方々の寛大なご配慮と暖かいご協力の賜である。本誌上を借りて、改めて厚く御礼申し上げたい。

そんな思い出深い懇話会での僕の活動については、前記の寄稿の他にも、一九九九年春、郷里で開催された、同懇話会の第二回大会の裏方を努めたり、二〇〇三年、京都外国語大学で開催された、スペイン語科創設四十周年記念シンポジウム「日本人とドン・キホーテ」に、四人のパネリストの一人として参加する機会を与えられるなど、印象深い出来事がいくつかあったが、紙数の関係で詳細は省略する。

以上、約四十年近い僕とセルバンテス、僕と『ドン・キホーテ』との長い遍歴の旅を概観したが、冒頭でも触れたように、僕の場合は、わが国の平均的なサラリーマンの一人として、世俗的には近世スペイン帝国の平凡な「下級公務員」に甘んじなければならなかったセルバンテスが、文学的には、『ドン・キホーテ』によって、この四〇〇年間、世界の小説界に莫大な影響を与え続け、二〇〇二年には、「史上最高の文学百選の第一位」(ノーベル研究所他)に推されるなど、目眩くような結果をもたらした、その「人生と文学」に、僕自身のまことにちっぽけな「人生と文学」をまことに不遜にも重ね合わせて来たに過ぎない。セルバンテスと『ドン・キホーテ』に対する僕のような接し方や読み方が、他に存在するものかどうか全く知らないけれども、少なくとも僕は僕なりに、この四十年間、セルバンテスの「人生と文学」から、言葉では言い尽くせない程、絶大な生きる勇気と文学への情熱を貰い続けて来た事だけは確かなのである。そして、「後期高齢」に差し掛かった今日まで、僕が何とか生き伸びられたのも、まさしくセルバンテスと『ドン・キホーテ』の御蔭だと改めて感謝せずには居られない。僕は、この四十年間、セルバンテスと『ドン・キホーテ』を通して、「人生と文学」のあの最も望ましい、そして最も幸福な交流を体験させて貰ったのだ。思うに、凡そ文学を志す人間にとって、これ以上の幸運は望めないであろう。

聞くところによれば、『ドン・キホーテ』後篇四〇〇周年の今年、わが国読書界の長年の課題であり、その実現が強く要望されていた『セルバンテス全集』がいよいよ邦訳・出版されるようである（スペイン情報誌『アクエドゥクト』第一九号）。セルバンテスと言えば、『ドン・キホーテ』だけという固定観念が出来上がっているわが国で、本邦初訳の『模範小説集』の一部や、『戯曲八編と幕間劇八編』の前半部を含め、小説・戯曲・詩・批評など多岐にわたるセルバンテスの文学的表現活動の全てが、出版界や読書界に初めて姿を現す文学的意義は極めて大きい。遡れば、それこそ明治初年以来の快挙であるこの『セルバンテス全集』の邦訳・出版をついに実現させたピッチ上の「日本セルバンテス・チーム」に対し、僕としても、一人の年老いたサポーターとして、観客席から満腔の敬意と祝福の拍手を送りたいと思う。なぜなら、セルバンテス・ファンの一人として、この世に生きている間に、その全集の邦訳・出版の快挙を目にする事が出来るというのは、この四十年間、セルバンテスと『ドン・キホーテ』に関わって来た僕にとっても、とてつもない僥倖だからである。

私事で恐縮だが、「後期高齢」に差し掛かった僕は、「人は白髪でものを書くのではなく、理性によって書くのであり、理性は歳とともにいっそう円熟するのがつねである」（牛島信明訳、『ドン・キホーテ』後篇、「読者への序文」、岩波文庫）という、晩年のセルバンテスの自信に満ちた言葉に絶えず励まされながら、郷里・鹿児島に材を取った歴史小説『隼人物語』をすでに脱稿し、現在、『小説南薩鉄道』の準備を進めているところだ。この四十年間、セルバンテスの文献蒐集を手始めに、さまざまな表現活動を僕なりに試みて来たが、最晩年に至って「創作」の分野で拙い才能を発揮する機会に恵まれた事を、わが敬愛して止まないセルバンテスに改めて深く感謝したいと思う。

最後になってしまったが、僕（本名・尾辻正見）のペン・ネーム・世路蛮太郎（せいろばんたろう）は、無論、セルバンテスのもじりであり、その真意は、世路（世の中）を蛮勇を振って生き抜いて行きたいという、僕なりの密かな願望が込められている点に有る。読み辛いと言われる向きには、「せいろそば」を連想して頂ければ幸いである。

ドン・キホーテ研究文献年表

坂東省次編

明治二一年(一八八八)
坪内逍遥「「ウイット」と「ヒューモル」との区別」『専門学雑誌』二号
明治三九年(一九〇六)
朝永三十郎「ドン・キホーテ式とハムレット式」大日本図書株式会社
大正二年(一九一三)
山旭光「活動写真家の「ドン・キホーテ」『歌舞伎』一五八号
大正三年(一九一四)
片山天弦「ドン・キホーテとハムレット」『雄弁』五巻六号
大正五年(一九一六)
村上勇三「万人の宝——ドン・キホーテとハムレットの死に方に対する考え方」『学鐙』二〇(一一)
大正六年(一九一七)
高安月郊「東西書籍の比較——ドン・キホーテの初版の扉について」『学鐙』二一(一六)
大正八年(一九一九)
越原富雄「ラブレエの小説——ドン・キホーテは「スペインのオデッセイ」なりと」『学鐙』二三(五)
大正九年(一九二〇)
トゥルゲーネフ『ハムレットとドン・キホーテ』宮原晃一郎訳、春秋社
昭和九年(一九三四)
亀井勝一郎「ハムレットとドン・キホーテ(覚え書)」『コギト』一一月号
亀井勝一郎「ドン・キホーテを見て」『書物』二(八)
昭和一〇年(一九三五)
木村毅「ツルゲーネフと日本文壇「ハムレットとドン・キホーテ」の反響甚大であった事」『新潮』三二(五)

昭和一三年（一九三八）
相沢孝友「ドン・キホーテとイエス」『思想』九月号
昭和一五年（一九四〇）
花田清輝『ドン・キホーテ論』文化組織
昭和一六年（一九四一）
寿岳文章『「絵本どんきほうて由来」紙障子』靖文社
昭和一七年（一九四二）
会田由「ドン・キホーテを如何に読むか」『知性』二月号
昭和二三年（一九四八）
萩原朔太郎「ドン・キホーテの近代性」『絶望の逃走』暁書房
永田寛定「ドン・キホーテについて」『ドン・キホーテ』正編（一）岩波文庫
昭和二四年（一九四九）
永田寛定「『ドン・キホーテ』の翻訳について」『図書』一〇
昭和二五年（一九五〇）
大久保泰「ドン・キホーテ画題と絵と」『美術手帖』二六
昭和二六年（一九五一）
会田由「ドン・キホーテ」『文学講座六　作品論』筑摩書房
林屋永吉「『ドン・キホーテ』の書評」『図書』六月号
グリーン・モウルトン・リチャード「ドン・キホーテの構造上の興味」『文学の近代的研究』本多顕彰訳、岩波書店
昭和二八年（一九五三）
ラモン・メネンデス・ピダル「ドン・キホーテ制作の一面」『ドン・キホーテ』（続篇）第一分冊、永田寛定訳、岩波書店

昭和二九年（一九五四）
那須辰三「ドン・キホーテ」『中学生の文芸教室　外国文学の読み方』同和春秋社
昭和三〇年（一九五五）
会田由「ドン・キホーテ」『文藝春秋』四月号別冊
会田由「〈ドン・キホーテ〉の誕生」『文藝春秋』四月号別冊
会田由「ドン・キホーテの生みの親」『文藝春秋』四月号別冊
小場瀬卓三「「ドン・キホーテ」の三百年祭によせて」『世界文学』六
ねずまさし「封建制度とたたかったドン・キホーテ」『文庫』四七
昭和三二年（一九五七）
北川冬彦他「ドン・キホーテ」特集批評」『キネマ旬報』一八八
小林幹治「映画『ドン・キホーテ』」『学習院大学英文学会報』三
昭和三三年（一九五八）
大谷　長「キャケゴーアとドン・キホーテ」『大阪外国語大学学報』六
大橋健三郎「「ドン・キホーテ」の身近さ」『第三期世界文学全集セルバンテス編・月報』河出書房新社
昭和三五年（一九六〇）
大島　正「『ドン・キホーテ』のどこが面白いのか？——その笑いに関する試論」『スペイン図書』二
桑名一博「最近のセルバンテス像（一—三）」『スペイン図書』一四、一五、一七
安岡章太郎「とらえがたい滑稽」『世界文学大系一〇』筑摩書房
マエストゥ『愛の象徴ドン・キホーテ』吉田秀太郎訳、大学書林
昭和三六年（一九六一）
大島清次「名画の秘密——サンチョ・パンサとドン・キホーテ」『美術手帖』一九三
昭和四〇年（一九六五）
飯沢　匡「ドン・キホーテの旅」『ドン・キホーテ』世界文化社

寿岳文章「絵本どんきほーて由来」『世界の文学月報』三四、中央公論社
林屋永吉「ドン・キホーテと時代の流れ」『世界の文学　付録』中央公論社
昭和四一年（一九六六）
会田由「ドン・キホーテについて」『フィルハーモニー』
中村光夫「ドン・キホーテ」『日本の近代』文藝春秋
和田敏英「「ドン・キホーテ」とフィールディングの喜劇的散文叙事詩」『英語と英米文学』山口大学人文学部・教育学部・経済学部・工学部
昭和四二年（一九六七）
アウエルバッハ「魅せられたドゥルシネーア」『ミメーシス』篠田一士・川村二郎訳、筑摩書房
昭和四三年（一九六八）
ホセ・オルテガ・イ・ガセー『ドン・キホーテに関する思索』A・マタイス・佐々木孝訳、現代思潮社
G・ルカーチ「ドン・キホーテ論」『ルカーチ著作集』一一、大久保健治他訳、白水社
昭和四四年（一九六九）
磯田光一「『ドン・キホーテ』論」『正統なき異端』仮面社
昭和四五年（一九七〇）
会田由「日本におけるドン・キホーテ」『セルバンテス』文豪の世界四、タイム・ライフ・インターナショナル
牛島信明「〈ドン・キホーテ〉の構造」『HISPANICA』一五、日本イスパニア学会
ホセ・オルテガ・イ・ガセー『ドン・キホーテをめぐる省察』オルテガ著作集一、長南実・井上正訳、白水社
ハイネ「ドン・キホーテ論」『ドイツの文学　二　ハイネ』山下肇訳、三修社
昭和四六年（一九七一）
会田由・牛島信明『ドン・キホーテとセルバンテス』さ・え・ら書房

トーマス・マン 「『ドン・キホーテ』とともにアメリカへ渡る」『トーマス・マン全集』九、高橋義孝訳、新潮社

昭和四七年（一九七二）

ミゲル・デ・ウナムーノ 『ドン・キホーテとサンチョの生涯』ウナムーノ著作集二、佐々木孝訳、法政大学出版局

ペドロ・シモン・ゴメス 「ドン・キホーテに関する文体の研究」『南山大学アカデミア文学・語学編』一九

マルト・ロベール 「ドン・キホーテについて」『筑摩世界文学大系一五セルバンテス』会田由訳、筑摩書房

昭和四八年（一九七三）

池内紀 「ドン・キホーテ考」『ユリイカ』六

マルト・ロベール 『古きものと新しきもの――ドン・キホーテからカフカへ』城山良彦・島利雄・円子千代訳、法政大学出版局

昭和四九年（一九七四）

加賀乙彦 「三島由紀夫とドン・キホーテ――磯田光一氏に答える」『文学界』二八（九）

ミゲル・デ・ウナムーノ 「ドン・キホーテの墓」『世界批評体系五』桑名博訳、筑摩書房

ハインリヒ・ハイネ 「『ドン・キホーテ』の序」『世界批評体系一』山下肇訳、筑摩書房

昭和五〇年（一九七五）

木村毅 「ハムレットとドン・キホーテ」『比較文学新世界』八木書店

布野栄一 「比較文学的私論――『憂国』と『ドン・キホーテ』」『鈴木知太郎博士古希記念国文学論巧』桜楓会

コメレル 「ドン・キホーテにおけるユーモラスな人格化」『世界批評体系七』円子修平訳、筑摩書房

ペドロ・シモン・ゴメス 「セルバンテスと『エル・キホーテ』について」『南山大学アカデミア文学・語学編』二二、星野貴久子訳

マルト・ロベール 「ロビンソン的なものとドン・キホーテ的なもの」『起源の小説と小説の起源』岩崎力・西永良成訳、河出書房新社

昭和五一年（一九七六）
大島正「ドン・キホーテ雑感」『スペイン文学への誘い』創世記
高橋正武「ドン・キホーテの書名」『Hispanófilos』四一
長南実「『ドン・キホーテ』はどう読まれてきたか」岩波講座『文学』九、岩波書店
昭和五二年（一九七七）
萩原朔太郎「ドン・キホーテを見て」『萩原朔太郎全集一〇』筑摩書房
平野篤司「ドン・キホーテ＝トリスタンの肖像――「ヴェニスに死す」をめぐって」『東京外国語大学論集』二七
昭和五三年（一九七八）
安倍一恵「ボヴァリー夫人」――フローベルと「ドン・キホーテ」をめぐって」『Lidia Candia フランス語フランス文学論集』（白百合女子大学フランス語フランス文学会）八号
石田米孝『ドン・キホーテの歩いた道』広島県廿日市町山陽女子高
昭和五四年（一九七九）
石井勇「『ドン・キホーテ』覚え書――〈とてつもない物好きの小説〉を中心に」『視界』二〇
牛島信明「「ドン・キホーテ」の最も難解な一節について」『東京外国語大学論集』二九
長南実「『ドン・キホーテ』への招待」スペインの民族精神を理解するために」神吉敬三編『スペイン・ポルトガル博物館』講談社
昭和五五年（一九八〇）
榎本太『ドン・キホーテの影の下に』中教出版
本田誠二「ドン・キホーテ的狂気の再検討――El Caballero del Verde Gabán をめぐって」『熊本短大論集』三一（二）
昭和五六年（一九八一）
牛島信明「セルバンテス最後の夢――「ドン・キホーテ」と「ペルシーレス」」『海』一三（五）

蔵本邦夫「『ドン・キホーテ』随想」『日本古書通信』四六（九）
剣持武彦「漱石文学と『ドン・キホーテ』」『二松学舎大学東洋学研究所集刊』一二
昭和五七年（一九八二）
シクロフスキー「『ドン・キホーテ』はいかにつくられたか」『散文の理論』せりか書房
昭和五八年（一九八三）
蔵本邦夫「萩原朔太郎と「愁いの騎士」」『日本古書通信』六四九
長南実「ピカレスク小説と「ドン・キホーテ」」『スペイン・ポルトガル』講談社
中野記偉「狂気の方法化——「行人」と「ドン・キホーテ」」『英文学と英語学』（上智大学英文学）二〇
原潔「「ドン・キホーテ」における「騎士物語」の変容」富田仁・長谷川勉編著『欧米文学交流の諸様相』三修社
グレアム・グリーン『キホーテ神父』宇野利泰訳、早川書房
昭和五九年（一九八四）
足立和浩「ドン・キホーテと笑い（一—三）」『現代思想』一二（六・一二・一三）
中川和彦「ドン・キホーテとサンチョの関係の法的考察——法学的ドン・キホーテ論序説」『成城大学法学教室論集』四
沼田美奈子「『ドン・キホーテ』における狂気の中の真の人間性」『世代』二一
平田渡「ドン・キホーテにおけるパロディとカーニバルふうの笑い」『世紀末研究』八
昭和六〇年（一九八五）
井尻直志「ロマンスとしての『ペルシーレス』——小説としての『ドン・キホーテ』との対比において」『外国語・外国文学研究』（大阪外大修士会）九号
世路蛮太郎『「ドン・キホーテ」ノート（No.1-14）』（一九九〇年）セルバンテス文庫
ハイメ・フェルナンデス『ドン・キホーテへの招待——夢、挫折そして微笑』柴田純子訳、西和書林
秦家・陸協新「阿Qとドン・キホーテの形象の比較研究」『熊本商大論集』三二（一）

昭和六一年（一九八六）
井尻直志「ドン・キホーテ」の中心的イメージ――語り手の言葉をめぐって」『STUDIUM』一四
酒井格「ミラン・クンデラの小説観――付録「ドン・キホーテ」をめぐって」『東京薬科大学一般教育研究教育』八
清水憲男『「ドン・キホーテ」をスペイン語で読む』ＰＨＰ研究所
昭和六二年（一九八七）
荻内勝之『ドン・キホーテの食卓』新潮社
田村道美「『ノーサンガー僧院』――ドン・キホーテかその蔵書か」『香川大学教育学部研究報告』一（六九）
中川真平「二つのドン・キホーテ」『山本新研究』一二
本田誠二「グリソストモの死をめぐって――『ドン・キホーテ』における曖昧性・両義性に関する一考察」『HISPANICA』三一
昭和六三年（一九八八）
秋元波留夫「ドン・キホーテの病跡学」『日本病跡学雑誌』三五
牛島信明「読む行為としての『ドン・キホーテ』」『文学』五六（八）
蔵本邦夫「江戸幕末・明治の『ドン・キホーテ』」『サピエンチア』英知大学
ハイメ・フェルナンデス「ドン・キホーテとサンチョ（一六一五年）――このつれない孤独に残されて」『上智大学外国語学部紀要』二三
ポール・アザール『ドン・キホーテ頌』円子千代訳、法政大学出版局
昭和六四年／平成元年（一九八九）
牛島信明『反＝ドン・キホーテ論　セルバンテスの方法を求めて』弘文堂
太田直道「ドン・キホーテ症候群」『思想と現代』一七
蔵本邦夫「坪内逍遥の『ドン・キホーテ』論」『HISPANICA』三三

斎藤文子「『ドン・キホーテ』のクロノロジーの歴史」『HISPANICA』三三
清水憲男「『ドン・キホーテ』から見た『キホーテ神父』――セルバンテスとグレアム・グリーン」『ソフィア』三八（一）
高山宏「ミゲル・デ・セルバンテス『ドン・キホーテ』――危機を糧にとびきりのポップ（幻想文学の劇場）――（「結合術の古典」）」『国文学と教材の研究』三四（一五）

平成二年（一九九〇）

斎藤文子「騎士道物語と「ドン・キホーテ」の時間」『HISPANICA』三四
ハイメ・フェルナンデス「『ドン・キホーテ』における『グリソーストモとマルセーラ』のエピソードに関する研究と文献」『上智大学外国語学部紀要』二五

平成三年（一九九一）

牛島信明「セルバンテスの構想力――『ドン・キホーテ』におけるインヘニオ ingenio の機能（構想力）」『思想』八〇七
牛島信明「読む行為としての『ドン・キホーテ』――ドン・キホーテとサンチョに関する新たな照射」『スペイン文化シリーズ』一号（上智大学イスパニア研究センター）
剣持武彦「日本における『ドン・キホーテ』」『スペイン文化シリーズ』一号（上智大学イスパニア研究センター）
本田誠二「『ドン・キホーテ』における愛の葛藤劇とセルバンテスの思想」『スペイン文化シリーズ』一号（上智大学イスパニア研究センター）
山口昌男「『ドン・キホーテ』における文化と狂気」『スペイン文化シリーズ』一号（上智大学イスパニア研究センター）
アバジェ・アルセ・J・B「ドン・キホーテ、サンチョ、ドゥルシネーアをめぐって」『スペイン文化シリーズ』一号（上智大学イスパニア研究センター）

アルベルト・サンチェス「全作品の集約としての『ドン・キホーテ』」『スペイン文化シリーズ』一号（上智大学イスパニア研究センター）

平成四年（一九九二）

岩根圀和「カルデロン劇に見られるドン・キホーテ像」『人文学研究所報』二五（神奈川大学人文学研究所）

奥田敏広「ドン・キホーテの愛、あるいは「倒錯」の創造性――トーマス・マンの『最後の愛』をめぐって――」『ドイツ文学研究』三八（京都大学綜合人間学部ドイツ語部会）

蔵本邦夫「日本における偽『ドン・キホーテ』考」『サピエンチア』二六（英知大学）

世路蛮太郎「スペイン文学――『ドン・キホーテ』を読もう――」『スペイン讃歌』春秋社

山田由美子「ベン・ジョンソンの新しい『宿』（ベン・ジョンソンの喜劇『新しい宿』の構想の中に、「ドン・キホーテ」の宿の投影を探る）『ルネサンスと一七世紀文学』金星堂

ウラジーミル・ナボコフ『ナボコフのドン・キホーテ講義』行方昭夫・河島弘美訳、晶文社

サルバドール・マダリアガ『ドン・キホーテの心理学』牛島信明訳、晶文社

平成五年（一九九三）

牛島信明「スペイン的機知 ingenio と『ドン・キホーテ』」『東京外国語大学論集』四七

江川　卓『謎とき『白痴』（八）ドン・キホーテの再来』『新潮』九〇（七）

及川　学「ドン・キホーテとサンチョ・パンサ――『ザ・グレート・ギャツビー』における視点（一）」『帝京大学文学部紀要　英語英文学・外国語外国文学』二四

蔵本邦夫「萩原朔太郎と映画「ドン・キホーテ」」『サピエンチア』二七（英知大学）

斎藤文子「「ドン・キホーテ」前編と後編における時間的認識の変化」『東京大学教養学部外国語学科編四〇（四）スペイン語教室論文集』

隅井秀幸「セルバンテスからトーマス・マンへ――ドイツ文学に現れたドン・キホーテ像をめぐって」『学習院大学ドイツ文学語学研究』一七

平成六年（一九九四）
石井　勇「『ジョウゼフ・アンドルーズ』と読書――「ドン・キホーテ」との関連において」『英語と英米文学』二九（山口大学人文学部・教育学部・経済学部・工学部）
植木利彦「The Confidential Agent について――二人のキホーテ」『岡山理科大学紀要』B人文・社会科学三〇B
牛島信明「主体生成の場（トポス）としての「ドン・キホーテ」」『東京外国語大学論集』四九
蔵本邦夫「漱石の『行人』に見る「ドン・キホーテ」」『関西外国語大学研究論集』五九
蔵本邦夫「萩原朔太郎の描いた異郷の地――映画『ドン・キホーテ』との出会い」日本比較文学会編『滅びと異郷の比較文学』思文閣出版
世路蛮太郎「和製ドン・キホーテ――車寅次郎」『ドン・キホーテ通信』四
竹田篤司「モンテーニュ『エセー』とセルバンテス『ドン・キホーテ』の比較研究」『明治大学人文科学研究所紀要』三六
野口武彦「極東から見たドン・キホーテ」『文学界』四八（七）
平成七年（一九九五）
牛島信明「ドン・キホーテを生きる」『月刊百科』三九二　平凡社
剣持武彦「車寅次郎とドン・キホーテ」『比較日本学の旅――あるフィレンチェ体験』朝文社
斎藤康子「M.de Unamuno のドン・キホーテ解釈――『ドン・キホーテとサンチョの生涯』を中心に」『HISPANICA』三九
鈴木正士「〝ドン・キホーテ〟に於ける騎士道物語世界と現実世界」『HISPANICA』三九
世路蛮太郎「幻の『絵本どんきほうて』」『REHK』三（京都外国語大学イスパニア語学科修士会）
世路蛮太郎「島村抱月の「ドン・キホーテ」観」『ドン・キホーテ通信』五
平川　要「亜流ロマン主義のドン・キホーテ――インマーマンとロマン主義」小泉進他編『ゲーテ時代の諸相』郁文堂

平成八年（一九九六）

鈴木正士「ドン・キホーテの死の原因についての考察——ドン・キホーテ続編を中心にして」『HISPANICA』四〇

世路蛮太郎「松本幸四郎と「ドン・キホーテ」『REHK』四号

ホセ・ルイス・ヒローン・アルコンチェル「『ドンキホーテ』に見られる言語理念」坂東省次訳、『REHK』四

スティーブン・マーロウ『ドン・キホーテのごとく』（上・下）増田義郎訳、文藝春秋社

ホセ・ルベン・ロメロ「『ドン・キホーテ』をどう読むか」片倉充造訳、『REHK』四

平成九年（一九九七）

岩根圀和『贋作ドン・キホーテ　ラ・マンチャの男の偽者騒動』中央公論新社（中公新書）

片倉充造「メキシコにおける『ドン・キホーテ』の受容」『セルバンテスの世界』世界思想社

川成洋他編『ドン・キホーテ讃歌』行路社

古家久世「ドン・キホーテの冒険パターン（一・二）」京都外国語大学研究論叢四九・五一

平成一〇年（一九九八）

岩根圀和「贋作『ドン・キホーテ』の宗教性——作者アベリャネーダの素性を巡って」神奈川大学人文学研究所編『芸能と祭祀』勁草書房

大嶋浩「ドン・キホーテから「悲しみの聖母」へ——『ミドルマーチ』におけるロシアの物語」内田能嗣他編著『英語・英米文学の光と影』京都修学院

実川幹朗「ドン・キホーテ騎士道と超越論哲学の関連について——日常性と現実性にまつわるシユッツの悲劇から」『現象学年報』一四

清水鉄子「漱石の戦略（二）『行人』槍の権重帷子」『ドン・キホーテ』」『名古屋近代文学研究』一六

鈴木正士「閉じられるテキスト「ドン・キホーテ」——「贋作ドン・キホーテ続編」の導入を中心にして——」『HISPANICA』四二

中丸明『丸かじりドン・キホーテ』日本放送出版協会

野呂正「『ドン・キホーテ』に関する一考察――ドゥルシネアの物語について」『世界文学』八八
樋口正義「ドン・キホーテの死の解釈についての試論」『龍谷紀要』二〇（一）
船越克己「『ドン・キホーテ』を考える」『世界文学』八八
古家久世「『ドン・キホーテ』の挿絵」『セルバンテス生誕四五〇周年記念論文集』京都外国語大学
山崎信三「ドン・キホーテのことわざ（A―Y）」『イスパニア図書』創刊号
山田由美子「セルバンテスの思想――「ドン・キホーテ」と『詩学』」『セルバンテス生誕四五〇周年記念論文集』二巻、京都外国語大学スペイン語学科
山本賀代「読書する主人公――一八世紀ドイツにおける〈ドン・キホーテ＝モデル〉の展開」『ドイツ文学論改』四〇　阪神ドイツ文学会
Leon Grinberg「フロイトとドン・キホーテ」『精神分析研究』四二（二）日本精神分析学会

平成一一年（一九九九）

青木謙三「『赤と黒』と『ドン・キホーテ』」『人文論叢』四七、京都女子大学人文学会
安藤亮一「シャーロック・ホームズとドン・キホーテ　聖書に次ぐのはどちらか――世界文学上の二大主人公の徹底比較」『シャーロックホームズ紀要』九（一）、西筑摩書房
牛島信明『『ドン・キホーテ』の可能性』牛島他編『スペイン学を学ぶ人のために』世界思想社
片倉充造「サンチョ・パンサとピト・ペレスの共通項から見えるもの」『天理大学学報』第一九〇輯
桜井厚二「ドストエフスキイの作品における「ドン・キホーテ」」『学術研究外国語・外国文学編』四八、早稲田大学教育会
鈴木正士「『ドン・キホーテ』における〝本当らしさ〟についての一考察――「ドン・キホーテ」と「無分別な物好き」」『神戸国際大学紀要』五七
鈴木正士「もう一人のドン・キホーテ　アンセルモ――「ドン・キホーテ正編」内挿話「無分別な物好き」についての一考察」『神戸国際大学紀要』五六
世路蛮太郎「ドン・キホーテ精神を思う」『正論』一一月号

古家久世「ドン・キホーテの狂気」『京都外国語大学論叢』五三
松本賢一「『白痴』におけるドン・キホーテの幻影――セルバンテス、プーシキン、ツルゲーネフ」『むうざ』一八、ロシア・ソヴェート文学研究会
宮田明人「『ドン・キホーテ』からセルバンテスの時代を考える」『研究紀要』一三、神奈川大学付属中・高等学校）

平成一二年（二〇〇〇）
アベリャネーダ『贋作ドン・キホーテ』（上・下）岩根圀和訳、ちくま文庫
牛島信明「新しき人ドン・キホーテ」『イスパニア図書』三号
「〈ラ・マンチャの男〉メキシコ版」（片倉充造訳）『外国語教育――理論と実践』第二六号　天理大学語学教育センター
鈴木正士「ドン・キホーテの三分の二の理想世界――『ドン・キホーテ続編』二三章モンテシーノスの洞穴のエピソードに関する考察」『神戸国際大学紀要』五九
田中真澄「その場所に文学ありて――新国立劇場を出発して、『ドン・キホーテ』的記憶を遍歴する」『文学界』五四（七）
田中真澄「どの場所に文学ありて――二〇世紀のボルヘスも顔負け、『ドン・キホーテ』は超ラディカル文学だ」『文学界』五四（八）
樋口正義「四体液説から見たドン・キホーテ」『イスパニア図書』三号
ミラン・クンデラ「ドン・キホーテ、あるいは人生という敗北」『綜合文化研究四　ヨーロッパの文化と文学』西永良成訳、東京外国語大学綜合文化研究所

平成一三年（二〇〇一）
鈴木正士「『ドン・キホーテ』の全体像――関係する二つの世界」『イスパニア図書』四号
世路蛮太郎「加賀文学と『ドン・キホーテ』」『イスパニア図書』四号
中沢新一・保坂和志「対話篇　文学と哲学のドン・キホーテ」『文学界』五五（六）

古家久世「明治時代の「ドン・キホーテ」邦訳」『京都外国語大学研究論叢』五八

平成一四年（二〇〇二）

五十嵐一成「研究ノート「キショットの時代」――半世紀近くの後に」『経済と経営』（札幌大学）三三（一）

牛島信明『ドン・キホーテの旅　神に抗う遍歴の騎士』中央公論新社

片倉充造「『ドン・キホーテ』における奇異な場面とその種明かしの検証」『イスパニア図書』五号

斎藤文子「「ドン・キホーテ」のなかの読者――騎士道物語及び前編を読んでいるのはだれか」『HISPANICA』四六

鈴木正士「予言の書としての「無分別な物好き」」『イスパニア図書』五号

世路蛮太郎「柳田民俗学と「ドン・キホーテ」――「笑い」をめぐって」『イスパニア図書』五号

高橋正雄「文学に見る障害者像　セルバンテスの『ドン・キホーテ』――銀月の騎士との決闘」『ノーマライゼーション』二二（四）日本障害者リハビリテーション協会

中村明徳「瞑想と試論、あるいは地中海文化考――オルテガの『ドン・キホーテをめぐる省察』について」『情況・第三期』情況出版

平成一五年（二〇〇三）

五十嵐一成「キショットの時代から半世紀を経て」『イスパニア図書』六号

市川紀美「（研究ノート）カーニバルとしての『ドン・キホーテ』試論」『イスパニア図書』六号

市川紀美「ワイズ・フールに関する一考察――「ドン・キホーテ」におけるユーモアのパラドックス」金城学院大学大学院文学研究科論集九

片倉充造「『ドン・キホーテ』の冒険を読む」『イスパニア図書』六号

斎藤文子「スペイン文学の変容――明治の『ドン・キホーテ』」山内久明・川本皓嗣編『近代日本における外国文学の受容』放送大学振興会

篠三知雄「『ドン・キホーテ』の英国小説への影響（一）」『愛知産業大学紀要』一一

鈴木正士「もうひとりの創造者サンチョ・パンサ――『ドン・キホーテ』におけるサンチョの役割の変化についての考察」『神戸国際大学紀要』六五
世路蛮太郎「丸谷文学と『ドン・キホーテ』」『イスパニア図書』六号
野谷文昭「ドン・キホーテの変貌」『マジカル・ラテン・ミステリー・ツアー』五柳書店
ホアン・マシア『ドン・キホーテの死生観――スペインの思想家ミゲル・デ・ウナムーノ』教友社

平成一六年（二〇〇四）
五十嵐一成「ラマンチャのキホーテと移牧羊群」『イスパニア図書』七号
市川紀美「『ドン・キホーテ』におけるカーニバル的な笑い：ワイズ・フールのユーモア学 Part 2」『笑い学研究』一一
稲本健二「ドン・キホーテを読む」トーマス・マン――スペイン文学の立場から」言語文化、六（四）
世路蛮太郎「アベリャネーダ作『ドン・キホーテ』私論」『イスパニア図書』七号
室井光広「評論『ドン・キホーテ』私注」『群像』一一月号

平成一七年（二〇〇五）
市川紀美「『ドン・キホーテ』のユーモアについて」『イスパニア図書』八号
牛島信明『『ドン・キホーテ』――書物の書』『古典の扉　第一集』中公クラシック（中央公論新社）
京都外国語大学スペイン語学科編『『ドン・キホーテ』を読む』行路社
世路蛮太郎「セルバンテス作品邦訳小史――『ドン・キホーテ』を中心に」『児童文学翻訳作品総覧スペイン・ロシア編』大空社
世路蛮太郎「邦訳に見るセルバンテス観および『ドン・キホーテ』観の諸相」『児童文学翻訳作品総覧スペイン・ロシア編』大空社
野呂　正「『ドン・キホーテ』のラ・マンチャ――アルガマシーリャ・デ・アルバについて」『イスパニア図書』八号
樋口正義他編『ドン・キホーテ事典』行路社

樋口正義「『ドン・キホーテ』翻訳の比較研究」『児童文学翻訳作品総覧スペイン・ロシア編』大空社
古家久世「『ドン・キホーテ』の挿絵」『児童文学翻訳作品総覧スペイン・ロシア編』大空社
古家久世「ドン・キホーテとサンチョ」『京都外国語大学研究論叢』六四
平成一八年（二〇〇六）
片倉充造「『ドン・キホーテ』［後篇］における〈狂気〉を読む」『イスパニア図書』九号
古家久世『ドン・キホーテへの誘い――「ドン・キホーテ」のおいしい読み方』行路社
蔵本邦夫「西洋人名移入考――ゾンキホテ、ドンギホテ、ドンキホオテ」『伝承とコミュニケーション』五号
平成一九年（二〇〇七）
片倉充造『ドン・キホーテ批評論』南雲堂フェニックス
野呂　正「ドン・キホーテの夢」『イスパニア図書』一〇号
カミロ・ホセ・セラ脚本「ドン・キホーテ・デ・ラ・マンチャ」（片倉充造訳）『天理大学学報』第二一四輯
平成二〇年（二〇〇八）
磯部悠紀子「ベルクソンとドン・キホーテ――滑稽さにおける不条理のベルクソン的解釈のうちに現れる歴史性の観念」『聖心女子大学大学院論集』三〇（二）
鈴木正士『『ドン・キホーテ』における創造世界――非騎士道世界から騎士道物語世界への変換行為をとおして』行路社
三倉康博「ソライダのエピソード（「ドン・キホーテ」前篇、第三七―四二章）再考：歴史的コンテクストの中で」人文・自然研究二
平成二一年（二〇〇九）
岡村ビクトル勇「『ドン・キホーテ』後篇最終章の「読み」の可能性――最期を看取る者の作法について」『神戸外大論叢』六〇（二）
蔵本邦夫「幕府洋学研究と『ドン・キホーテ』」『イスパニア図書』一二号

小曾井明子「『ドン・キホーテ』に見る保護の三つの型について」『日本医史学雑誌』五五（二）
松田侑子「ドン・キホーテとサンチョ・パンサの相互影響について」『Iberia』九
三浦知佐子「『ドン・キホーテ』における創造世界：非騎士道世界から騎士道世界への変換行為をとおして」『言語と文化』三
平成二二年（二〇一〇）
岡村ビクトル勇「読者による「想像・想像」――「ドン・キホーテ」における「伝言ゲーム的」語りの分析」『神戸外大論叢』六一（一）
鈴木正士「アントニオの歌う〈希望の歌〉――『ドン・キホーテ正編』一一章についての新たな解釈の試み」『琉球大学欧米文化論集』五四
福井千春「騎士道物語とドン・キホーテ」『中央大学論集』三一
平成二三年（二〇一一）
柴崎　聰「講演　セルバンテスと石原吉郎――ドン・キホーテからサンチョ・パンサへ」『キリスト教文学研究』二八
鈴木正士「結婚と純潔――「ドン・キホーテ正編」一四章に見るエラスムスの人間中心思想の影響」『琉球大学欧米文化論集』五五
平成二四年（二〇一二）
大貫　徹「モンテシーノスの洞窟の底でドン・キホーテは何を見たか：「外部」との遭遇を巡って」『比較文学研究』九七
鈴木正士「仕掛けられた宗教批判――『ドン・キホーテ正編』第一四章「絶望の歌」についての新たな解釈の試み『琉球大学欧米文化論集』五六
福田彩乃「二つの「ドン・キホーテ」に関する比較：技法と構造から」『南山大学大学院国際地域文化研究』七
平成二五年（二〇一三）
片倉充造「『ドン・キホーテ』を読む――主従の帰郷論に寄せて」『スペイン学』一五号

蔵本邦夫「移入史初期の『ドン・キホーテ』をめぐって」『外国語教育フォーラム』一二号（関西大学）
鈴木正士「キホーテの滑稽化による問題の後景化――『ドン・キホーテ正編』第一三章についての新たな解釈の試み」『琉球大学欧米文化論集』五七
山崎信三『ドン・キホーテのことわざ・慣用句辞典』論創社
平成二六年（二〇一四）
片倉充造「『ドン・キホーテ』〔後編〕七書簡についての考察」『スペイン学』一六号

あとがき

今から四一〇年前の一六〇五年に名著『ドン・キホーテ』の前篇が、一〇年後の一六一五年にはその後篇が誕生している。後篇が出てからちょうど今年で四〇〇周年になる。

一六一五年といえば、仙台藩祖伊達政宗が派遣した支倉常長率いる慶長遣欧使節一行がスペインを訪れ、時の国王フェリペ三世に謁見した年でもあるが、常長らがセルバンテスあるいは『ドン・キホーテ』と接触する機会があったかどうか定かでない。

セルバンテスと『ドン・キホーテ』が日本で初めて紹介されるのは、幕末・明治前期に活躍した儒学者にして洋学者の古賀茶渓（一八一六―一八八四）の主著『度日閑言』（一八六七年）を通してであった。しかし、『ドン・キホーテ』が日本語で読めるようになるのは明治二〇年になってからのこと、抄訳『鈍喜翁奇行伝』が出版された。大正四年になって英語からの重訳ながら『ドン・キホーテ』両篇の、我が国初の完訳がようやく実現し、『ドン・キホーテ』の全貌が明らかになる。

スペイン語の原典からの日本最初の翻訳は、永田寛定が昭和一三年に開始はしたが、途中で病没されたため、高橋正武が代わって翻訳を続行した。両篇が完成したのは昭和五二年のことであり、原訳の完成に約三〇年の歳月を要した。一方、会田由は昭和三五年に前篇を、三七年に後篇を完訳・刊行しているので、我が国初の原典『ドン・キホーテ』の完訳の栄誉を担ったのは、会田由であった。その後、牛島信明訳、荻内勝之訳、岩根圀和訳が続く。

「あらゆる散文のフィクションは『ドン・キホーテ』のテーマのヴァリエーンである」とか、あるいは「『ドン・キホーテ』はあらゆるレアリスム小説の典型である」とかいわれるように、『ドン・キホーテ』は世界の数多くの小説家に大きな影響を与えてきた。加えて『ドン・キホーテ』の影響は文学の枠を超越して、映画、音楽などさまざまなジャンルに広がっている。松本幸四郎の演ずるミュージカル『ラ・マンチャの男』はその一例であろう。

このように余りにも有名になった『ドン・キホーテ』は世界の名著の一つとして、従来、世界文学全集や世界文学全集刊行の際には必ず収められてきた。不動の地位を獲得したかに見えたが、最近の世界文学に関する単行本の傾向を見ていると、『ドン・キホーテ』は後退して、代わってガルシア・マルケスの『百年の孤独』が登場している。これは『ドン・キホーテ』の危機と言っても過言ではないであろう。『ドン・キホーテ』復活の道はあるのだろうか。

そんなことを考えながら、『ドン・キホーテ』後篇刊行四〇〇周年記念出版を企画した。出版にあたって、二〇一四年秋に日本のドン・キホーテ研究者に執筆依頼状をお送りしたところ、多数の研究者・表現者がわれら編者の企画に賛同され、玉稿を出して下さった。いずれも興味深い論稿であり、また随筆である。

『ドン・キホーテ』前篇刊行四〇〇周年にあたる二〇〇五年に出版した『ドン・キホーテ事典』および『ドン・キホーテを読む』とともに、本書が二一世紀の『ドン・キホーテ』研究の発展の礎となれば、編者にとって望外の喜びであります。

最後になりましたが、本書の出版に際して、ご尽力いただいた論創社編集部の松永裕衣子さんには、この場を借りて感謝の意を表したいと思います。

二〇一五年　五月

編者一同

山田由美子（やまだ・ゆみこ）
大阪府生まれ。大阪市立大学助教授、神戸女学院大学教授［ロンドン大学客員研究員、大阪市立大学経済学研究科客員研究員］を経て、現在自由業。主な著書に『ベン・ジョンソンとセルバンテス』（世界思想社、1995年）［英語版：Ben Jonson and Cervantes (Maruzen, 2000)］『第三帝国のR・シュトラウス』（世界思想社、2004年）、『原初バブルと《メサイア》伝説』（世界思想社、2009年）、*Cervantes y su mundo II*（Kassel: Edition Reichenberger, 2005 共著）がある。

Ángel L. Montilla Martos（アンヘル L. モンティーリャ・マルトス）
1965年、マラガ県（スペイン）生まれ。詩人、スペイン語および文学教師。主な著書に"Múltiplos de uno" Diputación Provincial de Málaga, 2003、主な評論に"Prólogo de una antología poética de Miguel Romero Esteo" Aula de Literatura "José Cadalso", Cádiz, 1993、"Un día más, un día menos" Lingua nº4, Göteborg, 2002、「若者たち」「スペインの貴族」「科学の貧困と頭脳流出」「日本文学を読むスペイン人」（『現代スペインを知るための60章』明石書店、2013）などがある。

Juan José López Pazos（フアン・ホセ・ロペス・パソス）
1985年、ガリシア州ポンテベドラ県生まれ。2008年天理大学留学。同大学宗教学科の研究員を経て2015年より天理大学国際学部外国語学科スペイン語・ブラジルポルトガル語専攻専任講師。主な論文に「日本哲学と日本語―言語と文化の相関性と翻訳の可能性」（『アゴラ』第10号）、「スペインにおける日本文化」（『スペイン学』第15号）、『井筒俊彦と西谷啓治における「本質」と「空」』（サンティアゴ・デ・コンポステラ大学）がある。

松本幸四郎（まつもと・こうしろう）
1942年、東京生まれ。81年、九代目松本幸四郎を襲名。歌舞伎の他、現代劇やミュージカルの舞台でも活躍。「勧進帳」弁慶役で1100回、全国47都道府県上演達成。ブロードウェイで「ラ・マンチャの男」、ウエストエンドで「王様と私」を全編英語で単独主演。「ラ・マンチャの男」では出演1200回を記録している。シェイクスピア四大悲劇完結上演。2009年日本芸術院会員、2012年文化功労者。著書に『幸四郎的奇跡のはなし』（東京新聞出版局、のち新潮文庫）、句集『仙翁花』（三月書房）、『私の履歴書』（日本経済新聞出版社）ほか。早稲田大学文学部1976年推薦校友。

三浦知佐子（みうら・ちさこ）
福島県生まれ。天理大学、京都外国語大学、近畿大学、摂南大学、兼任講師。主な論文“La recepción de Sancho Panza en Japón” Shoji Bando y Mariela Insúa (eds.), *Actas del II Congreso Ibero-Asiático de Hispanistas* (Kioto, 2013), Pamplona, Servicio de Publicaciones de la Universidad de Navarra, 2014,「日本におけるサンチョ・パンサの受容」（『言語と文化』、第7号、京都外国語大学大学院外国語学研究科、2013年）。他に「セルバンテス略年譜」（片倉充造著、『ドン・キホーテ批評論』、南雲堂フェニックス、2007年）、「ラ・マンチャの風車」（川成洋・下山静香編著、『マドリードとカスティーリャを知るための60章』、明石書店、2014年）等がある。

室井光広（むろい・みつひろ）
1955年、福島県生まれ。作家。
主な著書に『おどるでく』（講談社、1994年）、『キルケゴールとアンデルセン』（講談社、2000年）、『ドン・キホーテ讃歌』（東海大学出版会、2008年）、『プルースト逍遥』（五柳書院、2009年）、『柳田国男の話』（東海教育研究所、2014年）などがある。

山田眞史（やまだ・まふみ）
1948年生まれ。東京都出身。バルセロナ自治大学客員研究員（帰国中）。日本経済新聞社・東京本社記者を経て、東海大学、中央大学、小樽商科大学でスペイン語、文学の講師、教授を務めた。この間、文部省在外研究員としてバルセロナ大学等で客員研究員。編訳書に『スペイン伝説集』（彩流社、2002年）、『ベッケル詩集』（同社、2009年）等。日本語、スペイン語での論文多数。

髙橋博幸（たかはし・ひろゆき）
1951年、名古屋市生まれ。長崎外国語短期大学講師、長崎外国語大学教授を経て、立命館大学経営学部教授。主な著書に『スペインの女性群像——その生の軌跡』（共編著、行路社、2003年）『スペイン文化事典』（共著、丸善、2011年）、『マドリードとカスティーリャを知るための60章』（明石書店、2014年、共著）、「黄金世紀の宮廷マドリード案内」（『立命館経営学』第52巻第4·5号、2014年）など。

野呂正（のろ・ただし）
1944年、青森県生まれ。埼玉大学教養部助教授、中央大学理工学部教授を経て、現在中央大学名誉教授。セルバンテス関係の主な論文に「『ドン・キホーテ』のラ・マンチャ」（「イスパニア図書」行路社、2005年）、「日本のドン・キホーテ」（『翻訳文学総合辞典』大空社、2009年）がある。

樋口正義（ひぐち・まさよし）
1941年、茨城県生まれ。龍谷大学名誉教授。
訳書に『セルバンテス模範小説集』（行路社、2012年）、主な著書に『ドン・キホーテ事典』（行路社、2005年、共編著）、『スペイン文化事典』（丸善、2011年、共著）、『小学館　西和中辞典』（小学館、1990年、共著）、『新潮世界文学辞典』（新潮社、1990年、共著）、『集英社世界文学大事典』（集英社、2001年、共著）、その他多数の論文がある。

本田誠二（ほんだ・せいじ）
1951年、東京生まれ。熊本商科大学（現、熊本学園大学）を経て、神田外語大学イベロアメリカ言語学科教授。主な著書に『セルバンテスの芸術』（水声社、2005）、訳書にアメリコ・カストロ『セルバンテスの思想』『セルバンテスとスペイン生粋主義』『葛藤の時代について』（ともに法政大学出版局、2004年、2006年、2009年）、同『セルバンテスへ向けて』『スペイン人とは誰か—その起源と実像』（ともに水声社、2008年、2012年）等がある。

松田侑子（まつだ・ゆうこ）
神戸市外国語大学博士号取得。現在、神戸市外国語大学、関西外国語大学、関西大学にて非常勤講師を勤める。スペイン黄金世紀文学を専門にしており、特に『ドン・キホーテ』の登場人物たちの心理変化を研究している。

†執筆者紹介（五十音順）

江藤一郎（えとう・いちろう）
1947年、北九州市生まれ。天理大学助教授を経て、神田外語大学外国語学部イベロアメリカ言語学科教授。著書に『基本スペイン語文法』（芸林書房、2003年）、共訳書に『スペイン語会話表現事典』（三修社、1998年）がある。

蔵本邦夫（くらもと・くにお）
1952年、大分県生まれ。関西外国語大学教授。主な著作に『滅びと異郷の比較文化』（思文閣出版、1994年、共著）、『セルバンテスの世界』（世界思想社、1997年、編著）、『ドン・キホーテ事典』（行路社、2005年、共著）、『言語・文化研究の諸相』（大阪教育図書、2008年、共著）他。

佐竹謙一（さたけ・けんいち）
金沢市生まれ。南山大学外国語学部教授。主な著訳書:『スペイン黄金世紀の大衆演劇』（三省堂、2001年）、『浮気な国王フェリペ四世の宮廷生活』（岩波書店、2003年）、『カルデロン演劇集』（名古屋大学出版会、2008年）、『概説スペイン文学史』（研究社、2009年）、『スペイン文学案内』（岩波文庫、2013年）、ティルソ『セビーリャの色事師と石の招客ほか一篇』（岩波文庫、2014年）ほか

鈴木正士（すずき・まさし）
1960年、静岡県生まれ。琉球大学准教授。主な著書に『『ドン・キホーテ』における創造世界――非騎士道世界から騎士道物語世界への変換行為をとおして』（行路社、2008年）ほか。翻訳に、ホセ・マリア・プラサ『ぼくのドン・キホーテ』（行路社、2006年）がある。

世路蛮太郎（せいろ・ばんたろう）
1939年、鹿児島市生まれ。鹿児島テレビ放送定年退職。主な著書に『「ドン・キホーテ」ノート』（セルバンテス文庫、1985-1990年）、共著書に『セルバンテスの世界』（世界思想社、1997年）、『ドン・キホーテ讃歌』（1997年）、『ドン・キホーテ事典』（2005年、以上行路社）、『児童文学翻訳作品総覧』6 スペイン・ロシア編（大空社・ナダ出版センター、2005年）、主な論文に「アベリャネーダ作「ドン・キホーテ」私論」（「イスパニア図書」第7号、行路社、2007年）がある。

†編著者紹介

坂東省次（ばんどう・しょうじ）
1947年、兵庫県生まれ。京都外国語大学スペイン語学科教授。著書に『現代スペインを知るための60章』（明石書店、2013年、編著）『スペイン王権史』（中央公論新社、2013年、共著）、『スペイン文化事典』（丸善出版、2011年、共編著）などがある。

山崎信三（やまざき・しんぞう）
1943年、富山県生まれ。元立命館大学経営学部教授。元スペイン労働省中央労働災害防止協会翻訳室翻訳員。主な著書に『西訳日本ことわざ集』（山口書店、1985）、『スペイン語ことわざ用法辞典』（大学書林、1990、共著）、『ドン・キホーテ讃歌』（行路社、1997、共編著）、『ドン・キホーテのことわざ・慣用句辞典』（論創社、2013）などがある。

片倉充造（かたくら・じゅうぞう）
大阪生まれ。天理大学国際学部外国語学科スペイン語・ブラジルポルトガル語専攻主任・教授。主な著書に『ドン・キホーテ事典』(行路社、2005年共編著)、『ドン・キホーテ批評論』(南雲堂フェニックス、2007年)、『スペイン・ラテンアメリカ図書ファイル』(沖積舎、2009年)、『スペイン文化事典』(丸善、2011年、分担執筆)、天理大学アメリカス学会編『アメリカス世界のなかのメキシコ』(天理大学出版部, 2011年、共編著)、訳書にホセ・ルベン・ロメロ『ピト・ペレスの自堕落な人生』(行路社、2000年、日本図書館協会推薦図書) 他。

ドン・キホーテの世界――ルネサンスから現代まで

2015年7月10日　初版第1刷印刷
2015年7月20日　初版第1刷発行

編著者　坂東省次／山崎信三／片倉充造
発行者　森下紀夫
発行所　論創社
東京都千代田区神田神保町 2-23　北井ビル
tel. 03（3264）5254　fax. 03（3264）5232
web. http://www.ronso.co.jp/
振替口座　00160-1-155266
装幀・目次・扉デザイン／奥定泰之
組版／フレックスアート
印刷・製本／中央精版印刷
ISBN978-4-8460-1444-5　